VILLARCAYO
CEIP Princesa de España
Cuartelillo
Hotel Plati
Cementerio

Hija de la ira

Ana Rojas y Pablo Escribano

Hija de la ira

NdeNovela

NdeNovela, un sello editorial de Editorial Planeta, S. A.
Diagonal, 662-664, 08034 Barcelona (España)
www.ndenovela.com
www.planetadelibros.com

Primera edición: mayo de 2025
Depósito legal: B. 7.170-2025
ISBN: 978-84-10140-24-0
Composición: Realización Planeta
Impresión y encuadernación: Rotoprint by Domingo
Printed in Spain - Impreso en España

PEFC Certificado
Este libro procede de bosques gestionados de forma sostenible
PEFC
PEFC/14-38-00305
www.pefc.es

A Pablo, Lucas y Manuela,
por ser casa siempre.

A Lara, Martín y Emma,
por el viaje, la luz y las fuentes.

A ningún hombre consiento que dicte mi sentencia.

Rosalía Vila
(Cap. 11: Poder, *El mal querer*, 2018)

¡Silencio, los lebreles
de la jauría maldita!
No despertéis a la implacable fiera
que duerme silenciosa en su guarida.

Rosalía de castro
(*En las orillas del Sar*, 1884)

Madrid

8 horas después de la muerte de Artzai

—Jefa, algo raro.

—¿Qué ha pasado?

—A ver, pues que la bici no se movía. Estuvo más de hora y media parada en una carretera comarcal, en la cuneta.

—¿Y?

—Pues que nunca para a esa hora, ni tanto tiempo. Y eso es un secarral que, por no haber, no hay ni sombra. Pensamos en una caída, una avería gorda.

—¿Y?

—Pues eso, que fuimos a echar un vistazo.

—¿Y qué ha sido?

—Que se la ha llevado la Guardia Civil. Está en el cuartelillo.

—¿En cuál?

—En el de Villarcayo.

Se oye un suspiro largo y un juramento. *Con lo bien que íbamos.*

La mujer baja el brazo con el que sostiene el teléfono. De repente, le molesta en la mano. Lo lanza al sofá del dormitorio sin ni siquiera colgar y empieza a caminar a lo largo del enorme ventanal. Pasos largos. Sonoros. Tacón contra parqué. La desazón la inunda. La incertidumbre. De nuevo. Lleva meses preparándolo. Y ahora puede que tanto trabajo no haya servido para nada. *Tiene que ser hoy. Lo monto y lo hacemos ya.* Saca la maleta del armario. *No puedo perderla otra vez.* Sus manos procesan ropa mientras su mente empieza a colocar piezas en el tablero. *Y esta vez lo hacemos bien.*

—¿Jefa?

Repara en una voz. Se escucha muy bajita y muy aguda. Como si un ser diminuto estuviera llamándola desde lo más profundo del sofá.

—¿Jefa? ¿Estás ahí?

Recoge el móvil y se lo acerca a la oreja.

—Dile al italiano que esté atento. Salimos para allá.

En tres minutos termina de hacer la maleta, en dos se retoca los labios y los ojos, en uno cubre su melena negra con un hiyab naranja, en medio comprueba que su aspecto es impecable ante el espejo del vestidor y en menos de dos segundos, arrastrando levemente la erre, murmura:

—Ni Guardia Civil ni hostias.

Al encender el motor de su M5, Soumia Kamal respira más tranquila. El ronroneo contenido pero brutal de la máquina saliendo del garaje la relaja. El sol fuerte de Madrid le hace arrugar los ojos. Saca unas gafas de sol, baja las ventanillas y enciende un Winston. Con el coche parado y el motor en marcha, fuma, recuerda y va dando forma al plan, todo a la vez. La prioridad es que no se repita lo que pasó en Riga. Ya le ha costado bastante caro. No puede volver a escaparse, y menos de esa manera. Un atisbo de furia le hace dar una calada más fuerte y el recuerdo de esa tarde de hace diez meses se abre paso con el humo.

Eran las 16.40, casi dos horas después de la emboscada, cuando Soumia recibió el informe de su contacto en Riga. Lo examinó, lanzó cuatro juramentos en árabe y miró a Hadi, que no se lo podía creer. Se lo contó tres veces, pero él no entendía nada. No lograba explicarse cómo coño no la habían cogido.

—Pero, a ver, Soumia, ¿a quién habéis mandado? Se supone que contratamos profesionales.

—Que sí, que eran los letones. Ya hemos trabajado con ellos otras veces; son impecables.

—Pues es evidente que ya no.

Hadi no daba crédito: había visto las fotos y era imposible. Los golpes eran brutales, el espacio resultaba minúsculo, los cadáveres correspondían a dos hombres muy fuertes, que, además, iban armados.

—Que ha sido ella, Hadi. Que está confirmado.

Soumia le insistía, pero él no dejaba de barajar otras opciones: un altercado con otra organización, la coincidencia con un atentado terrorista en la estación, un ataque cardíaco repentino a uno de los sicarios, o a los dos a la vez...; lo que fuera. Lo que fuera, menos que la chiquilla se hubiera cargado a esos dos animales.

—¿Cómo que no le dé más vueltas? ¿Lo que me estás diciendo es que ella sola, desprevenida, desarmada y en un puto baño diminuto, ha matado a patadas a dos tíos como dos búfalos y se ha largado en el tren que esperaba como si nada?

Soumia asintió con la cabeza. Ya estaba un poco harta de

esa conversación, pero sabía que era mejor no mandarle a la mierda por tener que repetirle lo mismo tres veces, aunque ganas no le faltaban. Estaba enfermo, irritable. Desesperado. Y morirse no era una opción para él. Porque sería como perder. Y él nunca perdía. Lo de morir se lo dejaba a otros.

No es que la muerte no le incumbiera. Era otra cosa. Hadi lo entendió con trece años. La vida se puso muy difícil en Chauen y Nordin, su amigo del alma, y él decidieron jugársela. Y si perdían, pues ya: un pensamiento simple para una situación desesperada. Se echaron al mar flotando en una rueda de camión. No había opciones mejores con su presupuesto. A la deriva, en medio del Estrecho, se entiende muy bien de qué va esto de morirse, porque está claro que te vas a morir. Cuando le cierras los ojos a tu compañero de vida, ya sin ella, justo antes de empujarlo al agua, se entiende aún mejor de qué va esto, porque se te ha muerto ahí mismo, a un palmo de tu cara, por haber nacido marroquí, huérfano, pobre y valiente.

Así que morir no es una opción para Hadi; él solo puede ganar. Lo demás será siempre el abismo de un dolor que no quiere asumir y que decidió no volver a sentir una noche de noviembre, a ras de una hipotermia a la que no dejaba asomar después de veintinueve horas en el agua, cuando llegó a rastras a la playa de Cortadura, Cádiz.

Soumia inspiró más aire de lo normal, lo dejó salir lentamente y le repitió que sí, que esa chiquilla, que no era tan chiquilla después de todo, se había cargado sola y sin ayuda a los dos sicarios letones en uno de los baños de la estación de Riga. Hadi se calló al fin. Procesó la información. *Joder con la niña.*

La mujer morena lo vio sentado, al fin, en la silla de la cocina, cabizbajo. Parecía que la tristeza lo invadía poco a poco. Se acercó y apoyó la mano en su hombro. Él levantó la cara. No era tristeza. Media sonrisa. Un brillo en los ojos.

—La niñata se nos escapa —dijo Hadi.

—Amor, daremos con ella. No puede irse lejos.

—Quién lo iba a decir... La llorona se nos escapa.

No era tristeza. Ni fastidio. Ni enfado. Era orgullo. Tímido, vacilante, casi imperceptible, pero orgullo. Soumia lo vio en su rostro y no se lo podía creer. Al instante, la furia prendió en ella inevitablemente como la cabeza de la cerilla que se arrastra por el papel de lija. *Lo que me faltaba.*

—No se te ocurrirá salirme ahora con el rollo del padre orgulloso, ¿no? Eres la hostia, Hadi. Casi dos años detrás de esta hija de puta, dejándome la piel para entregártela, y ahora que se nos vuelve a escapar, ¿te enterneces?

Él levantó la mirada lentamente. La enfermedad lo había consumido, pero sus ojos negros aún escondían un fuego imprevisible y amenazador.

—Te equivocas. Se te ha vuelto a escapar a ti. Por segunda vez. Así que igual no te estás dejando suficiente piel en este asunto.

Soumia retrocedió un paso. La insinuación la cogió desprevenida y le explotó cerca, como si su corazón hubiera pisado una mina.

—No te atreverás a decir eso —balbució—. No lo piensas de verdad. Lo he dado todo por ti y lo sabes, cabrón.

Pero vio en los ojos de Hadi que algo acababa de romperse. Que le estaba diciendo adiós. O peor.

Me está diciendo que me largue. Hijo de puta.

PRIMERA PARTE
EL PLAN

¡Ay, terca niña!
Le dices que no al viento,
a la niebla y al agua:
rajas el viento,
partes la niebla,
hiendes el agua.

Dámaso Alonso
(*Hijos de la ira*, 1944)

CAPÍTULO 1

ES UN MILAGRO NO ESTAR MUERTA

A 15 kilómetros de Villarcayo
6 horas antes de la muerte de Artzai

Viéndola pasar con su fatigado pedaleo de caracol, nadie habría pensado que Oriana al Zarqaui huyera de algo. Aunque lleve diez meses atravesando Europa en bicicleta, pagando en efectivo y sin pasar dos noches en el mismo lugar. Aunque hablar con alguien más de dos minutos se haya convertido en una rareza. Aunque duerma con un cuchillo de palmo y medio dentro del saco.

Al verla así, con un culote desgastado, rodando por senderos y carreteras secundarias con alforjas embarradas, cualquiera habría pensado que sabe adónde va, que lleva un mapa o un GPS, que sigue una ruta prevista de antemano, que hay un propósito más allá de esos cientos de miles de pedaladas diarias. Cualquiera podría pensar que tiene un hogar al que volver después de reventarse las piernas y también, seguramente, que es una chica aventurera, atlética, de buen ver, que se va a rodar un par de días para desconectar de un trabajo aburrido o estresante. Cualquiera podría preguntarse por qué anda sola o si habrá alguien que la espere. Los que no se hacen muchas preguntas ni se fijan excesivamente en los detalles habrán pensado que

Oriana al Zarqaui es una mujer joven sobre una bicicleta, buscando lo que sea que buscan los ciclistas cuando montan en bicicleta.

Y esa es más o menos la imagen que da después de treinta y cinco minutos de ascensión. Subiendo se sufre como un perro, no hay más que hablar. Los veinticinco kilos de las alforjas no ayudan. A su favor tiene una condición física excepcional, un cuerpo y una mente entrenados en el dolor y varios miles de kilómetros recientes en las piernas. En su contra, que ha empezado el ascenso cuando ya llevaba ciento veinte entre pecho y espalda. A estas alturas el paisaje deja de tener importancia, deja de emocionar, la fatiga destruye poco a poco la capacidad de percepción y solo acuden a la mente imágenes de macarrones con bechamel, de agua fresca, de línea de meta, sea esta la que sea. A esas alturas del esfuerzo parece que la piel se pega al cráneo y la calavera del ciclista aflora, angulosa, revelando un rostro distinto, feroz y desvalido a un tiempo. *Melgar de Fernamental - Villarcayo. Qué burra eres, hija.* Es la hora de los macarrones y las calaveras.

Cae la tarde cuando toma un sendero hacia un bosque de pinos. A quince kilómetros de Villarcayo se desvía hacia el monte. Sombra, bosque, intimidad, naturaleza. *Albert tenía razón, esto es precioso.* La pista no es mala, puede rodar cómodamente pese a la pendiente, y arriba se intuye un llano. Llega a una laguna. Árboles, agua, ni un alma; la sorpresa del día. *No siempre puede una dormir en lugares hermosos. A Albert le va a encantar, si no lo conoce ya, claro.* Hace un mes que no se ven, desde El Barco de Ávila. Este va a ser su segundo encuentro en seis años. *Ay, Albert.* La única persona con quien hablar, reír, soltar las armas. *Ojalá vengas con la misma luz en los ojos. Ojalá me guste verte otra vez.*

Se conocen desde el instituto. Ambos eran de esos tíos raros a los que nadie habla si no es necesario, obligatorio o ineludible. La mora y el catalán. El día que los sentaron juntos en clase, Oriana chasqueó la lengua y Albert resopló. No tuvieron que hablar hasta después del recreo. *La puta clase de inglés con su mierda de enfoque comunicativo.*

—*Who are you?*

—Mira, Alberto, invéntatelo; no me apetece tener esta mierda de conversación.

—Vale, pero me llamo Albert.

—Fenomenal.

Cuando llegó su turno, Albert empezó a hablar.

—*Oriana al Zarqaui is fourteen years old, she's in third of ESO and she doesn't like to do exercises that simulate conversations that we will never have in English with anybody. Me neither.*

Un inglés perfecto para explicar que a la que desde ese momento sería su amiga no se le ponía en los ovarios hacer el ejercicio. Y que a él, en el fondo, tampoco. Oriana abrió mucho los ojos, lo miró y soltó una carcajada como hacía tiempo que no se permitía. La profesora de inglés los echó al pasillo mientras decidía si aquello era una falta de respeto o un comentario tolerable. Lo cierto es que gramatical y fonéticamente había sido una intervención precisa. Sus compañeros no supieron de qué iba aquel follón, pero intuían alguna ofensa y, aunque preguntaron varias veces a la *teacher* qué había pasado, no obtuvieron ninguna información, salvo un «please, be quiet» y un «haber estado atento». No, *Albert nunca defrauda. Al revés.*

Oriana decide pasar allí la noche, el último pueblo está a cinco kilómetros monte abajo. No se esconde demasiado, solo acampa al amparo de los árboles. No parece probable que aparezca la Guardia Civil y no ha visto a nadie en toda la tarde. Desempaca, monta la tienda con la puerta al oeste para que no la despierte el sol y se da un baño en el pequeño lago. El placer del agua tras el calor sofocante del camino. Liberar los pies tras un largo día de botas. La desnudez tras horas de ropas ceñidas. Flotar. Los músculos parecen olvidar el cansancio. El frío vivificante. Despegarse de la gruesa capa de sudor y polvo y sentir la piel limpia y la frescura del aire.

Prepara la cena en el hornillo. Piensa en hacer una hoguera, pero no. Mejor no tentar a la suerte, es temporada de incendios y la Guardia Civil está atenta. Sopa de sobre, un par de puñados de macarrones y uno de arroz, onza de chocolate, candar la bici, lavar y tender la ropa interior, revisar el campamento, hervir agua para un té, cigarrillo de liar y a ver las estrellas, a oír a los bichos, a sentir la noche, a dejarse caer en un sueño labrado a base de nueve largas horas de pedaleo. Ciento treinta y cuatro kilómetros es el mejor tratamiento contra el insomnio que ha probado, y ha probado muchos. Pasa una lechuza, grito blanco en el crepúsculo.

22.04. Ya en el saco, cae dormida.

23.38. Un rumor distante la devuelve al mundo, aunque aún no del todo. Es el destello que atraviesa las paredes de la tienda de campaña y el motor que brama segundos después lo que la pone en guardia. No puede evitar deducir. Manías que la persiguen. Deformación profesional. Motor diésel, gran cilindrada, cuatro por cuatro, trapeo a todo volumen. *Algún imbécil derrapando en la grava. Ganaderos, improbable; chavales dando la nota, eso sí.*

No le preocupa en exceso la presencia del coche. La sombra del pino la cubre en la noche clara, su tienda tiene colores de camuflaje; no la verán. Aun así, se prepara. *Con imbéciles, nunca se sabe.* Sigilosamente sale del saco, se pone rápido las botas y una camiseta. Se puede hacer infinidad de cosas en bragas, pero pocas si estás descalza en la montaña. La mala hostia del sueño interrumpido empieza a emerger. *A ver cómo coño consigo volver a dormirme cuando se vayan.*

Las luces del coche se apagan. Dos siluetas bajan. Hombres. Ruidosos, robustos, veintitantos, no tan chavales, algo ebrios por el tono de voz, bajan latas de cerveza, se sientan en las piedras, ríen, gritan, fuman marihuana, no advierten el campamento de Oriana. *Qué van a advertir.*

—Sabes lo del chalé 51, ¿no?

—Sí, algo he oído: que no pagan, los cabrones. Los gremios, sin cobrar, y el personal, *mosqueao*; natural.

—Tú tampoco has cobrado lo tuyo, claro.

—Qué va, dos meses lleva Abelardo dándonos largas: que si ya me van a pagar, que si la semana que viene cerramos un acuerdo con la propiedad... Ya sabes cómo habla el hijoputa.

—Que no te oiga.

—Ya te digo. Pues igual se la cargan los del chalé. Dicen que les van a mandar a alguien; un sustillo y que aflojen.

—Pues claro, joder, están jugando con el sueldo de la gente. Venga, acaba eso y vámonos, que mañana si no...

Se levantan. Vuela una colilla como una estrella fugaz. Suben al coche, arrancan, encienden los faros, dan la vuelta para enfilar el camino y, de repente, Chuchi frena en seco. Ha visto algo. El haz de luz ilumina la tienda de Oriana. El motor sigue un par de segundos, el freno de mano chirría, el motor se apaga de nuevo. Los chavales se bajan, divertidos. Uno más que otro.

—Joder, Chuchi, ¿qué haces?

—Déjame.

Camina hacia la tienda. El otro lo sigue. Oriana suspira, se caga en la Virgen y se acuerda de esa suerte atravesada que cada tanto se cruza en su camino. Saca de debajo de la almohada su cuchillo y lo deja al alcance. Se apoya sobre su espalda, con las piernas flexionadas contra la puerta de la tienda. Espera mientras los pasos se acercan crujientes sobre la pinocha. Merodean por su campamento, se aproximan a la bici, enredan en la ropa tendida. Cuchichean.

—Es una tía. Sola. Mira el sujetador.

—Chuchi, no la líes.

—No seas cagón, López; vamos a divertirnos un poco.

—Chuchi, joder... Déjala, estará durmiendo.

—Será una perroflauta extranjera. Vamos a ver si está buena.

Chuchi se acerca y abre la cremallera con un zumbido lento. Muy despacio. Lo suficiente para meter la cara. No ve nada porque al asomarse recibe un impacto que lo lanza hacia atrás. El talón de Oriana golpea justo en la nariz, se oye un chasquido y luego el barullo de Chuchi manoteando para palparse la cara, luchando por respirar entre bocanadas de sangre. Se oye el zip de la cremallera abrirse en un segundo y Oriana sale de la tienda como un gato.

—¡Hostia puta! —exclama López asustado, dando un paso atrás y alejándose de la mujer.

Antes de poder pensar en nada, lo invade el miedo. En la tiniebla gris de la noche, la ve armar el brazo y hacer un gesto rápido. Un zumbido grueso atraviesa el aire a unos centímetros de su oreja y se estampa un par de metros más atrás en el tronco de un pino. El ruido del impacto lo aturde aún más. Al girarse, López ve un cuchillo cimbreando clavado en el árbol. Traga saliva a toda prisa y apenas logra balbucir.

—Pero ¿qué haces?

—Buenas noches, lo primero —sonríe Oriana avanzando hacia él.

López distingue el brillo blanquecino de sus dientes mientras retrocede y se arrodilla junto a Chuchi, que aún está en el suelo intentando entender qué ha pasado.

—Tía, que le has roto la nariz, que lo has *reventao*. ¡Voy a llamar a la Guardia Civil!

—Llama, llama. A ver qué les parece que dos borrachos perturben el sueño de una mujer sola y desvalida en mitad de la noche. Y, ya que estamos, les comentamos lo de los sicarios que pensáis contratar para acojonar a los del chalé 51. Y lo de la maría, claro.

Salen dando tumbos.

—¡Me cago en tu puta madre, hija de la gran puta! ¡Te vas a acordar de esta!

Ya a distancia, Chuchi boquea sangre e ira mientras se tambalea hacia el coche apoyado en su amigo. Oriana camina unos pasos tras ellos, obligándolos a apresurarse. No puede evitar sonreír con tristeza ante las amenazas de Chuchi. *Ay, hijo, si tú supieras...* Fogonazos de vida le vienen a la cabeza. Los ve subirse al coche y salir pitando. Cuando alguien se cría entre lobos no teme a las ratas. El silencio regresa a la laguna un par de minutos después, pero la sensación ya no es pacífica. Oriana recoge su cuchillo del árbol y vuelve a la tienda. Se acuesta, pero ya no puede dormir. *¿Cuántas veces han intentado joderte, Oriana?*

A veces lo piensa. A estas alturas es un milagro no ser adicta. Es un milagro no estar rematadamente loca. Es un milagro no resultar un peligro para los demás. *Es un milagro no estar muerta. De hecho, de esto último iba la línea pedagógica de papá.* Todavía recuerda casi palabra por palabra la última discusión, con dieciocho años y recién terminado el curso. Matrícula de honor en bachillerato y la octava mejor nota en selectividad de la Comunidad de Madrid. Su padre ni siquiera miró los resultados. Comían el guiso de lentejas que había preparado ella misma.

—Te vas a Chauen en septiembre.

Oriana lo miró con la cuchara en el aire.

—No —dijo intentando clavarle esa simple sílaba en mitad de la frente.

Para Hadi la palabra «no» en labios ajenos carecía de significado. Él seguía explicando cómo iban a ser las cosas al final, ignorando cuántos noes hubiera de por medio.

—Tienes que mejorar el árabe y empezar a conocer el negocio.

Oriana pensó que no, que ya estaba bien, que no aguantaría otro verano allí, en la casa de Fátima, esa vieja áspera con la inquina siempre asomando por el rabillo del ojo. Desde los once años pasaba allí los sesenta días del verano eterno, en el que nunca había nada que hacer salvo limpiar y rezar. No. Ya no. No iba a volver a Chauen.

—Hablo árabe perfectamente y no quiero saber nada del negocio.

—Eso no importa, ya lo entenderás.

—Ya lo entiendo ahora, pero no quiero.

Hadi no la miró. Siguió comiendo como si no hubiera nada más importante que las lentejas sobre la mesa. Oriana sintió hervir la ira en su interior. *Él sabía hacerme eso.* Una leve sonrisa asomaba en el rostro de su padre cuando levantó los ojos y susurró:

—Tú harás lo que yo te diga.

Y en ese momento estalló. El plato de lentejas voló por los aires y se hizo añicos contra la pared.

—¡No! ¡Ya no!

Oriana aferraba la cuchara como un arma y en su mirada ardía todo el odio almacenado durante años. Le hubiese encantado decirle que ya estaba bien, que ya había jodido a su madre hasta matarla, que ya hacía mucho que estaba sola en este infierno de casa donde casi la violan delante de sus putas narices, que, por fin, tenía dieciocho años y que no iba a seguir jodiéndole la vida. Pero las palabras no salían. Sus emociones estaban fuera de control. Solo podía mirarle con la esperanza de que su padre, por fin, entendiera que ya no era suya. Oriana respiró, exhausta por la tensión, los labios replegados, las sienes palpitando, los puños como rocas. Hadi la miró. En silencio. Cogió un trozo de pan y rebañó meticulosamente el plato.

Transcurrió medio minuto sin que pasara nada. La ira, como polvo, se fue disolviendo en el líquido viscoso de la frustración. *El muy cabrón marcaba bien los tiempos.* Oriana tiró la cuchara y se dio la vuelta para salir.

—Ay, Oriana, sigues siendo una cría; no entiendes nada —oyó a sus espaldas la voz de su padre que apenas disimulaba una ligera risa.

—Eres tú el que no lo entiende. No quiero tu vida de mierda.

En ese momento, Hadi cambió el rictus. La sonrisa falsa dejó paso a un rostro de cemento oscuro. Duro. Áspero.

—¿De mierda?

Se levantó como un resorte, cogió a Oriana por un brazo y la obligó a darse la vuelta para mirarlo.

—Mira, niñata, mi vida de mierda, como tú la llamas, es un sueño. He sobrevivido a todo: tenía la mitad de años que tú cuando crucé el Estrecho a la deriva en una rueda de camión y vi morirse como un perro a mi amigo, ¡mi hermano! Vine a Madrid y me hice un nombre y conseguí todo lo que me propuse: suficiente para que tú, a diferencia de mí, no hayas tenido que prostituirte hasta ahora. ¡De la nada! Así que no me vengas a decir que esto es una mierda. Esto es la vida, Oriana, no hay mucho más: sobrevivir y lograr lo que te propones. ¿Que hay muertos por el camino? ¡Pues claro, joder! ¡Hay que ser estúpido para ignorar eso! Puedes quejarte lo que quieras y culparme de tus males, pero yo te he enseñado lo más importante de todo: a no ser tú la muerta, hija mía.

—Eres un hijo de puta.

Su padre sonrió mientras volvía a la mesa.

—En eso tienes razón, hija, tu abuela fue puta hasta que la mataron a golpes en un callejón. Y yo mendigué, me vendí y viví en la calle desde entonces. Esa fue mi herencia. La recibí con seis años. ¿Y te quejas tú de la tuya? Madura, hija; eres quien eres, acéptalo ya y vive en consecuencia.

—No, no acepto nada. Déjame en paz —murmuró Oriana saliendo con un portazo.

Fue su último verano en esa casa. Apenas se vieron. Apenas cruzaron palabra. El tres de septiembre, Akram, su chófer de Chauen, llamó para informar de que Oriana no había llegado en el vuelo previsto. Su padre entró en la habitación. Vio puertas abiertas, armarios desnudos y el billete de avión en el suelo. Roto. Seguramente se cagó en todos los dioses conocidos. A finales de agosto, Oriana se había incorporado a las Fuerzas Armadas españolas. Ejército de Tierra. Nadie la buscaría en Zaragoza. Allí empezó su carrera como soldado. El principio, pensaba ahora, de una huida infinita.

Oriana vuelve a la hermosa laguna en los alrededores de Villarcayo, a la noche cuando casi duerme a pierna suelta. El calor la molesta, abre la cremallera de la tienda y saca medio cuerpo para respirar. Resopla, incómoda. *Y ahora estoy aquí, con este agobio en la cabeza y embarullada con el marrón del Chuchi.* Se acuerda de Albert. *Lo mismo se me jode la cita.* Noche cerrada. *Puta mala suerte.*

Oriana rumia sus obsesiones sin lograr poner freno a la riada de ansiedad que la envenena. No hay forma de volver a dormirse. Imposible acallar el estruendo del viento en los árboles. Imposible acallar el griterío de los recuerdos en su cerebro. *Puede aparecer la Guardia Civil. Pueden aparecer los dos imbéciles con sus amigos. Mi padre y sus historias que no hay Dios que entierre.* Es como no tener párpados. Los corzos ladran áspero en la lejanía. Suena el chillido enloquecido del mochuelo.

Noche de mierda.

CAPÍTULO 2
MAITE

Villarcayo
5 horas después de la muerte de Artzai

Chalé 51. Maite se levanta con el sol y se prepara un café. Jose aún duerme y falta una hora para que se despierten los niños. A ella le gusta madrugar. Mira por la ventana que da al bosque. Empieza a disfrutar de la casa nueva, del silencio, de la calma y del ritmo lento que proporciona la visión de la naturaleza. Sabe que le espera una larga jornada de limpieza, del polvo de la obra y de cajas que desembalar. *En buena hora nos metimos en esto. ¿Dónde vamos a guardarlo todo?* Aún no tienen armarios ni estanterías para los libros. Tendrán que volver a Bilbao este fin de semana para ir a Ikea. Cada rato vuelve a pensar en cuánto les ha costado acabar la casa, todo el dinero invertido para que, encima, esté todo mal rematado. En fin, al menos, desde que han puesto el caso en manos de un abogado, están más tranquilos. *Lo otro era ya insoportable.*

Abre la puerta que da al jardín. Iría descalza si el césped estuviera cortado. Sentiría la humedad del suelo y el cosquilleo de la hierba al caminar. *Una pena que esto aún parezca una selva.* Llama a Artzai.

Se calza, se adentra entre las hierbas que le llegan a la cadera y vuelve a llamar al perro. Nada. *Se habrá salido de la finca*. Sigue caminando hasta que al fin lo encuentra en un círculo de hierba aplastada, tumbado en un enorme charco de sangre que la tierra apenas absorbe. Tiene tantas heridas que no lo reconoce. Es una masa sanguinolenta. Lengua y dientes al aire. Ya han llegado las primeras moscas.

Maite se tapa la boca con las manos, se caga en Dios bajito y se echa a llorar ahogando los gemidos. Se arrodilla junto a Artzai y le acaricia el lomo. El pelo está apelmazado y frío. Se mancha de sangre los dedos y las zapatillas de esparto que usa para estar en casa. Se acuerda de cuando llegó, cachorrín. Está tan conmocionada que ni siquiera repara en que ella misma podría estar en peligro. Cinco minutos después, llama a la Guardia Civil, se lava y despierta a Jose mientras vigila que no se levanten sus hijos.

—Jose, levanta, corre. Lo han matado —susurra.

—¿Qué?

—A Artzai. Lo han matado.

Jose no sabe ni dónde está. Es miércoles por la mañana y aún no ha sonado su despertador. Los párpados no se despegan completamente, pero oye a Maite susurrando tacos y zarandeándolo con fuerza.

—¡Jose, joder, despierta, hostia! ¡Nos matan al perro a cuchilladas y tú, ahí, durmiendo a pierna suelta!

Jose se sienta. Por fin la ve. Desencajada, con los ojos llorosos y el gesto ese que se le pone cuando está a punto de pegar a alguien o de sufrir un ataque de ansiedad. A Jose este momento lo coge desprevenido. Llevaban un par de semanas tranquilas, con los abogados haciendo su trabajo parecía que todo volvía a la calma. *Ya ves tú.*

—¿Qué dices? ¿Cómo que muerto?

—Joder, Jose, ¿cómo quieres que te lo explique? Que alguien ha entrado en el jardín y ha apuñalado a Artzai. He llamado a la Guardia Civil. Están de camino.

—Ahí va la hostia, macho, no me jodas... —Jose se lleva las manos a la cabeza y se mesa el cabello en un gesto inconsciente—. Vale, vale, vamos abajo no despertemos a los niños.

Maite repara en sus hijos.

—Joder, Jose, los niños, ¿cómo se lo vamos a decir? El hijo de puta de Abelardo. Seguro que ha sido él. Bueno, él no; él no se atreve a hacer el trabajo sucio. Habrá mandado a un mierda de esos que tiene en la obra.

—Bueno, Maite, que aún no lo sabemos.

Ella no atiende. Encadena un pensamiento con otro y cada escena es peor que la anterior hasta volver a sus hijos y al efecto que esto va a tener sobre ellos.

—¡Ay, los niños! Cuando se enteren... Dios mío, Artzai. ¿Cómo han podido? ¿Qué culpa tenía el perro, a ver? El pobre. Más bueno... Seguro que ni los atacó.

Y, de repente, Maite saca fuerza y determinación para arrastrar a Jose al jardín, enseñarle el cadáver de Artzai y mirarlo con cara de loca.

—Lo ves, ¿no? Pues hay que sacar a los niños de aquí.

—Hay cole, Maite —responde Jose maquinalmente con los ojos clavados en la masa roja y gris.

—Eso es lo de menos.

7.29. Suena el timbre de la puerta. Maite abre en un santiamén y entran dos guardias. Los de siempre, Epifanio y el joven. Los que los atendieron cuando fueron a denunciar que les habían pinchado una rueda del coche. Son gente amable, pero, visto lo visto, no tan competente como les gustaría. Maite les hace pasar.

Jose se da cuenta de que no está siguiendo la conversación. De nuevo, ante el cadáver de su perro, el aire se le hace bola y no logra exhalar lo que sea que se le ha quedado atrapado en los pulmones. Siente un leve vahído y se pone a pensar en cuándo lo vio con vida por última vez: saliendo al jardín a buscar el topo ese que le traía por la calle de la amargura. *Ay, Artzai.* Levanta la vista, suspira y oye un pésame y un «haremos todo cuanto esté en nuestra mano». Jose no contesta, pero se pone a llorar, tanto que no ve quién se lo dice, si el sargento o el chaval. Como si no quisiera saber más del mundo, vuelve a la cocina. Se niega a ver cómo se lo llevan.

Media hora después, los dos agentes se despiden.

—Maite, esté tranquila, nos ocupamos nosotros.

—¿Cómo me voy a tranquilizar, hostia, cuando me acaban de matar al perro a cuchilladas mientras estábamos en casa?

Epifanio Vargas, sargento de la Guardia Civil destinado en el cuartel de Villarcayo desde hace veintitrés años, intenta calmarla, pero sabe que eso no es fácil con la señora Ugarriza.

—He dado orden al personal de rastrear todo. Sea quien sea el que haya entrado anoche aquí, lo averiguaremos.

—Gracias, Epifanio. Ahora fuera, por favor, no quiero que los niños los vean aquí cuando se despierten.

Nada más entrar en el coche patrulla, le suena el móvil. Hay novedades desde el otro lado de la línea:

—Sargento, tenemos algo. Anoche hubo una agresión, ¿y a que no sabe a quién?

—Alúmbrame.

—A Chuchi, el de los Cagigales.

—¿Qué tiene de raro si ese siempre anda así?

—Ya, eso pensé yo hasta que hablé con él. Dice que le pegó una tía, en el monte.

—¿Una tía? ¿A él? ¿Qué tía?

—No sabe, dice que no es de aquí, que va en bici.

—Voy para allá. Que no se vaya hasta que yo llegue.

Cuando Epifanio entra en el cuartelillo, oye las voces de Chuchi. Alterado, sí, pero no mucho, desde luego no es de las peores veces. Lo conoce desde niño, como a la mitad de la pandilla. O bien son del pueblo de toda la vida, o vascos que vinieron de veraneo y acabaron asentándose definitivamente. Sus padres son de su quinta. Ha ido a la escuela con muchos de ellos. A los chavales, siendo aún menores, les ha quitado el hachís, les ha requisado las motos por liarla día sí y día también, les ha salvado el culo en alguna pelea nocturna con gente más curtida que ellos... Después, más de uno ha perdido el carné de conducir, algo de drogas un poco más pesadas, uno que se obsesionó con la novia, alguna noche en el cuartelillo... En fin, la flor y nata de Villarcayo. Hoy día, la mayoría son chavales sin estudios que trabajan en hostelería o construcción, cuando hay trabajo. Y se ganan la vida regular.

—A ver, Chuchi, que no haces más que darle disgustos a tu padre, por Dios.

—Epifanio, que me duele la hostia. Déjame ir a casa ya.

—Cuéntame lo de la chica del monte y te vas.

—¿Otra vez? Si ya se lo he contado a este.

—Sí, Jesús, otra vez. Venga.

—Pues fuimos López y yo, estuvimos un rato y, cuando ya nos íbamos, sale una pirada de su tienda y me mete una patada en la cara.

—¿Así? ¿Sin motivo?

—Pues sí. Que está tarada, hombre. Te juro que no hicimos nada. Salió y toma hostia en la nariz.

—Pero ¿estabais hablando con ella y de repente te pegó?

—No. Me pegó así, sin decir nada.

—¿Dónde?

—Pues en el monte, donde la laguna.

—Ya, pero ¿dónde estabas? Quiero decir, ¿estabais sentados y vino y te pego? ¿Cómo fue?

—Pues fui a abrirle la tienda y me dio una patada.

—¿Le abriste la tienda sin permiso?

—Pues es que quería verla y abrí.

—Ay, Jesús, por favor, no espabilas, eh. ¿Cómo le abres la tienda a alguien que no te conoce?

—Pero que está pirada, que salió dándome una patada y luego le lanzó un cuchillo a López, que casi le da.

—¿Un cuchillo?

—Sí, un cuchillo, así en plan artes marciales.

—¿Cómo era el cuchillo?

—Yo qué sé, Epifanio, pues un cuchillo grande. Pregúntale a López, que yo no veía nada con la nariz rota.

López corrobora la versión de Chuchi.

—El cuchillo me pasó a un centímetro. O menos. Yo creo que me pilló hasta algún pelo. Y se clavó en el árbol de atrás.

—¿Y la chavala? ¿La habías visto antes?

—No, nunca. No es de por aquí.

—¿Sabes que anoche acuchillaron al perro de Maite Ugarriza?

—Pues no me extrañaría que fuera la colgada del monte. Tenía cara de loca.

—¿Qué os dijo?

—Nada, que nos fuéramos. Y eso hicimos.

Epifanio sale con Roberto del cuartelillo. Cogen el Alfa nuevo y se dirigen al lago. A ver si hay suerte y la chavala no madruga. Ni rastro.

—Pues hala, de vuelta a nuestras tareas —sentencia Roberto, que no tiene muchas ganas de seguir con esta historia.

—Hasta la tarde no nos van a decir nada del perro; podríamos echar un ojo a la ciclista.

—Pero, sargento, ¿cómo va a ir una perroflauta en bici a acuchillar al perro de los vascos? ¿Por qué? No tiene sentido.

—Todo es posible. La gente no está bien de la cabeza, Roberto.

—Pues por eso. Lo mismo el animal del Chuchi nos está mintiendo y la chavala no tiene nada que ver. Solo está rabioso porque acabó en urgencias por meterse con quien no debía. Que no es la primera vez que le parten la cara.

—Claro, y se inventa que una tía lo ha mandado al hospital. Venga, que tampoco nos cuesta nada acercarnos hasta Frías y preguntar un poco.

Roberto calla unos segundos. Hace cinco meses que lo destinaron a Villarcayo. Va conociendo a su superior y lo respeta. Ya sabe que es listo y que conoce la comarca y a sus habitantes como la palma de su mano. Pero a veces le parece un polilla y un pesado.

—Y, ¿cómo sabe mi sargento que está en Frías?

—No lo sé, Roberto, pero si ha dormido en el monte y ha madrugado, lo cual es probable, solo puede estar a treinta kilómetros hacia Medina, hacia Villarcayo o hacia Frías. Vamos a mirar en las gasolineras. Y si no, tomamos un café.

—Los ciclistas no repostan, mi sargento.

—No, pero beben agua, hinchan las ruedas, echan una meadilla...

—¡Qué ganas tiene de perder el tiempo!

—A ver, ¿pues qué hacemos? Dime.

—Mire, lo del perro tiene pinta de ser una amenaza de Abelardo, que anda en pleitos con la vasca. Y ya sabe cómo se las gasta. Que la *hippy* de la bici lleve un cuchillo es pura casualidad.

—Ah, pues nada, vamos donde el juez y le decimos que no comprobamos a la chica porque, como tiene pinta de ser un asuntillo del constructor de siempre, pues ya está, resuelto.

—Como usted diga, vamos a Frías. Pero al final todo esto nos lleva a Abelardo, fijo.

—¡Cómo sois los nuevos! Os jode trabajar un huevo.

—Que no, que yo voy encantado, mi sargento. Mientras me toque conducir el Alfa, voy donde haga falta.

Conducen en dirección a Frías parando en gasolineras a preguntar. Nada. Vuelven hacia Medina, después a Villarcayo. A las afueras, en El corzo, dan con la pista: Manolín, el que atiende en el súper, ha vendido tres latas de bonito con tomate, una barra de pan, una caja de tampones y un paquete de chicles a una chica de unos treinta años con casco de bicicleta. No sabe bien cómo describirla porque el lenguaje no es su fuerte, pero sí sabe que tenía un buen culo y no llevaba móvil.

—¿Y eso cómo lo sabes?

—El culo porque se dio la vuelta y se lo vi, lo del móvil porque me preguntó por una cabina. Ya le dije que hacía como cuatro años que no teníamos teléfono. Yo creo que era gitana.

CAPÍTULO 3

LA VIEJA JAMBIYA

Lagunilla de Villarcayo
5 horas después de la muerte de Artzai

Se levanta mal. Casi tan mal como ha dormido. Seis horas intentándolo para nada. Saca la cabeza de la tienda. Apenas ha empezado a amanecer. Son las 6.36 de la mañana y el sol de junio asoma por el este. Cantan los pájaros. Distingue al petirrojo y a la curruca. El aire está limpio, casi refrescante, y sobre la pinocha se ven las diminutas gotas de rocío. Una araña se descuelga por el borde del doble techo, huele a lavanda y un buitre planea en las alturas, pero la belleza y la calma de la mañana en el bosque, con toda la llanura a sus pies, no logran quitarle el mal humor. Oriana se tumba de nuevo unos segundos y cierra los ojos. *Hay que irse ya. Con mi puta mala hostia y mi mala suerte.*

Recoge con las primeras luces. Si algo ha aprendido con el tiempo es a desaparecer. La tienda está aún mojada y guardarla así la molesta. *Esta noche va a oler fatal.* Hace fresco, pero no quiere perder tiempo en calentar nada. Se mete un puñado de almendras en la boca, un buen trago de agua y termina de llenar las alforjas. Cuando llevas meses viviendo así, todo ha encontrado ya su sitio y su orden. Apenas tarda cinco minutos.

Esa es la ventaja de vivir solo con lo estrictamente necesario. Un vistazo por si ha olvidado algo y a largarse. *Tengo que llamar a Albert.* Cree que, si lo avisa hoy, todavía le dará tiempo. Ha decidido avanzar hacia el norte. Villarcayo ya no es un buen sitio. Si el Chuchi ese la denuncia, la Guardia Civil le va a dar la lata. Y si le da por volver con amigos... *Mejor cambio de aires. Hacia Espinosa de los Monteros, discretita por la comarcal.* Comprueba con los dedos la presión de las ruedas y asegura las alforjas. La bici ya está lista. La jambiya, como siempre, en el bolsillo grande de la bolsa que lleva en el manillar. Manías de soldado. Si necesitas la navaja para abrir un paquete de salchichón puedes tenerla en el fondo de las alforjas. Si lo que necesitas es un arma, entonces tienes que tenerla a mano. Y Oriana aprendió ya muy pequeñita que siempre es mejor estar armada. Esa jambiya lleva con ella desde los quince años. Se la dio su padre. *El hijoputa me miró por primera vez ese día. Hasta entonces ni me veía.* El recuerdo llena su mente con las primeras pedaladas.

La casa estaba llena de hombres. Españoles, marroquíes, un par de turcos, el alemán; aquello era Babel, la fauna que rodeaba a su padre y que ocupaba el piso cada cierto tiempo. A esas alturas hacía mucho que Oriana había entendido que vivía en un avispero. Trapicheros de mayor o menor nivel entrando y saliendo. Gente de todos lados, muchos acentos, varios idiomas, algunas armas, números en las conversaciones constantemente. ¿La policía? En aquella época pasaba sin detenerse por el barrio. Era la hora de comer y Oriana entró en la cocina a prepararse algo. Si no se lo hacía ella, no comía. Había cinco hombres riendo a carcajadas alrededor de la minúscula mesa de formica. Una botella de güisqui vacía y otra a medias. Daviciño, uno de los hombres de su padre, le tocó el culo para hacer la gracia. Oriana cogió un cuchillo de la cocina, se giró y se lo puso en el cuello.

—No me vuelvas a tocar, hijo de puta.

Todos rieron.

—¡Qué cojones tiene la niña!

Su padre aplaudió con entusiasmo, entre risas. Ella salió agachando la cabeza, humillada e impotente entre la algarabía. Antes de cerrar la puerta de su cuarto, oyó la voz de su padre.

—Vete a ver qué te dice, galleguito, que yo creo que le gustas.

Las putas pruebecitas que le encantaban a mi viejo. El gallego siguió la broma, o la orden, y abrió la puerta de su cuarto en un teatral intento de ser sigiloso. Le gustaba hacer el tonto y se le daba bien. Era gracioso. Oriana estaba de pie delante de su cama, con las manos a la espalda. Se oían las risotadas. Lo miró. Sus ojos eran claros y alegres y su boca sonreía, quizá con un exceso de saliva. Un chaval de veinte años, guapetón, que en el último momento decidió avanzar los dos pasos que lo separaban de ella y alargó la mano izquierda hacia su cara.

—Hola, Orianita... —la acarició.

¿Realmente era una amenaza o solo tonteaba? No pienses en eso ahora, Oriana.

Un estremecimiento la incomoda sobre el sillín. Los cuádriceps le advierten de que no ha cambiado de marcha. Siente esa sensación que los malos recuerdos le dejan en los dientes. Sube un par de piñones.

Los hombres de la cocina que, entre bromas, esperaban

con expectación el regreso de Daviciño, oyeron la puerta cerrarse de nuevo y al gallego acercarse por el pasillo en sombra. El chaval apareció bajo el umbral con pasos vacilantes y se hizo el silencio. Con el cuchillo de la verdura metido hasta el mango en el costado, por su espalda asomaban cinco centímetros de acero y Daviciño, con cara de susto, no atinaba a contener la sangre con las manos.

No se murió, pero casi. Nadie quería llevarlo al hospital, vaya marrón. Alguien mencionó el hígado o el bazo como si supiera de lo que hablaba. Al final, lo tranquilizaron como pudieron, le dieron unos tragos de güisqui y despertó en el hospital de Leganés con un vendaje como el de una momia. Por supuesto, no dijo ni mu.

Oriana tampoco abrió la boca hasta que su padre entró en su cuarto y la miró. Sentada en la cama, doblada, con la cabeza entre las manos rojas de sangre, intentaba por todos los medios generar un vacío en su mente. Hizo un enorme esfuerzo porque su orgullo fuera más fuerte que su miedo y se obligó a enfrentar la mirada de su padre, en cuyos ojos no había ni rastro de la borrachera, pero sí algo nuevo, algo distinto; había menos frío.

—Joder, Oriana.

Ella se forzó a seguir mirándole a los ojos, con rabia, al borde del llanto. Aguantó a duras penas. Su padre se acercó y la abrazó. Sintió el calor y la calma.

—Ay, niña... Espera —le dijo levantándose. Salió y regresó con algo envuelto en unas telas rojas.

Oriana no sabía a qué atenerse, nunca lo había visto así. ¿Emoción? ¿Orgullo? Algo no cuadraba, aquel no era el hombre que conocía. Su padre sacó ceremoniosamente una jambiya con una sencilla funda de cuero y se la entregó, tendiéndosela con ambas manos.

—Esto es un cuchillo de verdad.

Oriana no daba crédito, pero cogió el puñal, destrabó el cierre de la vaina y vio que una hoja brillante y con una ligera curva iba asomando lentamente. El mango era de madera suave y clara. Frío y calor.

—De donde venimos, se le entrega al muchacho cuando se convierte en un hombre.

—Yo no soy un hombre.

—Hasta ahora, no. En adelante, quizá sí.

—Yo no quiero ser un hombre.

—Lo que quieres ser no tiene por qué corresponderse con lo que eres, hija. En todo caso, es tuya. Te la has ganado.

No quería discutir ni doblegarla, Oriana lo notó al instante. Estaba emocionado y aquello tenía valor para él. La tensión que su padre le imponía con su sola presencia desde que tenía uso de razón fue desapareciendo y con ella las ganas de llorar. *Qué fácil es, basta con querer a alguien para desarmarlo.* Disfrutó de esa sensación un rato más: la admiración, el respeto, sentirse valorada. Luego se dio cuenta de que había estado a punto de matar a una persona. Tenía quince años, un padre orgulloso de ello y un puñal de veinticinco centímetros que la convertía en un hombre. Como para pegarse un tiro. O como para ir al día siguiente a hablar con la orientadora del instituto. *Puedes contarme lo que quieras, cariño. Lo que quieras, ¿me entiendes?*

El viento fresco la saca de sus pensamientos. Son las ocho de la mañana y Oriana ya está a veinte kilómetros de la laguna.

A las nueve para en la gasolinera de Villarcayo. Necesita tampones, llamar a Albert y coger algo para comer, pero no hay teléfono. Sigue hacia el norte. *En algún pueblo tiene que haber un teléfono público. Ay, Albert, ya sabía yo que al final esto se iba a complicar.*

Albert. La única rama sana que le queda al árbol podrido de su pasado, la única que le gusta, la única que le hizo bien. Hasta sus dieciocho, fueron tres años de amistad incondicional, de complicidad, de descubrimiento. Oriana lo mira ahora con perspectiva y sabe bien que él fue su único amigo en aquel instituto. *Cómo pude descuidar la relación hasta perderla.* Bien que tenía que romper con todo, pero quizá con Albert rompió más de lo necesario. Podría haber llamado más, haberse interesado, haber escrito, no era tan difícil y, sin embargo, se entregó a su nueva vida como si todo lo anterior hubiera sido devorado por un incendio. Por eso, en cierto modo, sabe que se merece su soledad: porque fue ella misma la que dejó atrás a Albert en su estrategia de tierra quemada.

—La huida nunca sale gratis —musita apretando los pies contra los pedales para enfrentar con rabia un repecho. *¿Cuántas veces te van a hacer falta para asumirlo?*

Y, sin embargo, Oriana supo pronto, siendo casi una niña, que quería largarse. Después entendió que *tenía* que largarse. Para irse lejos. Lejos de su casa, del miedo, de la amenaza, del dolor. Así lo hizo en cuanto pudo y sabe que siempre funciona, que es lo mejor para ella. Aunque luego se arrepienta de lo que perdió en el fuego.

Con dieciocho años, el ejército se convirtió en su refugio, en su familia. Allí encontró trabajo, su deporte y su entrenamiento, ansias de superación, sus retos, su estructura vital, nuevos amigos. Y salir de allí, obligada, la había partido por la mitad. No quería irse. Los del Ejército habían sido los mejores nueve años de su vida. Desarraigada, exiliada voluntariamente pero limpia y sin la terrible mochila de su familia a la espalda, sus talentos brillaron casi desde el principio; era una estudiante sobresaliente y sus habilidades físicas estaban muy desarrolladas, pero, sobre todo, era una trabajadora incansable, discreta, capaz de disfrutar en el límite del sufrimiento y, bajo condiciones mínimas de equidad y justicia, se descubrió capaz de confiar en sus compañeros y de controlar su tendencia a la violencia. *Por eso casi ni te enteraste de que Albert iba desapareciendo de tu vida, ¿verdad, Oriana?* El primer año conoció a Leonel Ramírez y a Junior Choquehuanca, los dos nacidos en España con ascendencia peruana, el primero de Valladolid y el segundo de Betanzos, que se convirtieron en la primera pandilla de su vida al compartir con ella la afición por las artes marciales. Horas y horas de entrenamiento hicieron de ellos una piña.

El segundo año, Cristino Arija se sumó al grupo. Nacido en un pueblo perdido de la montaña burgalesa, charlatán y bailarín, era un ligón empedernido que tiraba los trastos a toda chavala que se moviera cada vez que se tomaba dos copas. La mirada de Oriana lo disuadió casi de inmediato y, salvo recaídas puntuales, acabó considerando que el fornido Choque, el enjuto Ramírez y la hermosa y menuda Oriana cabían los tres en la selecta categoría de amigotes sin derecho a roce. Luego vinieron Rosón, Santamaría y Ana Esparza, la otra chica del grupo, de los años de Afganistán. Y, por último, los caídos, claro: Miguel Ángel, que nunca volvió de Irak; y Alberto, que nunca volvió de su politoxicomanía.

El Ejército une mucho porque te juegas la vida. Escuela primero y trabajo después: misiones de paz y de guerra, triunfos y fracasos, cosas que se pueden contar y cosas que no, motivos para el orgullo y para la vergüenza. ¿Dónde andarían todos ellos ahora? No había vuelto a ponerse en contacto desde que la echaron. Primero un poco por pudor y después por seguridad: mejor dejarlos al margen.

Desde entonces, sola. Casi dos años ya. Con altibajos. No es fácil huir; siempre lo ha sabido, pero nunca lo aprende del todo. Hay que estar concentrada. Aun así, llevaba una temporada muy buena, sin debilidades. El episodio de Riga, hacía ya diez meses, la puso en su sitio. *Te confías y te cazan.* Nada de amigos. Ni nuevos ni viejos. Nada de intimar. Pero Albert es Albert. Ahora que estaba más sola que la una, cada cierto tiempo aparecía en su mente. Las ganas de verlo de nuevo, cada vez más acuciantes, menos llevaderas. Hasta que un día, hacía dos meses, lo llamó. Un impulso. *Uno de esos que nunca te permites.* Tenía la esperanza de que hubiera cambiado de número, o de que estuviera liadísimo, de que no pudiera ni hablar con ella de lo atareado que estaba, de que se hubiera casado y tuviera un par de críos. *Lo llamo, sentimos ambos la incomodidad esa de no ser los mismos y cuelgo. A ver si así me lo quito de la cabeza de una vez.*

Pero Albert... Albert es un cielo. Al oír la voz de Oriana, empezó a hablarle de todo, nervioso, contento, ansioso por verla. Tan gracioso. Estaba feliz de oírla de nuevo. Tanto, que Oriana quedó atrapada por su encanto. Sentirse querida siempre fue su debilidad. *Nos pasa a los que nos han querido poco y mal.* Sobre todo, si ese amor venía de quien a ella le importaba.

Quedaron en pasar un par de días en El Barco de Ávila. Bicis y acampada, como solían hacer. Cuando Oriana se fue a Zaragoza, la cosa se complicó. Volvieron a verse en dos o tres ocasiones y después, casi sin notarlo, se distanciaron. Albert se echó una novia farmacéutica más estable mientras que Oriana ya no pisaba Madrid ni en sus permisos. Y ahora, en mitad de su vida nómada, tenían una cita. Seis años después de la última vez que se vieron.

No pienso ir. Lo dejo plantado. Se mosqueará, pero es que esto no va a salir bien. Lo tenía decidido: no pensaba aparecer por El Barco de Ávila aquella tarde de mayo. Con esa idea se levantaba cada mañana. Sin embargo, la seguridad con la que había tomado la decisión a primera hora se iba disipando a medida que avanzaba el día. A mediodía empezaba a dudar y cuando caía el sol estaba segura de que por un par de días con Albert no pasaba nada. Quién se iba a enterar. Una sola llamada. En seis años.

Llegó a El Barco de Ávila nerviosa como una adolescente. No hacía más que mirar el reloj. *Si aún no es la hora y estoy fatal*, se enfadaba consigo misma. Había sido capaz de irse de casa, afrontar su futuro sola, entrar en el Ejército y *hasta ir a la guerra, joder*, sin más guía que su esfuerzo. *Y ahora, mírame, temblando como una idiota.* No quería ni pensar que lo único salvable de su pasado se hundiera también. La decepción la aterraba, porque la dejaría completamente sola. *Eso me pasa con los demás, no con Albert.*

Cuando llegó a la plaza, Albert ya estaba allí. La vio enseguida, se levantó y estaba tan contento que la abrazó sin pensárselo.

—Oriana, si es que estás igual...

—Bueno, igual, igual...

—Más guapa aún.

Ya está. Desarmada de nuevo. *Qué cabrón, el Albert. Y qué alegría verlo.* Adiós a las precauciones. Se tomaron unas cervezas en la plaza mientras hablaban. Más de tres horas de terraza y sol. Albert no hacía más que preguntar cosas absurdas sobre el Ejército y Oriana no paraba de reírse de sus ocurrencias.

—Hablaréis como en las pelis de tipos duros. Ya sabes, como en las de Tarantino, con esa voz profunda donde los tacos suenan rotundos.

Entonces Albert imitaba fatal a Samuel L. Jackson y le decía cualquier chorrada. No era tan gracioso, pero Oriana llevaba encima un par de cervezas de más, diez meses sin contacto humano de calidad y una buena falta de práctica en el roneo que, lejos de hacerla sentir torpe, la divertía.

—¿Y si vamos al *camping*?

—No.

—Lo decía por estar más cómodos. En esta época del año no hay casi gente. Algún guiri y nosotros.

—No, Albert. Solos mejor. Más tranquilos.

Albert notó que, detrás de la sonrisa, la mirada de Oriana se ensombrecía. Decidió no insistir.

—Vale, vale. No sé para qué te digo lo del *camping*, con lo buena que tú eres buscando impresionantes sitios inhóspitos. Te sigo.

Estaban cogiendo las bicis cuando Oriana se fijó en los dos

chavales de la mesa de al lado. Empezaron a moverse justo al mismo tiempo que ellos. Vaqueros ceñidos, deportivas llamativas, bastante gimnasio, pelo de futbolista. Los observó mientras acomodaba sus alforjas. Algo no le cuadraba. Demasiado callados, demasiado discretos para su aspecto y edad, demasiado tiempo quietos en esa terraza. Miraban el móvil y bebían, pero nunca terminaban su cerveza. *Dios, qué paranoica estoy.*

—¿Qué pasa? —preguntó Albert.

—Nada. Esos. Llevan tres horas junto a nosotros en la terraza. Nos miran más de la cuenta.

—Oye, Oriana, esa faceta ultraperceptiva tuya es nueva, ¿no? Pareces Bourne.

—No me jodas con tanto cine, Albert.

Él soltó una carcajada. Le gustaba provocarla. La abrazó.

—Venga, anda, vámonos. Son gente del pueblo; ya sabes, te miran porque no te han visto nunca por aquí. O porque estás buenísima. Además, qué te van a hacer esos dos a ti, una Kill Bill como tú. Los revientas de un tortazo. A ti te van a molestar los chuletas del pueblo.

Oriana dudaba. Estaba molesta, incómoda, fuera de las normas que se había impuesto a sí misma desde lo de Riga. Su obsesión era estar lejos del centro de atención y normalmente lo conseguía. Siempre y cuando no se emborrachara en la plaza mayor con un viejo amigo, claro. *Igual Albert tiene razón y son solo los gallitos del corral pasando lista.* Oriana hacía como que revisaba algo en la bici mientras seguía observando a los dos chavales. Albert montó y empezó a pedalear.

—Vamos, venga, monta —la animó.

Ella seguía con el ceño fruncido, a un tris de avanzar hacia ellos.

—Venga, Bourne, que se nos hace de noche.

Albert soltó una carcajada, algo borracho, y resopló. *Como para contarle que el otro día me paró Soumia... Se pira y no la vuelvo a ver en otros seis años.*

Esa decisión de ocultarle que Soumia la buscaba fue el primer fallo gordo de la quedada. Pero no supo verlo en aquel momento. Estaba eufórico, radiante: se sentía ingenioso, divertido, locuaz. La alegría no lo dejaba ver más allá de los ojos oscuros y vivaces de Oriana.

—Vamos, que nos vamos a quedar sin habitación en el hotel —bromeó Albert.

Oriana gruñó, subió a la bici por fin y lo alcanzó. Compraron cuatro cosas en una tienda y se marcharon a buscar sitio para dormir. A los diez minutos, entre el pedaleo y la conversación, casi se había olvidado de los gallitos. Tomaron un sendero hacia el río y enseguida encontraron un buen lugar donde pasar la noche. Acamparon, charlaron, bebieron, comieron, se rieron, se besaron, se follaron. Hacía tanto que no se sentían tan bien que todo les pareció perfecto, incluso el sexo, que ya no recordaban. Las bocas desajustadas, las manos torpes, los ritmos desacompasados provocaban las risas que todo lo arreglan. Hasta el sexo impaciente. *Bendita risa*. Cayeron desnudos, agotados y felices. Durmieron con la placidez de un cuerpo en calma.

Todo fue demasiado bien. A la mañana siguiente, en el desayuno, un Albert exultante volvió otra vez con lo que Oriana se temía.

—¿Qué? Entonces decidido lo de Villarcayo, ¿no, Oriana? Esto hay que repetirlo, pero más días.

—Albert, no puedo. Mejor dejarlo así.

—¡Sí, hombre! Y otros seis años, ¿no? A ver, Oriana, que esto está guay... Venga, déjate de paranoias. Quedamos ahora. Sin teléfonos, que sé que no te enrollan.

—Mira, Albert, no voy a hablar de esto, ¿vale? Simplemente, no puedo.

—Si yo ya me lo imagino todo, Oriana, que nos conocemos desde los catorce... ¡Que no te van a encontrar, joder! Aquí estamos solos. Nadie nos oye. Yo pillo vacaciones, quedamos y estamos unos días por ahí. Donde me digas. Decías ayer que quieres ir al norte, ¿no? Villarcayo es perfecto.

—Nooo pueeedo...

—Venga, Oriana, que es guapísimo. Quedamos el primer finde de junio y te enseño la comarca de las Merindades, que es una pasada. Tiene un paisaje increíble y no hay ni un alma por aquellos pueblos.

Oriana sabía que no era buena idea, pero hizo como que no se daba cuenta. Debilidades. Todo el mundo las tiene. Ese había sido de largo el mejor día que recordaba y se había sentido tan bien que la idea de volver a la soledad de la carretera la entumecía. Albert le sonreía. El muy cabrón lo daba por hecho. Y ella no tuvo valor para decirle que no.

Ese fue, sin lugar a duda, el segundo fallo gordo de la quedada. Pero eso solo lo supo después.

Ahora se aleja de Villarcayo. Faltan dos días para el primer viernes de junio. *Lo tengo que avisar hoy*. En Villacomparada de Rueda coge la BU-562. El sol en la cara, la brisa, la energía del cuerpo en movimiento y, ¿por qué no?, la inminencia del reencuentro con Albert la reconcilian con la mañana. Está a punto de olvidarse de los imbéciles, del cabreo, del no dormir. Mete el plato grande y se centra en el fluir de sus piernas hacia los pedales. *Qué buena es esta bici.* Canyon Commuter 8 con manillar de carretera, robada en el inmenso *parking* de bicicletas de la Universidad de Helsinki. La única de su talla que pudo localizar.

Gana velocidad y entra en calor. El verde y amarillo del paisaje pasan fulgurantes. Plátanos inmensos dan sombra a la carretera. Con una leve pendiente descendente, alcanza los cuarenta por hora. Ni un alma. Solo el sonido alegre de la bici al rodar. La cadencia del pedaleo y la soledad dejan a la mente vagar libre por la geografía de los recuerdos, los deseos, el razonamiento y la fantasía. Con el esfuerzo físico, además, todo se mezcla y cuando terminas la jornada es como si salieras de la fase REM: la mente está limpia, fresca y joven. *Falta me hace a mí una limpieza de esas*, piensa mientras la curva de una sonrisa empieza a destensar su cara.

11.06. Entre Torme y Cornejo. El coche de la Guardia Civil la sobrepasa y le da el alto.

Mierda.

CAPÍTULO 4
LA ESCUCHA

Príncipe Pío, Madrid
21 días antes de la muerte de Artzai

Tabanito colgó el teléfono malhumorado y apenas tuvo tiempo de sacar un billete y subirse a aquel autobús.

—Un billete para donde vaya el autobús 34.

—¿A qué pueblo?

—Yo qué sé. Hasta el final de la línea.

—El Barco de Ávila, entonces.

—Donde sea.

Llevaba semanas siguiendo a Albert y estaba *hasta los huevos de sus movidas culturales*: teatros, cine, exposiciones, lecturas poéticas. Todos los días tenía algo. Pero ahora parecía que la cosa podía ponerse aún peor: excursión en bicicleta. ¿Destino? Desconocido. *Métete en el autobús y a ver dónde se baja este mamón.*

—Jefa, estoy en Príncipe Pío. Se va de viaje en bici, él solo, dirección Ávila, creo.

—Síguelo.

—Pero voy con lo puesto...

—Que lo sigas.

Tabanito asomó la cabeza y vio que Albert se había sentado

atrás y ya estaba leyendo un libro. *Este no se entera de nada*. Él se sentó en la segunda fila, se caló la gorra y no asomó la cara en todo el viaje. No podía ni dormirse porque no sabía en cuál de los veinticinco pueblos del trayecto pensaba bajarse Albert, pero la tortura del autobús se prolongó hasta el final. Ya no quedaban más paradas, así que, cuatro horas y media después, fue el primero en bajarse, se escabulló hasta los primeros edificios y observó tras una esquina hacia dónde iba el amigo Albert, empujando su bici y sus alforjas. Por suerte para Tabanito, este se dirigió al centro del pueblo, se sentó en una terraza, pidió comida y se puso a leer un libro con su cara de sabiondo.

El tal Albert ya tenía esa cara en el instituto y no había cambiado aunque hubieran pasado quince años. A Tabanito no le gustaba ese tipo de gente: la que pretende hacer creer a los demás que hay algo especial en los libros, en las ideas; gente que tiene esas conversaciones insoportables sobre cosas que no existen, que quieren mostrarte que no perteneces a su estúpido mundo de conceptos y palabrería; esa gente que te mira con un aire de superioridad que no se les borra de la cara hasta que les das una buena hostia.

Su verdadero nombre era Francisco Pareja Quintana, pero en San Cristóbal, el barrio donde se crio, le pusieron Tabanito. Ya de chaval era pequeño, moreno renegrido y con tendencia a incordiar. Como un puñetero tábano. Y aunque al principio no le gustaba mucho, siempre pensó que podía ser peor: era mejor tabanito que moscardón. Así que se había hecho a su nombre y ya lo llevaba con orgullo. Con esfuerzo y un enorme ejercicio de autocontrol, Tabanito había logrado ascender desde la base hasta los niveles intermedios del hampa, y ahora era alguien, con un trabajo de verdad y responsabilidades que no se podían confiar a cualquiera.

No es fácil coordinar el seguimiento de una persona durante varias semanas. Hay que formar un equipo, establecer al menos tres turnos, dotarse de motocicletas y mantener a los chavales implicados y un poco acojonados, porque si no la atención decae tras varias horas de trabajo. Luego, cada cierto tiempo, reunir la información obtenida y dar el parte. Es un trabajo duro y exigente al que Tabanito ya se ha habituado, ya lo ha hecho en otras ocasiones, pero cree que esta vez *la cosa ya pasa de castaño oscuro, joder*.

Apoyado en una columna de la plaza mayor de El Barco de Ávila, Tabanito tiene claro que *este gilipollas no sabe nada de la chavala y encima me toca a mí venir aquí a perder el tiempo*. Resopla y se aparta el pelo de la cara, se enciende un cigarro y se distrae un rato con el escaparate. Hay una tienda de sartenes. A él le gusta la cocina. Sobre todo, los concursos de la tele. También hay cuchillos y cubertería variada. Barato, le parece. Piensa un momento si le merecería la pena comprar un juego de cuchillos y tirar los viejos que tiene en casa. O para su madre, quizá. Luego nunca atina con qué regalarle. Está a punto de entrar, pero se vuelve antes para echar un ojo a Albert. Casi se cae de culo. Hay alguien con él. Una mujer. De espaldas.

Tabanito baja el escalón, tira el cigarro y recorre los soportales de la plaza en busca de un mejor ángulo. Morena. Mismo color de pelo. Estatura y complexión adecuadas. *Joder, joder*. Sigue andando, cada vez más excitado. En ese instante la mujer gira la cara y Tabanito se caga en los clavos de Cristo, ahoga un gritito y no puede evitar hacer una serie de movimientos que recuerdan a unos pasos de baile.

—Jefa, la tengo. Es ella.

—¿Dónde?

—En El Barco de Ávila, con el catalán, los dos en bici.

—Espera y no los pierdas de vista. En dos horas te mando gente y material de rastreo.

—Vale.

—Oye, Tabanito.

—¿Sí?

—Siempre he pensado que eras un inútil.

—Pero, jefa...

—Quizá me haya equivocado.

—Gracias, jefa.

—O quizá solo se te haya aparecido la Virgen. No te confíes y vayas a cagarla, anda.

Tabanito no cabe en sí de emoción. Acaba de llevarse el premio gordo. Espera frente a su escaparate de sartenes y cuchillos. A la hora y cincuenta minutos aparecen dos chavales que lo identifican.

—Tabanito, ¿no?

—Sí.

—Aquí están los cacharros del seguimiento.

Le dan un casco, las llaves de una moto y una mochila.

—Bien, pues ahora vais, os tomáis una caña a su lado y pegáis la oreja —les dice él—. Me avisáis cuando se muevan.

Pero durante las dos horas siguientes los ciclistas no se mueven de la terraza. Caña va, caña viene, se parten de risa. A las cinco empiezan a recoger, pagan y preparan las bicis.

Cuando Tabanito ve a sus chicos pedir la cuenta justo después que ellos, se tira de los pelos. *Pero ¿quiénes son estos? ¡No tienen ni puta idea!* Sin quitar ojo de la escena, Tabanito ve que Oriana se mosquea y deja de hablar con Albert. Está tensa. A los del seguimiento les entra prisa por salir de ahí. Oriana lo nota. A Tabanito le parece que está a punto de encararse con ellos.

—Joder, no... Les va a partir la cara —bisbisea para sí.

Por fortuna, el catalán interviene y desvía su atención. Los dos chavales abandonan la plaza y, al minuto, Albert y Oriana salen pedaleando por el otro extremo, se detienen en un supermercado y continúan en dirección al río Tormes. Tabanito arranca la moto mientras le dan el parte por teléfono.

—¿En Villarcayo? ¿Estáis seguros?

—Sí, lo han repetido varias veces. Que si hay pozas, sitio para acampar, la ruta en bici mola, que si es el paraíso...

—¿Cuándo?

—No lo han dicho.

—¿Algo más?

—Buf, una pila de gilipolleces que flipas.

—Bueno —Tabanito afila el tono—, pues la próxima vez, si es que la hay, mirad a ver si sois un poco menos gilipollas vosotros, porque no os ha pillado de puta chorra.

Cinco minutos después, Oriana y Albert circulan por la pista que sigue el margen izquierdo del Tormes en dirección a la sierra de Gredos, donde nace el río. De vez en cuando se detienen y exploran los alrededores. Buscan el lugar idóneo para acampar: seco, llano, sin maleza, apartado de la vista y lo más agradable posible. Tabanito avanza quinientos metros por detrás, con la moto en ralentí y unos prismáticos colgados al cuello. Hasta que se detienen del todo.

—Jefa, ya los tengo.

—Bien. ¿Y la escucha? ¿Cómo ha ido?

—Villarcayo, en bici también. No hablaron de la fecha.

—OK. Ya sabes lo que tienes que hacer.

—Sí, sí, me encargo.

Al otro lado del teléfono, Soumia ha colgado sin despedirse, se reclina en la butaca, se enciende un Winston y suelta el humo como si se quitara un enorme peso de encima.

—Villarcayo... No podíais haber elegido un lugar mejor, queridos.

CAPÍTULO 5
DEL MISMO BILBAO

Villarcayo
6 horas después de la muerte de Artzai

7.49. Acaban de llevarse a Artzai. Jose deja de llorar mientras escucha el parloteo de su mujer. Ha llegado el momento de contenerla. Está a punto de desbordarse.

—Qué hijoputa, Abelardo. Qué hijoputa. Se va a enterar. Que se ha creído que nos vamos a quedar de brazos cruzados mientras nos mata al perro. Deberíamos ir ahora mismo a darle un par de hostias bien dadas. Porque estos de la Guardia Civil no le van a hacer nada, como mucho irán a preguntarle y él lo negará todo. Ya lo estoy viendo, poniendo esa cara de cacique que tiene, haciéndose encima el indignado porque le piden explicaciones. Valiente hijo de puta.

—Maite, ya. Para.

—¿Que pare? ¿A mí, me dices? ¿Que pare yo? ¿Que pare el qué? Ahora seré yo la que tenga que parar. El que tiene que parar es el hijo de la gran puta de Abelardo, que no nos deja vivir.

—Hay que pensar en qué vamos a hacer hoy.

—Yo, matar a Abelardo. ¿Se te ocurre algo mejor?

A Jose le revienta esta fase del enfado donde Maite se pone

sarcástica. O bruta. O las dos cosas a la vez. Aunque, desde que tienen hijos, se sabe bien el truco para frenarla.

—Los niños, Maite. Piensa en ellos. Deja a Abelardo ya de una vez y céntrate en cómo se lo decimos a los críos.

—¿Qué pasa con los niños? Pues se les dice la verdad: que un hijo de puta ha matado a Artzai.

Maite, que siempre ha sido partidaria de decir las cosas como son, se oye y, de pronto, ya no lo ve tan claro.

—¿Cómo les vas a decir eso? Se mueren de miedo. Y de pena.

Maite piensa rápido.

—Pues... se lo decimos y para el cole. Que se distraigan allí. Cuando vuelvan por la tarde, estaremos todos mejor.

—Por la tarde es cuando nos vamos al río, a dar el paseo a Artzai. Les va a partir en dos.

Maite calla. Es de las que piensa que la muerte no hay que esconderla, que es parte de la vida y que esto hay que aprenderlo de manera natural, en casa. Esto, así, en abstracto, es una gran idea, pero la práctica lo complica todo. Jose sabe bien que no se pueden soltar las muertes a bocajarro. Dos largos años trabajando de enfermero en la planta de paliativos del hospital de Cruces le enseñaron que hay que dar tiempo, encontrar el momento y acompañar bien en la despedida. Además, no hace ni medio año que su padre murió. De repente. Estuvieron por la tarde con él y al día siguiente no se levantó. Un infarto. No les dio tiempo a nada. Aún no se lo cree. Y como él, su hijo pequeño, que todavía hace preguntas sobre adónde se va uno cuando se muere. *A ver si en el cielo no van a tener la tele que necesita su* aitona *para ver al Athletic.*

Jose aprovecha los veinte segundos que Maite calla para decidir.

—Hay que sacarlos de aquí.

—¿No decías que no?

—Solo hoy. Nos los llevamos con cualquier excusa y volvemos por la tarde. Nos vendrá bien a todos.

—Yo tengo que trabajar hoy por la mañana, Jose. Tengo que entregar dos encargos y una videollamada con los de Donosti.

—Aplázalo. Diles que mañana.

—Sí, qué dices. Los de Donosti no se andan con hostias. Como les diga eso, no me vuelven a mandar nada y no estamos tú y yo para rechazar trabajos.

—Pues la videollamada la haces desde Bilbao y los encargos...

—No, no, no, no.

Maite entra en bucle. Solo niega. Respira mal. Llora. Hipa. No puede más. El trabajo, Abelardo, los de Donosti, Artzai, Artzai, Artzai. Nota algo en la boca. Una bolsa de papel que ahoga. Ve a Jose preguntándole qué cenaron ayer. Ella piensa. Croquetas. No. Eso fue el domingo. Ayer cenamos bacalao. Jose la levanta mientras pone su cara de *no pasa nada*, aunque por dentro piensa que Maite no está para nadie, que no aguantará calmada delante de los niños y que mejor en casa con un buen Lexatin.

—¿Mejor?

—Ay, Jose... Estoy fatal.

—Pues a mí me gustas mucho.

Maite sonríe sin ganas, aunque le agradece esa broma que

le hace siempre que se queja de que ya no está tan delgada, tan lúcida ni tan guapa como antes. Jose le prepara una tila y le deja un Lexatin al lado.

—Jose, vete tú a Bilbao con los niños, yo me quedo aquí tranquila. Me tomo esto y me echo un rato.

—¿Segura?

—Sí.

—Vale, pero te lo tomas. Y si luego te levantas con ganas, atiendes a los de Donosti. Si no, lo aplazas. Lo primero eres tú.

A Maite casi siempre le cabrea la calma de su marido. De toda la vida. Pero sabe que es lo que mejor le sienta cuando ella ya no puede más, que son una o dos veces al año. Aunque esta es la tercera desde enero y Jose empieza a preocuparse. *Tendrá que volver a terapia*. En condiciones normales, él sabe cómo calmarla, cómo ganar tiempo para que el volcán de emociones de su mujer no entre en erupción hasta más tarde.

—Vale —dice ella.

—Y por supuesto no se te ocurra hacer nada.

—Sí.

—Nada de ir a ver a Abelardo. Ni te plantees por un instante salir de casa.

—Que sí, Jose, que ya me lo has dicho.

—Maite, por favor...

Se oyen pasos que se acercan. Se callan. El pequeño aparece en la cocina, descalzo y rascándose el ojo derecho.

—Eh, ¡buenos días!, ¿qué tal, Mikel?

—Bien, mamá, pero me duele un poco la tripa.

A Maite y Jose se les pasa un poco todo, la tensión, el cabreo y el miedo. Si hay un momento del día en que se pueden apartar las mierdas del mundo adulto, es ese.

—A ver, déjame ver... Nada que no cure un buen colacao.

Le dan un abrazo y el desayuno. Al cacharrear con las tazas, baja el mayor, que también sonríe.

—Tengo que hacer unos recados en Bilbao y necesito ayudantes. ¿No sabréis de dos chicos jóvenes y fuertes que puedan acompañarme? —pregunta Jose.

—Yo iría, pero hoy hay cole...

—No os preocupéis, que por un día no pasa nada.

Los hermanos se miran incrédulos. Esto no ha pasado nunca. Así, de repente. Solo cuando su madre lo certifica empieza la algarabía. Ni siquiera se dan cuenta de que Artzai no está.

—Pero vais a currar, ¿eh? No os penséis que estáis de vacaciones.

9.13. Los niños se meten en el coche. Antes de irse, Jose se acerca a Maite, la abraza y le dice bajito:

—Maite, no salgas de casa, por favor.

—Que sí. Anda, vete, que ya tienes a los críos ahí metidos.

Jose se va. No le hace ninguna gracia dejar a su mujer así. Sabe que su cabeza bulle a una velocidad increíble, que esa velocidad se transfiere a la sangre de sus venas y que entonces su cuerpo ejecuta las órdenes implacablemente. A eso hay que añadirle un sentido de la justicia y una valentía extraordinarios, manifestándose por lo general en un abanico que, por un lado, linda con la ferocidad y, por otro, con la inconsciencia. Eso, que en condiciones normales lo divierte, y que muchas veces admira, ahora... Ahora es peligroso. Dolida es capaz de todo. Pero decide confiar en ella y alejar a los niños de ese día, de esa noticia.

En cuanto el coche se pierde de vista por el camino, Maite tira la tila por el desagüe, mete el Lexatin en el blíster del que salió, sube a vestirse y se va a ver a Abelardo. *Este cabrón me va a oír.*

Abelardo tiene cincuenta y dos años, la complexión de un novillo de engorde y un pelo increíble. Empezó en la construcción a los quince y ha levantado una empresa que da trabajo a treinta familias. Es alguien en el pueblo. Mucha gente conocida se lo recomendó, recuerda Maite, construye bien y cumple los plazos. *Ya, pero hace lo que le da la gana. Y te cobra lo que le parece.* A estas alturas, Maite sabe que no es trigo limpio, no le cree ni una palabra y ha tenido varias broncas con él, que no han servido para nada más que para ponerlo todo peor. La reforma estaba sin terminar, pero Abelardo les pedía casi sesenta mil euros más para acabarla. *A ver, Maite, los imprevistos y sobrecostes de la obra, que es imposible prever en un proyecto de reforma inicial.* Cosas que fueron sumando hasta que Maite dijo que ya no más, se mudó con media casa sin rematar y se puso en contacto con abogados, que le han recomendado encarecidamente que no se acerque a él, que no hable con él y que toda comunicación con Abelardo y su empresa pase por ellos.

Maite murmura para sí:

—Sí, son la hostia de buenas las recomendaciones. Hasta que el *hijoputa* me mata al perro.

Maite se baja del coche. El Audi A6 de Abelardo está aparcado en su sitio, doblando la esquina de su nave. Sucio, lo cual es poco habitual. Abelardo es pulcro con determinadas cosas. El gris metálico de la carrocería y los cromados en plata están llenos de polvo, como un tiburón desaseado. Dentro, el patrón está hablando con una cuadrilla a la que da instrucciones. Al momento suben en una furgoneta y salen de la nave justo cuando entra Maite, que se pone a gritarle todo lo que se le pasa por la cabeza. Abelardo no se da por aludido y le sonríe con cinismo. Ante los gritos, aparece por la puerta de la oficina un hombre enorme, tanto que Abelardo parece pequeño. Chándal blanco Under Armour, deportivas cantosas. Maite no lo conoce y, desde luego, no tiene pinta de albañil.

—Maitetxu, querida, ¿qué te pasa? ¿Te puedo ayudar en algo? —dice Abelardo.

—¡¡Cómo vuelvas a entrar en mi casa...!!

—¡Para! ¡Para! Maitetxu, que yo no he entrado en ninguna casa que no sea mía.

—¡Hijo de puta! ¿Cómo se te ocurre cargarte a mi perro?

—¿A Artzai? ¿¡Cómo voy yo a hacer eso!?

Maite lo encuentra tranquilo, calmado, mesurado y, un segundo después, recuerda los dientes y la lengua de Artzai en esa mueca espantosa. No puede más, no se contiene y se va contra él. Siempre ha tenido dificultades para saber cuándo lanzarse a por todas y cuándo no. Ni siquiera es consciente de que ella, mujer de metro sesenta, delgada y sin ningún tono atlético en los brazos, no puede apabullar a un señor rotundo de cien kilos que le saca una cabeza y que ha levantado muchos sacos de cemento en su vida. Sin embargo, le ahorran esa humillación porque, antes de que llegue a él, el grandote del chándal la intercepta como si fuera una bolsa de viaje, la levanta y la saca en vilo de la nave.

Maite oye a Abelardo decir un «joder con la vasca» en un tono que, pese a no verlo, parece indicar que se está descojonando. La sangre le hierve y, aunque es consciente de que ha puesto las cosas peor y está haciendo un ridículo espantoso, las amenazas salen de su boca como un látigo. A la vez que las lágrimas.

CAPÍTULO 6

MATADERO

Villarcayo

8 horas después de la muerte de Artzai

10.32. Jose acaba de llegar a Bilbao, los niños ya están entretenidos con sus abuelos y él aprovecha para llamar a Maite.

—Maite, joder, quedamos en que te quedabas en casa.

—Lo sé, Jose. Lo sé.

—Pero es que lo has puesto peor.

—Sí, lo sé, perdóname. No pude evitarlo.

—Pues yo me tengo que quedar aquí, que Mikel se ha puesto fatal en un momento. Que tiene treinta y ocho y medio, me dice tu madre.

—¿Qué le pasa?

—Nada, pues parece una gastroenteritis, algo vírico. Ha habido que parar antes de llegar para que vomitara. Pero lo tendré que llevar al centro de salud y quedarnos aquí, claro. No es plan de meterlo así otra vez en el coche.

—Bueno, hombre, vienes mañana y ya está. Yo estoy bien.

—No, mejor te coges el coche y te vienes tú. Vamos a ser prudentes por una vez en la vida.

—Que tengo que trabajar, Jose, joder.

—Mira, Maite, acabas de liarla gorda yendo donde Abelardo, así que o te coges el coche y te vienes para acá o llamo a la Guardia Civil y les digo que necesitas protección, tú verás.

—Jose...

—¡Tú verás!

—Vaaale. Ahora llamo a Epifanio. Pero estás exagerando...

—¡No, tú estás exagerando y haciendo idioteces! Llamas a Epifanio y no te mueves de casa, ¿me oyes? A nada, ¿eh? Ni a por el pan.

—Que sí, Jose. Que ya lo he entendido.

—Y mucho menos donde Abelardo. Joder, Maite, que igual no ha sido ni él.

—¿Y quién va a ser si no? ¡Hostia, Jose! ¿El asesino de la motosierra?

—No lo sabemos. Deja a la Guardia Civil hacer su trabajo. Si ha sido él, ya nos enteraremos. Y si no ha sido, lo usará en el juicio de la casa para probar que estamos locos. Esto no nos va a salir gratis, Maite. Ya verás. Así que, por favor, no hagas nada.

—Que sí, que no seas pesado, Jose. Que sé que la he cagado, no me riñas más.

—Es que... Joder, Maite.

—Vale ya, que lo siento, en serio. Mira, llamo a Epifanio y así te quedas tranquilo, ¿vale? Te espero mañana, ¿no?

—Sí, a ver Mikel cómo está.

—Oye. Que te quiero, ¿eh? Mucho.

—Y yo...

Cuelgan. Maite se organiza mentalmente. Camina hacia la cocina, abre el portátil, la reunión con Donosti es a las 12.30, lo enciende y deja el móvil en la encimera.

—Lo primero, ponemos las alubias —musita—, luego el curro y a Epifanio mejor voy a verlo después y así me doy un paseo.

Saca una olla, la tabla y pica cebolla hasta dejarla transparente. La sensación de ridículo de su visita a Abelardo vuelve a su mente hasta casi sonrojarla. *Hijo de la gran puta. Cómo se ha reído de mí, el muy cabrón... ¡Qué vergüenza! ¡Delante de todos! O por lo menos delante del gordo y del chaval. Y la de la oficina y el mecánico calvo que tienen ahí esclavizado. Y los que pasaran por delante de la nave, claro. ¡Joder, Maite!*

En realidad, Maite no sabe cuánta gente ha presenciado la escena, pero la vergüenza le hace pensar que había una multitud. Todos quietos mirándola ponerse en evidencia. Todos atentos a su espectáculo. Todos menos el chaval, que se llama Álvaro y está tan preocupado con sus propias historias que apenas presta atención al numerito. Llega mordiéndose el labio inferior y rumiando qué carajo va a hacer ahora si su padre se niega a ayudarlo. *Pulir la* kawa *no va a ser suficiente.* Álvaro lo ve riéndose mientras esa cuarentona le grita como una loca desde la puerta que lo va a matar. *Mi padre siempre haciendo amigos.* No se sorprende mucho. Ya sabe cómo se las gasta el viejo. *A chulo no le gana nadie.*

—¿Qué le has hecho a esa?

—Cierra el portón, anda, que me va a volver loco. Que dice que le he matado el perro. No tengo más que hacer, ¡no te jode!

Álvaro lo ve alterado debajo de su sonrisa cínica y su actitud de control. Ha ganado peso últimamente y su pecho oscila agitado. *Un día vas a reventar, viejo.* En ese momento, Abelardo se gira hacia el portón y levanta la voz para que lo oiga la vasca antes de que Álvaro cierre. Dos venas gruesas de su cuello se hinchan bajo la piel.

—¡Pobre perro, Maitetxu!, ¡seguro que anda pagando las deudas que dejas tú!

No hay contestación. Lo mismo la vasca ya no lo ha oído. Álvaro se acerca, flaco y desgarbado como siempre. No tiene buena cara. *A quién habrá salido este, desde luego a mí no*. Abelardo lo mira a los ojos, pero Álvaro rehúye la mirada. *Uy. Malo.*

—Cómo te gusta quedar por encima, padre.

—Ya ves. A algunos nos toca luchar. Otros, sin embargo...

Álvaro deja pasar la indirecta.

—Papá, me tienes que hacer un favor.

Ahí lo tienes, confirma sus sospechas Abelardo.

—¿Otra vez? Joder, Álvaro, me cago en Dios.

Abelardo coge del brazo a su hijo y le señala con la mano la puerta del despacho. Sabe que Álvaro le volverá a pedir dinero y que volverán a discutir. Otra vez la misma bronca. No tiene ninguna gana de que los empleados los oigan. Está muy harto de su hijo. Ha pasado por todas las fases: la preocupación, la comprensión, la empatía, la búsqueda de ayuda profesional, la decepción de la recaída, la desconfianza en su recuperación, de nuevo otra recaída. El enfado y el hartazgo. Ya no puede más.

—¿Qué ha pasado ahora?

—Anoche, que me lie un poco y...

—No me jodas, Álvaro. ¿Cuánto?

—Cinco mil, papá, pero...

—Virgen santa, qué va a ser de nosotros.

Abelardo ya no lo escucha. Se deja caer en su butaca como

si se le hubiera calado el motor de su cuerpo. Álvaro se queda de pie, callado, mordiéndose una uña a dentelladas con la vista perdida en el armario que esconde la caja fuerte. De repente, reúne la esperanza necesaria.

—Papá, que fue un arrebato, joder. Pago y lo dejo.

—Pero, Álvaro, hijo, que llevamos así dos años, que ya me lo sé. Que pagas y en dos días vuelves aquí con la misma historia. ¿No ves que ya no puedo pagar tus vicios? Yo también tengo lo mío.

—Venga, papá, si esta vez es muy poquito. ¿Qué son cinco mil para ti? Mira en la caja, que siempre tienes dinero por ahí.

—Que no, joder, que ahora debo mucho a quien no se puede deber. Cualquier día me cortan el cuello, Álvaro.

—Qué te van a cortar. Si llevas mil años cubriéndoles las espaldas.

—Ay, Álvaro. El mundo no funciona así. Que aquí no puedes deber. Y yo ya estoy en el tiempo de descuento.

Álvaro no se lo cree. Su padre es un toro bravo, un miura. Nadie lo tumba. Y aprieta un poco más.

—Anda, papá, dame el dinero. Que estos no se andan con hostias.

El tono imperativo del chaval acaba por sacarle de sus casillas. Abelardo arremete como un resorte y agarra a Álvaro de la sudadera con las dos manos, una por el pecho y la otra por la espalda. Casi lo levanta del suelo. Lo acerca hacia sí.

—Pero ¿tú no entiendes nada, idiota? ¿No ves lo que tengo que hacer? Que ando achuchando a la vasca para rascar un pico aquí y otro allá, que la tía esta no paga y hasta me ha metido un abogado. ¡Por tu culpa, joder!

—Sí, todo, ¡todo es culpa mía! Como siempre. Si tu mierda de chanchullo no te sale bien, ahora no me culpes a mí.

—Ah, ¿no? ¿A quién si no? Yo no debía ni un puto duro hasta que te metiste a apostar como un imbécil. Pero ¿qué te crees? ¿Que el dinero cae de los árboles? El dinero, hijo, ¡hay que ganárselo!

—Sí, con el sudor de tu frente. No me jodas, papá, que los dos sabemos a qué te dedicas.

—¡A trabajar, hostia! ¿O qué te piensas? ¿Que no me lo curro? Hay que planificar, organizar, pagar servicios, estar al loro... Yo no voy por ahí a esperar que me lluevan euros dándole a un botón que parpadea.

Discuten. Áspero y desabrido. Como otras veces. Pero, a diferencia de las anteriores, Álvaro se va de la nave sin lo que ha venido a buscar. Podría deberse a que Abelardo ya se ha cansado de tapar a su hijo; a que Abelardo ha decidido que no le pasa ni una más; a que Abelardo ha tomado la decisión de dejar que su hijo se estrelle contra la realidad, *a ver si reacciona de una puta vez este niñato.* Sin embargo, Álvaro se va como vino porque la caja fuerte de su padre, donde siempre había montones de billetes, hoy está vacía.

—¿Dónde lo has escondido?

—Álvaro, que no tengo un duro. ¡Cómo quieres que te lo diga!

—Sí, ya...

Álvaro se marcha. Muy enfadado. Está convencido de que su padre le miente. *Que no tiene, dice. Si siempre tiene. Será cabrón. Le pido ayuda y me sale con estas.* Álvaro aún tiene un par de días para pagar. *Mañana vuelvo y este me deja el dinero, ¡vamos que me lo deja!*

El rugido de la Kawasaki Z1000 al arrancar atruena el polígono y levanta a las cigüeñas. Álvaro sale quemando rueda y decide irse todo el día por ahí. Es su manera de vengarse del viejo. Su madre lo llamará, extrañada, porque no volverá a casa a comer. Él le dirá que otra vez ha discutido con papá, que no lo quiere ayudar. *Ya hablo yo con él, Álvaro, no te preocupes.* Ella enseguida lo llamará y le pedirá explicaciones al viejo. Él la cortará diciendo que tiene trabajo, pero luego, en casa, se pondrá pesada, muy pesada, le insistirá una y otra vez en que el niño tiene un problema y hay que ayudarlo, que lo comprenda, *que es una enfermedad.* Le taladrará la cabeza durante toda la comida porque, por encima de cualquier otra consideración, teme que le pase algo al niño. Así que insistirá tanto, que el viejo se irá antes al curro. *Seguro que por la noche me llama y me pide que vaya a la nave mañana, que ya lo tiene.*

Álvaro se despreocupa y no regresa a casa hasta las doce de la noche, con ocho cervezas, media docena de porros que sirven para descomprimirle la olla de la ansiedad, y la certeza de que su padre cederá. El pobre no se imagina que su vaticinio solo se cumplirá a medias. Su madre, con el móvil en la mano, le dice que su padre no ha vuelto desde que se fue a trabajar después de comer y que no contesta al teléfono.

—Estará sin batería, mamá.

—No. Da señal. Lo he llamado un millón de veces y no lo coge.

—Pues se le habrá olvidado en la oficina. Estará al caer, no te pongas así. ¿Has llamado a Buco?

—Sí. Tampoco lo coge.

—Estará por ahí, mamá.

Álvaro se tumba en la cama, cansado y bastante colocado. Quiere dormir, pero los cinco mil parpadean inevitablemente en cada sala de su pensamiento. Intenta tranquilizarse, convencerse de que el viejo cederá mañana, pero una duda fea se instala en su cabeza. *¿Y si...?* De pronto, empieza a creerse lo de las deudas, lo de que no tiene un duro, lo de que debe a quien no se puede deber. En su recuerdo, la fragilidad en el rostro de su padre se hace evidente. *Joder, que igual es verdad...* En un instante, el mundo se le viene encima. Se levanta, baja, busca las llaves de la nave, disimula como puede ante su madre y pone la primera excusa que se le ocurre.

—Voy a buscarlo. Seguro que no le arranca el coche y se ha empeñado en arreglarlo él. En vez de llamar a la grúa como todos, estará ahí, mirando el motor, como si supiera algo.

Como si los Audis de sesenta mil euros no arrancaran...

Álvaro aparca la moto. El coche sigue en su sitio. Cuando entra en la nave, a eso de la una de la mañana, nota algo distinto. No le viene el eterno olor a polvo y cemento. O no solo. Por encima o por debajo o dentro de este, le viene un olor que no reconoce, pero que le pone los pelos de punta mientras intenta dar con el interruptor de la luz. *Este puto móvil no alumbra una mierda.*

—¡Papá! —lo llama.

Nadie contesta y Álvaro siente otro escalofrío. La linterna del teléfono proyecta sombras deformes entre la maquinaria. El silencio negro le muerde las piernas. *¿Dónde está la puta luz?* Álvaro se da cuenta de que tiene miedo, de que respira mal, de que solo oye el latido de su corazón, que siente húmedo y pesado, demasiado grande para su pecho, como el de una vaca.

Avanza hasta la pared derecha y ahí, tras el pilar empotrado al muro, encuentra el interruptor. *¡Por fin!* Coge aire, aliviado. Ahora todo se aclarará. Pulsa el botón y la luz de los enormes fluorescentes lo ciega. Pasan dos segundos hasta que logra abrir los ojos y, entonces, lo ve, pero está lejos y aún existe la duda, la esperanza, la posibilidad, así que Álvaro avanza tambaleándose unos veinte pasos hacia el fondo de la nave. Camina raro, como si las piernas no lo obedecieran. Al llegar a un metro, reconoce algo que lo hace detenerse, doblarse y emitir un quejido agudo que se ve interrumpido por una arcada violenta. Entonces cae de rodillas. Logra evitar el vómito. Por respeto. Y mientras empieza a llorar y a hundirse lenta e inexorablemente en el mayor de los espantos, reconoce el olor inicial, ahora profundo e intenso.

Huele a matadero.

CAPÍTULO 7

ALUBIAS

Villarcayo
8 horas después de la muerte de Artzai

11.06. Roberto enciende las luces y da el alto a la ciclista en la BU-562, dirección Espinosa de los Monteros, entre Torme y Cornejo. La carretera es estrecha, pero está desierta. Lo mismo no ha pasado ningún coche en toda la mañana, así es esta comarca. La ciclista ha parado en la cuneta y espera a que los guardias bajen del coche. Roberto es el primero y Epifanio no puede evitar mirarlo con media sonrisa. *Quién tenía razón, novato*. Pero no dice nada. El sargento se acerca más despacio y observa a la chica, que pone la pata de cabra a la bici y entrega la documentación sin objetar nada. Él saca conclusiones. Todo aparentemente normal. Morena, mediana, con algo que parece o moro o gitano. Medio guapa, aunque seria. *Quizá esté nerviosa, hay quien reacciona así*. Toda una vida de guardia interpretando con una mirada las posibles reacciones de la gente. A veces, de eso depende resolver una situación o tener un cristo de la Virgen. Adelantarse.

Epifanio mira sus piernas. Fuerte. Entrenada. Entre *hippy* y deportista por la ropa y el pelo. No llega a perroflauta. Oye a Roberto iniciar las preguntas. Ni siquiera la saluda. Tampoco le sonríe. *Dios, cuánto tiene que aprender este tarugo.*

—Vamos a ver, ¿ha pasado usted la noche en la lagunilla, cerca de Villarcayo?

—Sí.

—¿Y no sabe usted que la acampada libre está prohibida?

—Sí lo sabía, pero en algún lugar tenía que dormir.

—¿Agredió usted anoche a Jesús Pérez Cagigal?

—No lo sé.

—¿Cómo? ¿Tampoco sabe si ha agredido usted a alguien?

—Anoche me defendí de un imbécil que pretendía entrar en mi tienda de campaña sin permiso. Como comprenderá, no le pregunté su nombre.

Epifanio levanta las cejas sin darse cuenta. La voz y el tono llaman su atención. La chica no vacila, no duda. No hay rastro de tensión en su voz. No tiene miedo. Ese tipo de seguridad no es común cuando la Guardia Civil te da el alto. Menos, en mitad de una carretera perdida. Menos, si no hay nadie. Menos, si eres una mujer ante dos hombres. Es tan lamentable como cierto; todo el mundo piensa que ha podido hacer algo mal. Y eso pone nervioso a cualquiera. *Pero a esta chavala, no.* Epifanio se fija en sus antebrazos y en sus muñecas. Muchas horas de trabajo o de entrenamiento. *Lo mismo puede ser gimnasta que agricultora.* Roberto continúa. La actitud de ella lo incomoda y él se muestra más desabrido de lo habitual.

—Pues nada, entonces nos va a tener que acompañar al cuartelillo para hacer las comprobaciones pertinentes.

—¿El imbécil me ha denunciado?

—No.

—¿Entonces?

—Entonces, ¿qué?

—No entiendo qué quieren comprobar si no hay denuncia.

—Verá, señora, el señor Pérez no la ha denunciado, pero sí ha prestado declaración por otro delito, y en ella dice que usted le ha lanzado un cuchillo. ¿Es así? ¿Nos lo puede mostrar?

—No hay inconveniente, pero no es un cuchillo, es una reliquia familiar.

Oriana extrae la jambiya de la bolsa del manillar y se la tiende a Roberto. *Estos no han visto una jambiya en su vida*. Los guardias no pueden ocultar su sorpresa. No es una navaja, es un puñal grande y muy contundente. Tiene al menos veinte centímetros de hoja. Ninguno de los dos sabe casi nada de cuchillos, pero ese se parece mucho a un arma y poco a un artículo de decoración o a un objeto ceremonial. Oriana tiene que esconder una sonrisa. *Los hombres nunca esperan de una mujer determinadas cosas*. Está tranquila. Sabe que no va a encajar con ninguna agresión. Como mucho le darán la lata por superar el tamaño de hoja permitido. Está segura de que la dejarán seguir su camino. En el peor de los casos, una multa. Epifanio observa con detenimiento el cuchillo.

—Para ser una reliquia, está bastante usado.

—Lo heredé así. Lleva muchas generaciones en mi familia. Es una daga de origen...

—Ya. —Roberto la interrumpe bruscamente—. Pues introdúzcala aquí, señora. A quién se le ocurre ir con eso por la calle.

Roberto abre una bolsa de plástico y se la tiende.

—Y va a tener que acompañarnos —concluye—. Necesitamos tomarle declaración y descartar que esta haya sido el arma de la agresión.

No me lo puedo creer. Oriana mira a Roberto y después a Epifanio. La rabia se abre paso. Lo nota físicamente. Ese calor que sube hasta la cabeza. *No tendréis otra puta cosa que hacer...* La posición de su cuerpo ha cambiado en unos segundos, de forma casi imperceptible. El ángulo de sus pies, el centro de gravedad, las rodillas, la cadera... Milímetros. Sigue teniendo el puñal en las manos. Hasta hace un minuto lo sostenía. Ahora, sin apenas cambios en la posición, lo sujeta. Epifanio intuye el peligro. No sabe cómo, pero lo nota. Los ojos de mora de la chavala han perdido la serenidad anterior, pero, otra vez, no hay rastro de miedo. Ahora hay fuego. Sus cejas negras se han arqueado como el lomo de un gato. Epifanio se adelanta.

—Señora, sentimos mucho tener que interrumpir su viaje, sobre todo cuando, seguramente, no sea nada, pero comprenda que es nuestro trabajo. Si es tan amable, meta aquí el cuchillo, por favor.

El tono de voz es fundamental. Firme pero suave. Conciliador. Humilde. Es difícil reaccionar con violencia contra eso. Oriana lo mira fijamente. El sargento Epifanio le sonríe con los ojos. *Es listo, mira cómo se las ha arreglado para tapar al chulo de su compañero.* Oriana suelta el aire despacio y nota que el extra de sangre abandona sus músculos. Decide tener la fiesta en paz y acompañar a los guardias. Total, ella no ha zurrado a nadie más que al imbécil. *Los acompaño, declaro y me marcho lejos. A ver si al final voy a salir en el periódico por esta chorrada.* Deja caer la jambiya en la bolsa.

—¿Qué pasa con mi bici?

—No se preocupe, señora, ahora mandamos a un compañero a buscarla.

12.15. Oriana toma asiento en el cuartelillo. Le han dicho que espere. Roberto se inclina frente al ordenador. *Qué tía más rara. Con dos cojones va y se duerme en el coche. Una cabezadita reparadora en el coche patrulla, no te jode*. Después de ir al baño, Epifanio se sienta en su escritorio, coge la taza de café recién servido y mira de reojo a la chavala. Le genera curiosidad. No cree que vayan a sacar nada de su cuchillo, pero no le importaría oír su historia. *¿Quién es? ¿Qué hace por aquí?* Todavía tiene cara de mala hostia. Decide acortar la espera y se levanta, le dedica un gesto a Roberto y un minuto después entran en la sala.

—Señora Al Zarqaui, Oriana, ¿verdad? —comienza Epifanio.

—Correcto.

—Cuéntenos dónde estuvo anoche, por favor.

—Acampé en el claro que hay junto a la laguna. Me dormí hasta que llegaron dos señores en un cuatro por cuatro haciendo ruido. Estuve esperando en mi tienda a que se fueran. Cuando ya se iban, me vieron y bajaron de su coche. Uno de ellos abrió la cremallera de mi tienda y le di una patada en la cara.

—¿No le parece excesiva su reacción?

—Pues igual lo fue, sargento, pero estaban bebiendo y los oí hurgar en mis cosas. El imbécil dijo que quería divertirse. Preferí prevenir que ser educada.

—¿Y por qué lanzó su cuchillo?

—Para echarlos.

—¿No cree —interviene Roberto— que romperle la nariz de una patada a uno de ellos ya era suficiente?

—En ese momento no sabía cómo iban a reaccionar. Lanzar el cuchillo me permitió no tener que romperle la nariz al segundo.

—Muy considerado por su parte.

—¿Puedo irme ya?

La chica dice la verdad. Su versión encaja con la de Chuchi. *A ver cómo reacciona ante lo del perro.* Epifanio se levanta y vuelve con una carpeta.

—Una última cosa, señora. Anoche alguien hizo esto al perro de Maite Ugarriza en su casa. —Le enseña las fotos de un perro muerto. Un pastor alemán, parece. Al pobre lo han destazado—. ¿La conoce?

—No.

—Vive en el Paseo del Soto, en el número 51. ¿Ha estado allí alguna vez?

—No.

—Las heridas han sido provocadas por un cuchillo largo, cuya dimensión podría encajar con el suyo.

—Las dimensiones no lo sé, en estas fotos no se aprecian claramente las heridas. Pero el tipo de cuchillo, no lo creo. ¿Tienen alguna foto de detalle?

Epifanio se la queda mirando, cada vez más sorprendido. Roberto inicia una protesta sobre la confidencialidad de las pruebas, pero Epifanio lo coge suavemente del brazo y el guardia más joven se calla.

—Sí, claro, tenga.

Oriana mira los planos de detalle y luego directamente al sargento:

—Con todos mis respetos, sargento, y sin ánimo de ofender, déjeme exponerle algunas cuestiones. Yo no conozco a Maite Ugarriza ni sé dónde vive. Sé que mi testimonio no prueba nada, pero le pido que se fije en que estas heridas han sido realizadas con un cuchillo de un solo filo. Con ese tipo de hoja, las heridas presentan un orificio de entrada con una sola punta y el otro extremo cóncavo. Con un cuchillo de hoja curva y de doble filo, como el mío, las puñaladas habrían presentado dos puntas y la herida habría sido mucho más ancha.

Epifanio la mira, callado. Roberto salta, con retintín.

—Caray, señora Al Zarqaui, cuánto sabe usted de medicina forense.

Oriana ignora el tono. Sabe de sobra que a nadie le gusta que venga uno de fuera a explicarle cómo son las cosas. Menos, una ciclista muerta de hambre con cara de mora. Sabe que lo mejor es callar y esperar. Y también sabe que a veces le cuesta seguir sus propios consejos. Epifanio coge las fotografías y las vuelve a mirar. *Pobre perro, una docena de puñaladas*, suspira el sargento guardando las fotos en la carpeta.

—Lo debieron de dormir antes.

—¿Qué?

—Al perro. Lo han tenido que dormir antes. Hay un charco de sangre bastante homogéneo en el suelo. Son fuertes estos perros, no se están quietos mientras alguien los apuñala varias veces. La única forma de matarlo en el sitio es degollarlo y eso implica que el perro se deje abrazar por un desconocido. A este no lo han degollado.

Epifanio la mira, con un poco más de curiosidad si cabe.

—Oiga, señora, si no es indiscreción, ¿a qué se dedica usted?

—A pedalear.

—Claro...

—¿Puedo irme ya?

—Sí, por supuesto. La acompaño.

—¿Van a devolverme mi jambiya?

Epifanio la mira. Le gusta la chica.

—En atención a su colaboración y a su aportación al caso, le voy a devolver el cuchillo, pero que sepa que esa hoja supera el límite y la forma legal. No puede usted sacarla de casa.

—Gracias, sargento —responde Oriana dedicando a Epifanio la décima parte de una sonrisa. No ha mirado a Roberto en ningún momento desde el inicio de la declaración.

Epifanio se levanta. Advierte la irritación de su compañero, pero sigue hablando con escrupulosa amabilidad a Oriana. *Si no aprendes a tratar a la gente, chaval, no sirves para esto.* Le devuelve la jambiya y la acompaña a recoger su bicicleta al pequeño almacén que hay junto a la entrada. Sin girar la cabeza, ve de reojo que la señora Ugarriza cruza la plaza hacia la entrada del cuartelillo. Suspira.

13.37. Maite entra en el edificio. Ve a Epifanio hablando con una ciclista y decide no interrumpirlo. Espera en la entrada hasta que el nuevo se levanta y va hacia ella. Ya está mejor, más tranquila. Esa mañana le ha dado tiempo a amenazar a Abelardo, a hacer las alubias, a hablar con Donosti y a segar el jardín. *Si a mí me ha dado tiempo a hacer todo esto, estos habrán avanzado algo, ¿no? Por preguntar no pasa nada, hay que insistir.* Quiere saber quién ha matado a Artzai. Quién ha entrado en su casa y le ha hecho eso a su mascota. Se enfurece de nuevo.

—Buenos días, cabo Roberto. —La sonrisa de Maite es cualquier cosa menos cordial, su voz poderosa llena la sala—. ¿Cómo llevan el extraño caso del perro acuchillado en mi jardín?

Roberto apenas puede disimular su mueca de fastidio. *Lo que hay que aguantar, y encima dando voces.*

—Señora, aún es pronto. Debemos analizar las muestras, las huellas, sacar conclusiones. Pero no se preocupe, le repito que estamos en ello.

—O sea, que no saben nada.

—Pues aún no podemos decirle.

Esta mujer está fuera de control.

—Ah, qué bien. Nos amenazan, matan a nuestro perro y, ustedes, tan tranquilos.

—Señora, váyase a casa. Estamos investigando. En cuanto sepamos algo, se lo haremos saber.

¡Por Dios, que la encierren!

—Ya, ¿y cuándo calculan que será eso?

—No le puedo decir una fecha.

Maite va a preguntar por su seguridad, pero se calla. Le sucede que, de repente, pierde la energía. *Quería mucho a Artzai, joder.*

La rabia se vuelve tristeza y la hace pequeña. *Qué protección me van a dar estos. Si de verdad corro peligro, lo llevo claro.*

Oriana pasa a su lado. Ha presenciado la escena y ata cabos. *Esta es la del perro.* Mientras asegura las alforjas en su bici, la sigue con la mirada. La ve cruzar la plaza, dejar la chaqueta en una silla de la terraza y entrar al bar.

El interior del bar está oscuro y fresco, pero Maite siente frío. *Necesito una tila. Este Roberto es un imbécil. Al sol se está bien, a ver si me quito esta sensación del cuerpo.* Maite sale y se dirige a su mesa, atenta a la tila caliente. Al sentarse, se da cuenta de que Chuchi y un par de ellos más están en la mesa de al lado. *Joder, los lumbreras del pueblo.* La gente normal está trabajando, pero estos no. Cuando estaban en la obra de su casa se saludaban con alegría. Ahora la miran con desprecio. Como si ella tuviera la culpa de que Abelardo no les pague. *La culpa es de Abelardo, que nos engañó a todos. Me tomo la tila y me voy. Esto abrasa. Pues no pienso soplar. Me la tomaré cuando me dé la gana y, si les molesto, que se jodan.*

Maite empieza a oír risas altas y comentarios feos. No logra captar todo. *Hablan de mí, seguro, hijos de puta.* Maite intenta respirar y pensar en otra cosa, *intentan provocarte, no caigas...* Hasta que Chuchi se levanta para pedir y pasa junto a su mesa.

—A ver si pagas ya, morosita —le susurra acercándose mucho con su nariz vendada.

Maite no puede contenerse, se levanta y le tira la tila encima. Chuchi se quema.

—¡Loca de los cojones!

Chuchi le pega un empujón y ella cae sobre la mesa y después al suelo. *Ahora es cuando me hostia por tonta.* Espera la patada, cierra los ojos y se protege la cabeza con los brazos. Es lo único que recuerda de sus clases de defensa personal. Entonces oye un gemido, abre los ojos y ve una pierna golpeando a la altura de la cabeza, a Chuchi desplomarse como un muñeco y, al segundo, una rodilla que le aprisiona la cara contra el suelo.

—Suéltame, joder —escucha suspirar a Chuchi.

—Ya me estoy cansando de que vayas molestando a mujeres. ¿Lo has entendido?

Chuchi asiente con la cabeza. Sus amigos se han levantado de las sillas, pero nada más. La patada, sus movimientos y eso que hay en la mirada de la mujer les recomienda encarecidamente mantener la distancia.

—Pues largo.

Los tres se marchan. Maite se levanta y reconoce a la chavala de la bici.

—¿Está usted bien?

—Muy bien, sobre todo después de ver la cara que se le ha puesto al Chuchi. Gracias. Fíjate que a mí la violencia nunca me ha gustado, digo el boxeo y cosas de esas, pero después de verte levantar la pierna, chica, me ha parecido impresionante.

Esta sí que es una guardaespaldas. Si la viera mi Jose, la contrataba fijo.

Mientras le habla, se dirige hacia la bici de Oriana, la coge con las manos temblando visiblemente y la empuja saliendo de la plaza. Ya ha decidido que la mejor forma de devolverle el favor a esa chavala que se ha jugado el físico para defenderla es invitarla a comer.

—Oiga, ¿adónde va con mi bicicleta?

—Ven, anda, linda, que te invito a unas alubias.

Oriana no da crédito. La espontaneidad de Maite y esa combinación entre fiereza y desvalimiento le hacen mirarla con simpatía. La situación es tan absurda que no puede evitar echarse a reír.

—Pero no, señora, de verdad que se lo agradezco, pero me tengo que ir. Devuélvame mi bici, por favor —responde alcanzando el sillín con una mano y deteniéndola.

Maite se para sin soltar el manillar y la mira muy seria.

—Oye, vamos a ver: tú puedes ayudar a los demás evitando que les partan la cara, ¿verdad? Y lo haces, ¿a que sí?

Oriana asiente.

—Pues yo no puedo evitar que te partan la cara, pero te puedo invitar a comer unas alubias, porque eso es lo que yo sé hacer bien. Favor con favor se paga. Es lo justo. ¿O no?

Cuando Oriana va a responder, Maite levanta las cejas y enfatiza:

—¿O no?

Oriana vuelve a sonreír y ya no encuentra la forma de negarle su derecho de reparación a esa señora. Por otro lado, hace meses que no come alubias que no sean de lata, hace meses que no se sienta en una mesa, hace meses que no charla con alguien. Y, sobre todo, necesita un teléfono para avisar a Albert y está resultando tremendamente difícil conseguirlo. *Comer, llamar y marchar.* Además, Maite tiene ese tono imperativo que cualquier soldado del mundo reconoce y esa naturalidad en el trato que recuerda mucho a los buenos amigos. Decide seguirla hasta el coche, meten la bici en el maletero y, al ritmo incesante de las explicaciones de Maite, recorren los dos kilómetros escasos que llevan al chalé 51.

CAPÍTULO 8
PORCA MISERIA

Villarcayo
11 horas después de la muerte de Artzai

Fabrizio lleva medio año con Abelardo. Lo llaman Buco, diminutivo de Ossobuco. Vino ya con el mote de Milán, de donde tuvo que salir por patas tras una batalla campal entre los tifosi del Inter y los del Nápoles: un chaval napolitano apuñalado que resultó ser hijo de alguien peligroso. Al menos, más peligroso que él. Y Buco acabó señalado.

Criado a las ubres del movimiento ultra, es bueno repartiendo leña, a mano o con herramientas; no es tonto y rápidamente entendió que, con su envergadura y con sus estudios, la mejor y, quizá, la única salida profesional decente era presentar su currículum a alguna organización criminal. En el extranjero, eso sí, porque la Camorra no se anda con bobadas. Hace cinco años que no llama a su casa por no poner en peligro a su madre.

Y no le ha ido mal desde entonces. Empezó de portero de discoteca en Madrid y ha pasado a asesor financiero. Supervisa ingresos y gastos del tinglado de Abelardo desde que este empezó a tardar más de la cuenta en pagar los encargos. *Vete a ver qué pasa.* Misión especial a Villarcayo para defender los intereses económicos y estratégicos de la organización. Rinde cuentas a un tal Tabanito, le pagan razonablemente y nadie va a ir a buscarlo allí. No necesita, ni quiere, saber más. En este tiempo, gracias a algunas experiencias formativas, se ha desembarazado de buena parte del racismo y de la xenofobia que traía. Con lo que no traga es con el rollo feminazi. Todo ello sin tocar un libro. Así que bien.

Pero aquí lo que lo mata es el aburrimiento. Está *hasta los huevos de este pueblucho perdido de la mano de Dios*, donde no encuentra otro disfrute que el de la buena mesa. Por eso se ha puesto en ciento cincuenta kilos y su chándal favorito le queda estrecho. No le gusta que lo llamen gordo y esta mañana ha estado a punto de soltar un sopapo a la loca del perro —«¡que me sueltes, cabrón, gordo de los cojones!»—, que no ha dejado de insultarlo desde que la ha interceptado en mitad de la nave hasta que ha conseguido que se metiera en su coche. *A ver si paga esta* puttana *y tapamos un poco el agujero.*

Dice «tapamos» porque le ha cogido cariño a Abelardo y le da pena por lo de su hijo, aunque la verdad es que, al menos desde que Buco llegó, la cosa no ha hecho sino empeorar. Álvaro va a ser su ruina, ya se lo dijo a Tabanito la semana anterior; los datos no van a mejorar a no ser que construya una urbanización de doscientos chalés, y eso no va a pasar. Lo de la vasca es una tirita para tapar un cráter. El chalé familiar de Abelardo está rehipotecado, el Audi sin pagar y no hay más patrimonio. El agujero ludópata que Alvarito ha cavado asciende, según sus cálculos, a unos ciento sesenta mil euros. Así que, cuando vuelve de achantar a la vasca y ve a Abelardo y al chaval discutiendo en el despacho, se teme lo peor: unos cuantos miles más que añadir al pasivo. Llamar «pasivo» a la deuda le produce un placer insospechado. Ha descubierto que le gusta la contabilidad casi tanto como la morcilla de Villarcayo.

Es la hora de comer y Buco espera a que Abelardo termine de discutir con su hijo. Cinco minutos después, Álvaro sale dando un portazo y se marcha. Pálido. Flaco. Alterado. Su moto ruge. Buco asoma la cabeza.

—Abelardo, me voy a comer. ¿Vienes?

Este tarda en responder. Como si no lo hubiera oído o como si su mente se hubiera quedado atascada en la conversación previa.

—Abelardo...

—No. Perdona. Hoy voy a casa. Le dije a mi mujer que iría.

Su tono es débil. Ha dejado la energía en la discusión con Álvaro.

—Vale, hombre, no pasa nada. Otro día —responde Buco, caminando hacia la salida.

Abelardo lo alcanza. Ambos susurran.

—Oye, Buco, lo del perro igual no fue tan buena idea... Ya has visto cómo ha venido la vasca.

—*Piano, piano*. Le damos un par de días y le pasamos la oferta otra vez. Y si podemos meter cincuenta mil por ahí, tendremos un respiro.

—Ya. Pero yo la veo muy bruta a esta. Cago en Dios, me va a acabar jodiendo, ya verás... —Abelardo suspira—. Bueno, gracias de todos modos, Buco; eres un buen amigo.

Al pasar a su lado, Abelardo le da una palmada cariñosa en la nuca, un poco como él cree que haría su padre si tuviera uno. *Este está bien jodido*, piensa Buco al verlo salir. Lo del perro había sido una liada, la verdad, pero es lo que hay. Entonces no le pareció tan exagerado. *Por un amigo, bien vale un perro muerto*. Y eso que él intentaba mantener separados la amistad y el trabajo. Si podía ayudar a Abelardo lo hacía de mil amores, pero cada dos semanas tocaba reportar a Tabanito cómo iban las cuentas y no valía maquillar nada. *No, porque en este negocio a la mínima te ponen una cruz y adiós; lo sé por experiencia*, piensa ya en el restaurante, mientras ataca la segunda mitad del chuletón de kilo que tiene al frente. Y es justo en este momento que su móvil vibra sobre la mesa y un número desconocido aparece en la pantalla. Se le cae una patata del tenedor y le salpica de grasa la sudadera blanca.

—¿Quién? —dice con fuerza, temiendo una voz femenina ofreciéndole una oferta de telefonía e internet.

—Fabrizio te llamas, ¿verdad? —La voz es rara y el acento también.

—Depende de quién lo pregunte —responde con aspereza mientras se echa hacia atrás en la silla y frota la mancha de su amplia tripa con la servilleta, que acaba de mojar en el vaso de agua. Para usar las dos manos, sujeta el móvil con el cuello.

—Lo pregunta quien te paga, mamón. ¿Te vale con eso o necesitas más detalles?

Buco está a punto de caerse de la silla, suelta la servilleta, agarra el móvil con la mano y se lo coloca bien en la oreja. Carraspea y se disculpa logrando que su voz pase del tono desafiante al humilde en un segundo. Y poco más. *Que soy su hombre aquí, que sabe que puede contar conmigo, que tenga localizado a Abelardo y que a las seis y media recibiré una llamada, que tenga el móvil a mano*. Buco cuelga y se pasa la servilleta por la frente. Hace calor. Los nervios le hacen sudar. *Che diavolo sta succedendo qui?* Aparta la bandeja con lo que queda de chuleta.

—La cuenta, por favor.

Cuando Buco regresa a la nave, Abelardo ya está allí, en el despacho, atendiendo llamadas. No se mueve en toda la tarde salvo para recibir una furgoneta que viene a cargar material y vuelve a marchar. Buco lo observa desde la oficina, en cuyo sofá suele sentarse a pasar el rato o echar una cabezada si no hay movimiento. Y la verdad es que solo hay movimiento cada quince días, y ya ni eso, porque la empresa de Abelardo lleva meses sin facturar lo suficiente para blanquear una cantidad aceptable. Así que los envíos se han reducido.

18.32. Buco siente la vibración del móvil y el inicio de la sintonía. Otro número desconocido. Distinto al del mediodía. Se levanta y sale de la nave. Esta vez la voz es conocida. Tabanito. Que dónde está Abelardo, que tenga a mano las llaves de la nave y que esperen allí. Buco traga saliva.

—Y a Abelardo ni una palabra... Es una sorpresa... Si eso, lo entretienes hasta que lleguemos... Sí... Una hora. Tú nos esperas fuera.

19.57. Abelardo enciende un cigarro y empieza a recoger. Papeles, pósits, cartera y llaves. Ya ha salido todo el mundo. Buco también. Estará esperándolo en la calle. Suele llevarlo a casa de camino a la suya. A veces toman algo. Cierra la oficina y apaga las luces. *Vaya día. Y lo de Álvaro sin atar...* Después baja el portón y cierra con llave. Está cansado, desmoralizado y triste. Su mujer le ha dado la tabarra en la comida, pero no encuentra una solución. Con suerte, le partirán la cara y le darán una prórroga. *Si así espabilara... ¿Y Buco?* Saca el móvil para ver si tiene llamadas y dobla la esquina hacia el aparcamiento distraído con la pantalla; se dirige a su sitio, siempre aparca en el mismo hueco, y, entonces, repara en que unos metros más allá está Buco, apoyado en un todoterreno grande, de lujo, desconocido. Algo no encaja. *Malo.*

Todo sucede rápido. Cuatro hombres bajan, se acercan sin mediar palabra, dos por cada lado, le quitan las llaves, abren el Audi y lo obligan a meterse en el asiento del copiloto. Saben lo que hacen. Uno se sienta en el del piloto y lo encañona con una pistola. Desde el asiento de atrás, le fijan el cuello al reposacabezas con una brida. Tenso. Puede respirar, pero no moverse. *Malo, muy malo.* Abelardo decide esperar. *Si quisieran matarme, ya lo habrían hecho. A ver por dónde sale la cosa.* La puerta de atrás vuelve a abrirse y alguien entra. Se cierra de nuevo.

—Ay, Abelardo, Abelardo. ¿Quién iba a adivinar que nuestros proyectos acabarían así?

La erre de su nombre vibra de más. Abelardo siente un escalofrío, traga saliva y nota cómo la nuez le hace tope con la brida. Hacía años que no escuchaba esa voz. Oye cómo vierten un líquido en un vaso. No se le ocurre qué decir.

—No sabía que hubieras vuelto —aventura.

—Ya ves, querido, aquí estamos de nuevo al pie del cañón. —Se ríe y le pide perdón—. La expresión no es la más adecuada dadas las circunstancias, ¿verdad? Al pie del cañón, pobre... —Ríe de nuevo.

Abelardo empieza a perder los nervios.

—Mira, si es por lo del dinero, te juro que te pago esta semana. Yo siempre saldo mis deudas. Ten un poco de paciencia, joder, que los del chalé están a punto de pagar... Que llevamos diez años trabajando juntos y nunca he fallado.

—Esa canción es muy vieja y ya nos la sabemos. No van por ahí los tiros... Uy, otra vez... —Vuelve a reírse, más aún—. Abelardo, te repites más que la morcilla de tu pueblo. Toma, bébete un güisqui, que te va a sentar bien.

Abelardo da un sorbo como puede y vuelve a notar la nuez aprisionada. Ya no habla, casi gime.

—Anda, diles a estos señores que somos socios, que me suelten y hablamos tranquilos.

—Pero vamos a ver, Abelardo, ¿no has aprendido nada en todo este tiempo? Hay que asumir las consecuencias de nuestros actos. Si no pagas, asumes el precio.

—¿El jefe sabe esto? ¿Sabe que me vas a matar por cien mil euros?

—Ay, Abelardo, Abelardo. Todavía no te has enterado, ¿eh? Primero, el jefe no sabe ni que existes; y segundo, no mueres por el dinero. El dinero ya lo hemos perdido. ¿No lo ves? Mueres por traicionar nuestra confianza, por mentirnos durante meses, por deslealtad. La lealtad es lo único que nos da dignidad. ¿No lo ves? Tenías que cumplir y no has cumplido; tú ya no eres digno de nosotros, eres un mierda.

—Espera, joder.

—Tranquilo, tranquilo, no te preocupes. Que nos vas a pagar esta deslealtad y estaremos en paz enseguida.

Abelardo oye un sonido metálico y cuando se lo ponen delante ve brillar la hoja de un cuchillo largo y curvo.

—¡Pero pégame un tiro, joder, no me desangres como a un cerdo! —grita.

Abelardo empieza a llorar.

—Tómate el güisqui, que no te vas a enterar de nada. Tu muerte forma parte de un nuevo proyecto. Un asunto muy interesante a la vez que retador. Por eso no sufrirás demasiado. Casi nada. Somos gente justa. Solo quería que supieras que, a pesar de todo, serás nuestro soldado hasta el final.

Abelardo hiperventila. Hace un rato que se ha meado encima, pero obedece, se sosiega y logra apurar el güisqui. Casi de inmediato se siente mejor. Al rato cae sin sentido. No nota que lo meten de nuevo en la nave. Ni que, efectivamente, lo desangran como a un cerdo.

Cuando Buco llega a casa, a eso de las diez, ya sabe que sus días en Villarcayo han terminado. La semana siguiente, cuando baje la marea de lo de Abelardo, le darán su nuevo destino. *Pobre Abelardo*, piensa mientras mete el chándal lleno de sangre en una bolsa de plástico.

Porca miseria.

CAPÍTULO 9
CHALÉ 51

Villarcayo
7 horas antes de la muerte de Abelardo

Oriana intenta escuchar. Mucha información. Le diría que muchas gracias, que no es nada, pero no encuentra hueco. Es un supermonólogo. Duda de si respira. *Creo que me ha dicho que se llama Maite.* Maite está a la vez atacada y profundamente agradecida; necesita expresarse. Oriana sabe que tiene que irse en cuanto contacte con Albert, pero esta mujer le parece entrañable. Su madre era un poco así: intensa y alegre.

—Maite, ¿puedo llamar?

—Claro, ahí tienes el teléfono, en la mesita de la entrada.

Nada, no lo coge. *Joder, Albert, ¿por qué no contestas?*

Huele a puchero desde el vestíbulo. *Mi madre también cocinaba como los ángeles.* Hace mucho que no se acordaba de ella con esa ternura en el corazón. Su madre, su paraíso perdido a los once años. *Perdido no, robado.* Si soportó su penosa adolescencia en casa de su padre, seguramente fue porque ella le labró una infancia en la que se sintió amada, valorada y casi casi segura. *Y eso él ya no lo pudo joder, pese a todos sus esfuerzos.* Oriana sitúa en ese tiempo y en esa atención el germen de su supervivencia. *Si no es por eso, no me lo explico.* Su madre evitó durante años que viera las mierdas de su padre y casi al final directamente a su padre, lo que le costó la vida. Pero tenía que arriesgarse a ganar, aunque luego perdiera. Nunca se lo tuvo en cuenta. Su madre, valiente y osada, cumplió. Aunque el dolor de perderla se abriera de tanto en tanto. Ahora, por ejemplo, justo cuando Maite le encaja en la mano una copa de vino blanco tan frío que el cristal se empaña.

—No me des más las gracias y bebe. Yo voy calentando esto.

El vino no la aparta del recuerdo. Era muy pequeña la primera vez que su madre se la llevó de casa. *Nos vamos de misión*, le dijo cuando fue a buscarla al colegio. Era como ir de viaje. A Oriana la emocionaba ir de misión con su madre. De repente, no había cole, ni madrugones. Las misiones solían durar días, un par de semanas como mucho. Iban lejos de Madrid, a la playa, a la montaña; lugares lejanos, sin gente, bonitos. Eran unas vacaciones improvisadas para dos forajidas. Pero siempre volvían. Alguna vez venía su padre a buscarlas. Y de nuevo, el cole, Madrid, los madrugones, la tensión entre ellos dos que se podía cortar con un cuchillo. *¿Cómo era posible que no me diera cuenta?* El cerco de su padre. Su sombra siempre sobre ellas. Su mugre salpicando cada vez más lejos, cada vez más hedionda. Hasta que su madre no pudo ya defenderla de la realidad. Ni defenderse ella misma.

—Está bueno este verdejo, ¿eh, linda? Ven, que te pongo otro y te sientas aquí en el porche mientras preparo la mesa. Así descansas un rato, que ya sé que no hay quien me aguante.

—Gracias, Maite.

—Que no me des más las gracias.

—Vale.

Lo recordaba bien. Era martes, era febrero y tenía once años cuando no encontró a nadie esperándola a la salida del colegio. Su madre la recogía a diario. Luego pasaban la tarde por los parques o en las cafeterías modernas con las que se topaban acercándose al centro. Hacían los deberes, sacaban libros de la biblioteca del barrio y hacia las ocho y media regresaban. Esa era la rutina de las tardes de invierno. La rutina de una hija de padres que no solo ya no se quieren, sino que están en mitad de una guerra abierta. Al llegar a casa, su madre le apañaba una cena y rápidamente a su cuarto, a leer y a dormir. «Papá está ocupado, ya mañana lo ves». Se tumbaba con ella hasta que se dormía. No la perdía de vista ni un segundo. Cuanto más peligroso se volvía su padre, más se agudizaba el instinto de protección de su madre. *Quién hubiera podido entender las cosas entonces como ahora.*

Pero ese día no fue a buscarla al cole y Oriana caminó hasta casa. Conocía bien el barrio y los alrededores porque pasaban mucho tiempo en la calle, así que no tuvo miedo. Sin embargo, ninguna explicación de las que pudo discurrir la tranquilizó. La experiencia de once años de vida le decía que la única cosa infalible de su mundo era ella y, por alguna razón, ese día había fallado.

Oriana se mete lo que queda de su copa de vino para pasar el mal recuerdo y mira hacia el interior de la casa por si viene Maite. No quiere que la vea con media lágrima en los ojos. El vino no arrastra el recuerdo, pero le pone la mente en un estado más fluido, más flexible. Oye a Maite hacer ruido en la cocina, se sirve, ya con confianza, una tercera copa de blanco y afronta, mirando el hermoso encinar más allá del jardín, la imagen final de su recuerdo de infancia, aquel martes de febrero cuando pegó la cara al cristal del portal para ver a su madre despatarrada sobre un charco de vómito, con una sobredosis de heroína como para matar a un rinoceronte.

Ese fue el día en que su madre perdió la guerra y la vida. No vio venir la batalla definitiva. Subestimó al enemigo. Ese fue el principio del fin.

—Oye, ¿qué tal estás ahí?

Maite aparece en el porche con la perola del guiso y el salvamanteles. No deja tiempo para que Oriana conteste.

—Sí, es lo mejor de la casa, alguna idea buena sí ha tenido el desgraciado de Abelardo. Bueno, habrá que celebrarlo, ¿no? Vaya hostia que le has cascado al Chuchi. Ese no me vuelve a mirar en la vida. Trae esa copa que te pongo una limpia para el tinto. A mí este me encanta: Rioja alavesa. Perdona, que hablo mucho, es que estoy nerviosa. Y encantada de conocerte. Estarás pensando que estoy chalada. Normal. Oye, ¿qué te parece el jardín? Mejor pongo aquí la mesa y comemos fuera. Aguántame la perola, que lo cambio todo en un momentín. Hay que aprovechar estos días, que luego viene el invierno y hala, todo el día en casa. Espera, que ahora vuelvo.

Oriana se queda ahí plantada, algo borracha, con el cocido humeante entre las manos. La verdad es que se está bien en el porche de esta mujer que no calla ni debajo del agua. Es un sitio hermoso. No hay casas cerca y el jardín, hacia el norte, se extiende hasta el encinar, que no es de Maite, pero da la impresión de vivir junto al bosque. A veces una querría tener un sitio así. Una casa bonita en un lugar tranquilo y en la naturaleza, un lugar estable donde cultivar plantas, amigos, un amante quizá, criar un perro o unas gallinas. A veces una querría parar de rodar y poder hacerse amiga de alguien como Maite. *Venga, Oriana, come y vamos, que estás pedo y te emocionas.*

Maite regresa con el mantel, dos platos hondos, las dos copas y dos servilletas. Sigue hablando. Un cacareo incesante, alegre, hospitalario. Pone la mesa rápidamente. No calla. Vuelve a entrar en la casa y enseguida sale con la botella de vino. La trae con cariño, como si llevara un bebé.

—Siéntate, no te quedes ahí como un pasmarote, mujer. Toma, prueba y me dices.

Se sientan, pero, como si hubiese un muelle en la silla, Maite salta y sale casi corriendo.

—Uy, se me ha olvidado el cacillo.

Vuelve esgrimiendo su arma para servir y señala el plato de Oriana, que se lo da con una leve sonrisa. *Toma, que te lo has ganado.* Por fin se sienta. Y se calla. Apenas un minuto. Se oye a los pajarillos y todo. Las alubias queman un poco, pero están tan buenas.

—Oye —le dice Maite bajito—, me tienes que contar cómo es que sabes dar esa patada. Es que no la ha visto ni venir. Figúrate, que yo fui unos meses a clases de defensa personal, en Bilbao, y, chica, no vi nunca nada parecido.

—Bueno, es una patada alta, no tiene mucho misterio.

—¿Y dónde has aprendido tú eso?

—Pues en varios sitios, la verdad. Es una cuestión de entrenamiento.

—¿Eres deportista?

—No exactamente.

—Pues, ¿qué haces?

—Viajo en bici por ahí.

Maite se da cuenta de que Oriana no quiere proporcionar muchos detalles.

—Dueña de tu tiempo —concluye con una sonrisa.

—Sí. Oye, Maite, esto está buenísimo. ¿Te importa si me echo más?

—No, qué va. Para eso están. Es la receta de mi madre. El truco está en la cocción. Lenta. Bueno, y en el producto de calidad, está claro.

—Están buenísimas. Nada que ver con las de lata.

—Gracias... Oye, que me acabo de dar cuenta de que no sé tu nombre, con tanta movida que hemos tenido. ¡Qué desastre! Ya me puedes perdonar. ¿Cómo te llamas?

—Oriana. Me llamo Oriana.

—Ay, qué bonito, Oriana. No lo había oído nunca.

—Es el nombre de mi bisabuela, que era de Sicilia.

—Pues un placer conocerte, Oriana.

Maite alza su copa de vino.

—Lo mismo digo, Maite.

Brindan a la sombra del toldo nuevo que Maite compró hace dos semanas por internet. Empiezan a encontrarse cómodas. A veces es más fácil hablar con alguien a quien no conoces, a quien casi seguro no vas a volver a ver, con quien no compartes un pasado. En momentos como ese descubres que tu vida, tu biografía, el relato de tus fracasos y tus superaciones, ha cambiado desde la última vez. No es que mientas. En realidad, es que descubres que ya eres otra.

—Maite, ¿por qué le has tirado la tila al imbécil ese?

Su anfitriona no sabe cómo resumir la historia sin desvelar los detalles que la dejan como una histérica. Busca las palabras, pero no encuentra ninguna que exprese la rabia que siente hacia Abelardo. *Esto Jose lo cuenta mil veces mejor que yo.* Oriana la ve noqueada por la pregunta, como buscando la manera de escapar o de hacerse entender.

—Tranquila, que no tienes por qué explicármelo. Es que tuve un incidente con él anoche y me pareció tan estúpido que me cuesta creer que tenga algo que ver contigo, que eres un cielo.

Maite, ya desarmada, empieza a relatar todo, como le sale, así, a borbotones. Recrea conversaciones, medio inventadas ya después de meses rumiándolas. En casa, en el trabajo, en los abogados. Bebe vino y escupe furia. *Una terapia cojonuda*, piensa a la vez que lo hace. Se siente algo más liberada. Lleva pocos meses viviendo en Villarcayo, hace semanas que no queda con sus amigas y ahora teletrabaja, con lo que tampoco ve a sus compañeros, que bien le vendrían para desahogarse un rato.

Oriana la escucha con gusto. En parte porque, salvo el finde con Albert, hace lo menos diez meses que no habla con nadie más de dos minutos, pero también porque le gusta esa mezcla de fuerza desproporcionada, de nervio imparable y de resentimiento rabioso contra un tal Abelardo, que después de mal rematarle la obra de su casa soñada quiso que le pagara mucho más de lo pactado.

—Y ahora estáis en abogados, porque tú no pagas lo que él te pide —dice Oriana.

—Eso es.

—Pero no entiendo por qué va a matarte al perro.

—Pues porque es un cacique de mierda. Lleva puteándonos desde que le dijimos que no íbamos a pagar más. Primero una rueda pinchada por la mañana en el coche de Jose, que no ha pinchado en diez años. Seguro que fue el Chuchi o alguno de sus peones. Lleva sin pagar a sus obreros desde entonces, y les dice que no tiene dinero porque nosotros no le hemos pagado la obra. Que encima no es verdad, porque le hemos dado ciento veinte mil euros. Después nos tuvo dos semanas acojonados porque dijo que no nos acababa la casa. Y luego vino con la gran oferta: nos dijo que si facturábamos la obra en trescientos mil, estábamos en paz. Nos sonaba todo tan turbio que le dijimos que nos lo íbamos a pensar. Le preguntamos al abogado y nos dijo que ni se nos ocurriera. Así que lo llamé y le dije que cancelábamos nuestro contrato y que nos devolviera las llaves. Se puso como loco y me puso a caer de un burro. Y me dijo que me olvidara de las llaves, pero al final lo llamó mi abogado y nos las devolvió. Y ahora va y me mata a Artzai, el desgraciado.

—Para que paguéis.

—A cuchilladas, hay que ser cruel.

—Maite, a mí me paró la Guardia Civil para ver mi jambiya.

—¿Tu qué?

—Mi cuchillo. Chuchi les dijo que yo tenía uno. Están buscando a quién lo hizo. Ten paciencia. La Guardia Civil sabe investigar.

—Ay, no sé. Epifanio y el nuevo tienen menos garbo...

—Mujer, comparado contigo, cualquiera tiene poco garbo.

Maite ríe mientras se levanta.

—Qué ojo tienes, niña. Voy a por el café. No te vayas.

—Tomo el café y me marcho, Maite, que se me va a hacer de noche.

—Bueno, bueno...

17.00. Oriana dice que se va, pero se repanchinga en la silla aún más. *Se está tan bien...* Hacía tiempo que no estaba tan cómoda con alguien. *Además, me pasa con tan poca gente...* ¡Albert! Oriana se acuerda de que no lo ha avisado de que no venga a Villarcayo. Lo mismo ya está de camino. Maite vuelve y Oriana le pide permiso de nuevo para usar el teléfono.

—Claro, mujer. Tendrás que avisar a la familia y esas cosas.

—¿Familia? No. Yo no uso de eso. Tengo que avisar a un amigo.

—¡Uuuh! Un amigo, claro —dice Maite con el retintín que usa cuando su hijo Jon ha quedado con una amiga y este la mira como si quisiera dejarla muda para siempre.

Oriana llama, pero nadie contesta. *Qué raro.* Vuelve con Maite, que le pregunta qué tal con su «amigo».

—No lo coge.

—Luego pruebas otra vez.

—Sí.

—Bueno, y cuenta, cuenta. ¿Qué es? ¿Tu novio?

—¿Novio? No. Solo un amigo, al que hace tiempo que no veo.

—¿Y está bueno?

—A mí me gusta.

—A ver, enséñame una foto del móvil.

—No tengo...

Maite la corta apurada.

—Ay, qué torda, que igual tienes que cargar el móvil. ¿Quieres enchufarlo? Que te habrás quedado sin batería.

—No, no. Digo que no tengo móvil.

—¿Qué?

—Que no tengo móvil.

—Pero ¿se te ha roto?

—No, qué va. Llevo meses sin móvil. Muy recomendable, por cierto.

—¿Y si te pasa algo?

—¿Qué me va a pasar?

—En la bici... No sé, si te caes o te atacan, algo así.

—Llevo meses en bici y no he tenido ningún problema.

—¿Meses? ¿Cuántos?

—Unos diez.

—¿Diez meses? Pero si no hueles mal...

—Gracias.

—Pero ¿dónde duermes?

—En la tienda de campaña.

—Chica, qué plan de vida. ¿Y no necesitas dinero? Quiero decir que no trabajas.

—Tengo algo ahorrado y de momento me gusta esto de ir en bici. Se gasta muy poco, además.

—Pues algo de envidia me das, no creas. Ahora que estoy tan atada al curro, a la hipoteca, a los críos. —Se queda mirando al infinito como evaluando su presente y al cabo de un rato tiene dictada la sentencia—. Aunque sé de sobra que, en cuanto se arregle lo de Abelardo, a mí se me quitan todas las penas.

Oriana piensa en la fortuna de esta mujer, la fortuna de tener una vida normal con una familia normal, con problemas normales. A veces lo envidia: no exactamente lo de su anfitriona, pero sí volver al mundo, sentirse segura y relajada en él. Maite mira a Oriana y ve a una chica poderosa, capaz de vivir por sí sola, sin dependencias, libre. La admira por eso. Mirar a los hombres sin miedo. Poder defenderse. Ni se le pasa por la cabeza que Oriana vive así, de un lado para otro, porque no le queda otra. No imagina que huye, ni que si tiene alguna posibilidad de disfrutar de una vida propia, esta pasa por desaparecer más de diez meses en bicicleta. Toman café, un par de chupitos de pacharán que hace su *aita* en el caserío, charlan de todo y de nada.

18.56. Maite se anima y saca la ginebra, el pepino, la tónica, una caja con semillas raras. Se pone moderna.

—Te voy a preparar un *gin-tonic* espectacular.

—No, no, que me voy ya.

—Pero ¿adónde vas a ir a las siete de la tarde? Tú te quedas aquí a dormir y mañana sigues tu camino.

—Que no, mujer, que no quiero molestar. Que te vendrán los críos ahora. ¿Y tu marido? Te va a poner verde por acoger a una vagabunda.

—Qué dices, si Jose es más bueno que el pan. Y, además, están en Bilbao. No vienen hasta mañana, así que te quedas.

Oriana sabe que debe irse. Es tarde y no le apetece nada. Nunca le han gustado las copas, es más de cervezas frías, pero esta tarde le gusta todo, hasta el *gin-tonic*. El sol de la tarde. El silencio. La tumbona. La compañía. Si es que tuviera alguna, diría que se siente como en casa. Y, aun así, nada de esto la retendría: podría levantarse, dar las gracias, coger la bici y adiós, muy buenas. Salvo que aún no ha hablado con Albert.

—Maite, vuelvo a llamar otra vez, ¿puedo?

—Claro, niña, estás en tu casa.

20.48. Nada. *¿Dónde se habrá metido este?* Aunque sabe que Albert es capaz de olvidarse hasta de su sombra, Oriana empieza a preocuparse. No quiere dejar esa casa sin haber hablado con él. *En un rato pruebo otra vez.*

Este llamar y no hallar se repite un par de veces hasta que llega la cena, y después el sofá, la serie y las doce. Y se podría repetir durante toda la noche, porque Albert está acampado tras la ermita vieja de Escaño, bajo un encinar espeso como un muro, donde no hay ni pizca de cobertura.

00.36. Maite está ya dormida en el sofá cuando Oriana hace un último intento.

«El teléfono al que llama está apagado o fuera de cobertura...».

—Joder, Albert.

Oriana decide echarse en el hueco que queda libre e intentar dormir unas horas. Así podrá llamarlo temprano antes de irse. *Mañana lo localizo.*

CAPÍTULO 10

MARÍA

Villarcayo
6 horas y 27 minutos después de la muerte de Abelardo

3.27 de la mañana. Oriana despierta sobresaltada. Durante unos segundos casi no puede respirar. No sabe dónde está hasta que ve a Maite acurrucada en el otro extremo del sofá. *Mierda, Oriana.* Le duele la cabeza, tiene frío y la desazón de la pesadilla permanece como un clavo negro perforando su mente. *Nunca fuiste una yonqui, madre. Eras inteligente, valiente, sensible, ¿cómo te juntaste con él?* Esa pregunta la persigue desde la niñez. Sabe que nunca obtendrá respuestas. Sus recuerdos de infancia no sirven. Su madre dedicó toda su energía a falsear la realidad, y lo hizo bien. Hasta la sobredosis que la mató, Oriana no fue consciente del tamaño del monstruo con el que viviría hasta los dieciocho.

Creció pensando que su padre trabajaba de sol a sol en un almacén de bolsos y que si lo veía poco era porque sus horarios iban a la contra de los de la escuela. Creció pensando que era un hombre serio, silencioso y solitario, que las quería así, sin muchos aspavientos. Creció pensando que era un hombre de carácter, de esos que tenía momentos de ira, pero que, en el fondo, era bueno, de esos que no sabían querer para fuera.

Once años forjando esa imagen de su padre se resquebrajaron como un cristal apedreado la noche en que murió su madre. Oriana no recuerda bien el orden de las cosas. Se mezclan sus gritos de socorro, un vecino haciendo fuerza para separarla del cadáver sucio y pegajoso de su madre, un vaso con algo caliente entre sus manos y la noche cada vez más negra. Alguien la recogió y la llevó a su cuarto. Durmió tan profundo que, al despertar, salió buscando a su madre convencida de que había tenido la peor pesadilla del mundo. No la encontró. Encontró a Hadi, su padre, sentado en el sofá, con los codos apoyados en sus rodillas, un cigarro en la boca y un vaso en la mano. Miraba la mesa, llena de billetes como montones de ropa sin planchar. Ella fue hacia él.

—¿Y mamá?

—¿Mamá? ¿Pero no la viste ayer?

Oriana sintió un latigazo, el estómago encogiéndose como un plástico al fuego. Blanca y quieta, miró a su padre, que seguía como si nada contando billetes.

—Tu madre —suspiró con una media sonrisa—, tu madre te ha dejado aquí tirada. Quiso pasar un buen rato y se le fue la mano con la heroína. La pobre siempre tuvo ese vicio. ¿No lo sabías?

Oriana no supo de quién le hablaba. *No puede ser*. No entendía. Lo único que logró pensar con cierta claridad es que allí no encajaba nada.

—Mira, niña, las cosas están así. Como tu madre ha muerto, te quedas conmigo —le dijo Hadi—. Así que estas son las nuevas normas: no se habla de nada de lo que veas aquí y no se molesta a nadie. Si necesitas algo, dinero, medicinas o lo que sea, se lo pides a Scott.

Oriana consiguió, a duras penas, volver a la realidad. Paralizada aún, atisbó que su mundo había cambiado y que había que adaptarse cuanto antes. Miró a su padre y le planteó, por primera vez, el único tipo de preguntas que se le podían plantear: cuestiones prácticas.

—¿Quién es Scott?

—Ese —contestó su padre con un balanceo de cabeza hacia un chavalito apoyado en el quicio de la puerta de la cocina.

Oriana vio a un figura de unos diecisiete años, de cabeza rapada, brazos semitatuados y orejas agujereadas. Este sonrió y a ella le pareció ver el hueco negro de un incisivo lateral. Oriana caminó hacia él, descalza y sucia, con la ropa del día anterior. Extendió la mano.

—Dame cincuenta euros.

Su padre rio. *Joder, niña, aprendes rápido.* Scott, que había visto, con cierta pena, cómo la chiquilla se le había acercado como una vagabunda, le preguntó:

—¿Para qué coño quieres tú cincuenta pavos?

—Tengo que pagar judo.

—Hay que joderse con la enana esta —musitó Scott mientras sacaba la cartera.

Oriana cogió el billete, se metió en su cuarto, recogió su mochila y su abrigo y se fue al cole. Hubo preguntas, demasiadas, las maestras, una psicóloga, el director, alguna niña de la clase. Llamaron a su padre, que les convenció de que la cría, donde mejor estaba, era allí. Oriana no habló en todo el día. Fue a judo y pagó la extraescolar.

Y así fue pasando el tiempo. Volvía a casa, veía billetes, drogas y hombres a los que no se les molestaba. Al principio se hacía bocatas hasta que un día se cansó y le pidió a Scott un móvil para acceder a internet. A Scott, que en realidad se llamaba Fran López y era de Carabanchel, la niña le caía en gracia. *Tan pequeña y tanta mala hostia ahí metida.* Se tenían cierta simpatía. Cuando Scott llegaba al piso, lo primero que hacía era buscarla con la mirada. Si todo estaba en orden, se relajaba. Si se complicaba la cosa y podía, la quitaba de en medio. A veces era imposible. Como cuando lo de Daviciño, años más tarde. *Vaya Cristo.* De hecho, fue él el que se la jugó llevando al chaval a urgencias. *Lo que le faltaba a la chiquilla, un muerto a las espaldas. Nosotros, todavía; pero ella, no.* Scott sabía que Oriana podía salir del hoyo. *Que no está tan mal el hoyo, para nosotros, los que no tenemos otro remedio.* Scott cuidaba a Oriana, así que, cuando esta le pidió un móvil, sacó la tarjeta del suyo y se lo dio. *Apáñate con esto hasta que te consiga un número.*

Ella empezó a cocinarse cosas. No calculaba bien, o se quedaba corta o se pasaba. Aprendió a congelar las sobras, a hacer la compra, a pedir comida al chino. A entrar y salir de casa, a moverse en metro, en bus y a pie. Primero por el barrio, luego por Madrid. Todo, sin molestar. Como si fuera invisible. Como si no existiera. Salvo cuando a su padre se le ocurría que ella debía hacer algo por él o por su negocio. Aquello acababa siempre mal, con furia y golpes. Con los años, su padre desistió. *Esta no vale para nada.* Y menos mal. Aunque, de vez en cuando, era inevitable. Un trapicheo que salía mal, un *vete a por Fulano que Mengano se desangra*, un *lleva esto allí y que no te vean*. De milagro no acabó en un centro de menores. Aunque visto ahora, en la distancia, no hubiese sido peor que vivir en su casa los siete años que le faltaban para la mayoría de edad y que le parecieron una eternidad.

Ahora, arrebujada bajo una manta en el sofá de Maite Ugarriza, llora en silencio y jura que daría su mano derecha por averiguar quién fue su madre y cómo pudo meterse a tumba abierta en el infierno.

Pero hay cosas que Oriana nunca sabrá. María Vega era su nombre y quiso ser maestra. Madrileña, toda la vida en San Cristóbal, trabajaba los veranos en una tienda del barrio. Guapa, resuelta y muy buena con los números, llevaba la contabilidad de la ferretería Valdés, en crisis perpetua desde finales de los ochenta. Allí conoció al marroquí de ojos negros y mirada de lobo que con pocos preámbulos le ofreció, en el mismo paquete, un amor diferente a todo lo que había conocido y una salida de la pobreza endémica que afectaba a la práctica totalidad del barrio. El amor, enigmático e intrigante, lo agarró con todas sus fuerzas. El dinero sucio, con su padre enfermo, terminal ya en aquellos días, y su madre ama de casa, le supuso un conflicto moral que le duró cinco minutos. Convencer a Antonio Valdés de que apenas había riesgo en falsear un poco las cuentas de la tienda, le llevó menos de diez. Unos meses después, María controlaba los números de media docena de pequeños negocios del barrio. Su habilidad, su sonrisa y sus credenciales de española de pura cepa funcionaban a la perfección para blanquear el acento y los oscuros rasgos de Abdelhadi al Zarqaui.

¿Amor? Oriana no puede ni siquiera concebirlo, pero lo hubo. Y lealtad. Sinceros. Al menos al principio. Un año más tarde se habían casado y esperaban un hijo. Vivían ya en un chalé lejos de San Cristóbal, viajaban a Marruecos con frecuencia y estaban a punto de inaugurar una fábrica de bolsos y marroquinería. María insistió en esa inversión. Veía en ella la manera de sacar a su familia del riesgo permanente de la ilegalidad. Y durante un tiempo esa idea fue una realidad. La fábrica arrancó con María, embarazada y radiante, al frente. Hadi pasaba cada vez más tiempo en casa, impaciente ante el nacimiento hasta el punto de que encargó una jambiya al mejor maestro cuchillero del Yemen. Aseguraba que necesitaba hacerlo así para cerrar algunos negocios, que la gente para la que trabajaba no admitía retiradas repentinas, pero parecía realmente comprometido con el proyecto, con su mujer, con su futuro hijo.

Hasta que supo que no iba a tener un hijo, sino una hija. Y María tuvo un parto tan difícil que le impediría volver a ser madre. Ahí se terminó la relación. Con la niña en brazos, María dejó de transigir, dejó de obedecer, dejó de aceptar las excusas, las condiciones, las imposiciones y los tiempos de su marido.

Ya en el hospital tuvo lugar, de forma casi imperceptible, el primer enfrentamiento serio. Y empezó con el nombre. Hacía meses que Hadi había decidido llamarla Yamina, en recuerdo, difuso y algo traumático, de su madre. Pero, el día que nació, María le dijo que se llamaría Oriana.

—¿Oriana?

Su pregunta solo transmitía desprecio por aquel nombre

que le sonaba ridículo, pero María no lo escuchaba. Al mirar a su hija, vio unos ojos enormes, brillantes pese al velo azulado, y oscuros hacia el fondo, y un rostro le vino directo a la mente, o al corazón.

—Sí, Oriana. Como mi abuela. Tiene los mismos ojos.

María apenas había conocido a aquella señora siciliana salvo por los dos meses de verano que pasó en Palermo en el ochenta y dos. Pero siempre se acordaría de la anciana que la llevaba con ella al corral, donde desplumaba pollos mientras cantaba, y que no paraba de repetirle que el mundo era para las osadas, para las que no se callaban, para las que no pedían permiso para ser lo que les viniera en gana. Aunque María apenas entendiera el italiano y aunque su propia abuela fuera una señora vestida de negro de pies a cabeza, viuda desde los veinticinco, de misa diaria y con un moño tenso como una faja.

Hadi se negó. Ninguna hija suya iba a llamarse así. ¡Si sonaba a orina...!

—Ya está bien, no solo traes una niña, sino que encima quieres ponerle un nombre de vieja.

—¿Ya estás otra vez con lo de la niña? ¡Qué más da!

—No, no da igual. ¿O te crees que una mujer puede hacer lo que yo hago?

—¿El qué? ¿Darme largas? ¿Decirme que vas a dejar el negocio y no hacerlo nunca? ¡Llevas meses con esa excusa! Y ahora me vienes con que si es una niña. Pues mira lo que te digo: esta es Oriana, la mejor de los hijos que puedas tener en tu vida. Y si no vas a poder quererla, ya podéis iros tú, tu Licaón y su imperio de la droga a tomar por el culo.

Hadi no dijo nada. No hizo falta. Algo se había roto.

Y después de ese chasquido, el hombre de mirada de lobo al que María había conocido y amado, lenta pero irreversiblemente se fue convirtiendo en lobo. Y su casa, su tiempo, su vida, se convirtieron en una selva. Salvaje. Hambrienta. Despiadada.

9.00 de la mañana. Golpes en la puerta. Maite se levanta sin casi poder despegar los párpados. Abre sin entender nada. *Sabrán quién ha matado a Artzai.* Epifanio habla. No sé qué de un asesinato. Oriana despierta con la sensación de no haber dormido y se incorpora en el sofá. Oye los ruidos y las conversaciones.

—La jodimos —musita mientras empieza a calzarse.

—María Teresa Ugarriza y Oriana al Zarqaui, Abelardo García ha sido asesinado. Hagan el favor de acompañarnos al cuartelillo para tomarles declaración. ¿Dónde tiene usted su cuchillo, señora Al Zarqaui?

SEGUNDA PARTE
LAS PREGUNTAS

¿De qué sima te yergues, sombra negra?
¿Qué buscas?

Dámaso Alonso
(*Hijos de la ira*, 1944)

CAPÍTULO 11
FONFRÍA

Madrid
9 horas después de la muerte de Abelardo

La inspectora Luisa Fonfría no tiene buen día y lo sabe desde las seis y diez de la mañana, cuando ha saltado de la cama a la caza de un café como si tuviera la rabia. Pese al ímpetu, se nota cansada. Anoche anduvo haciendo el tonto con Kate Winslet hasta las dos y pico. *Un capítulo más y ya, ¡parece que tienes veinte años!* Y también está la jaqueca: por haberse tomado los dos güisquis, *o por no haberme tomado los dos güisquis*, o por estar dejando el paracetamol; quién sabe ya, a los cuarenta y ocho, por qué le duele la cabeza todas y cada una de las mañanas de su vida. *Eso ni los médicos ni el atontado del psicólogo han sabido explicármelo nunca.* A veces, cuando se pone pesimista, Fonfría piensa que la razón más factible es la inminencia de la trombosis, que el cerebro le va a hacer plof y a otra cosa, mariposa.

El caso es que los primeros minutos pintan mal y Fonfría duda que las horas siguientes pinten mejor. Cosa de carácter. *Dudar me encanta. Desde pequeña.* No lo puede evitar. Indecisión. Inseguridad. Falta de autoestima. *Todo puede salir mal. O peor: no seré capaz.* Cuando era niña, la infinidad de posibilidades y la certidumbre del fracaso la paralizaban. Una mosquita muerta que no lograba avanzar un metro sin cuestionarse hasta la más mínima de las opciones, sin atemorizarse ante cada una de ellas. Gafas. Ojos grandes, azules y miopes. Profundos. Muy hermosos. Las gafas no. De pasta, marrones; espantosas. Es una exageración, pero casi agradecía cada vez que le partían la cara y volvía a casa con ellas rotas. *Qué tiempos, Fonfría.*

Y de aquellos polvos, estos lodos —eso también lo dice el psicólogo— y esta inseguridad, que no se debe a nada concreto —¿al madrugón, a la jaqueca, a la prisa?—, pero que la persigue con cualquier pretexto, se confunde con la mera torpeza física y le hace tirar por la encimera la taza de café recién hecho, ponerse la chaqueta al revés antes de salir y olvidarse el móvil en el coche antes de entrar en la oficina. No es grave, se dice, pero la sensación de no acertar con nada sigue ahí. Intenta convencerse de que son tonterías, despistes de genio, pero se lo ha dicho tantas veces que ya no cuela. La misma fragilidad de siempre. Esa uña mordida. Esa eterna erupción junto al tirante del sujetador que no puede evitar rascarse. Y así, una mañana como cualquier otra, comienza su lucha diaria con lo que se ha convertido en su lema: «Soy inepta, soy inválida, estoy tarada y soy incapaz» contra «Sí, pero tengo un cerebro como un puto Ferrari y si consigo mantenerlo en la dirección adecuada, no hay nada que pueda detenerme».

La inspectora Luisa Fonfría ya tenía dos carreras y tres idiomas antes de entrar en el Cuerpo. Se lo recuerda a sí misma cuando la mañana se pone especialmente tonta. Como ahora, que tiene que hacer un esfuerzo por dejar el coche entre las dos líneas blancas del aparcamiento. *Y encima me he puesto una camisa que no me queda bien*. Sabe que son idioteces, que ninguno de sus compañeros se fijará en que se le sube cada dos por tres, pero se siente débil. O estúpida. O dolida. *Joder, que tienes cuarenta y ocho años, que diriges la unidad con más presupuesto de la UDYCO, ¡deja de hacer el imbécil y ponte a trabajar, Fonfría!*

A estas alturas de su carrera, Luisa tiene bien identificados los que han sido, y a veces siguen siendo, los tres principales escollos que se ha encontrado en su vida profesional.

En primer lugar, ser una mujer. No le fue sencillo hacerse valer en esta oficina con más hombres que bolis. Las fuerzas de seguridad continúan estando asociadas a los valores masculinos: fuerza física, valentía, determinación, competitividad, insensibilidad y propensión a la violencia. Para una mujer es preciso trabajar el doble, y además tener éxito, para obtener el reconocimiento tácito que los hombres se dan entre ellos por el mero hecho de serlo. Una mujer tiene que demostrarlo todo, por eso Luisa había trabajado como una bestia.

En segundo lugar, ascender, ser una mujer en puestos directivos. Luisa es muy consciente de que cuando alcanzó la dirección de la Unidad el suelo se movió para muchos de sus compañeros. *Una tía de jefa, lo que faltaba*. Nadie tiene nada en contra de las mujeres hasta que ascienden y te las colocan por encima, claro. Ahí tuvo un año y medio de río revuelto que, con un expediente disciplinario y un par de traslados mediante, terminó por remansarse.

Y, en tercer lugar, nunca fue una ayuda apellidarse Fonfría Taleb y evidenciar así un origen marroquí que hace daño en los oídos de buena parte de la sociedad española. Mujer, policía, jefa y mora. *No es mal cóctel,* se dice a sí misma cuando necesita recordarse que puede con todo. Al final, pocos prejuicios resisten ante la tenacidad, la inteligencia y el esfuerzo mantenidos en el tiempo. Hasta el día de hoy, sus alianzas y sus lealtades siempre han sumado más que sus detractores.

Cuando Luisa entra por la puerta, se cruza con Agustín, responsable de los archivos de la Unidad, puesto ganado a pulso por méritos, pero sobre todo porque lleva allí más años que todos los demás compañeros juntos. A Fonfría se le olvida lo de su camisa en cuanto ve que Agustín lleva una con dos lamparones y tan arrugada que, si no ha dormido con ella dos días seguidos, lo parece.

—Fonfría, ¡cómo madrugas!

—Siempre me ganas, Agustín, no hay manera de llegar antes que tú.

—Alguien tiene que poner las calles, inspectora.

Tiene la sensación de que lleva en la oficina una eternidad cuando aparece su compañero: Juan Márquez es subinspector y muy bueno encontrando hilos de los que tirar. Fonfría lo llama Penélope. Uno noventa, ciento diez kilos, vello como para impresionar a un gorila. Ese mote es una de las pocas cosas de las que Fonfría se siente orgullosa. Bueno, eso y sus dos hijas, que son ya veinteañeras. *Y los tienen cuadrados, nada que ver conmigo.* A Juan lo quiere, lo admira, es su compañero desde hace diez años. Fonfría sabe que «compañero», etimológicamente, significa «aquel con quien compartes el pan». Y así es, dado que se ganan juntos el pan de cada día, pero es un hombre impuntual, entre otras cosas, porque se ocupa de levantar, dar de desayunar, hacer que se vistan y transportar a sus tres hijos al colegio. Eso dice él. *Si yo no soy impuntual, es que la paternidad no me deja otra opción*. Pero a Fonfría no se la da. *Este es impuntual desde que nació. Tiene una habilidad tremenda para entretenerse con cualquier cosa*. Aunque eso a ella no la molesta ni un ápice. Sabe que muchas veces esa habilidad es la que le permite ver cosas donde la mayoría no ve más allá de sus narices.

Juan se sienta a trabajar y ya no oye nada. Luisa ha estado dos horas mareando la perdiz de un informe a otro. Dos horas con el culo pegado a la silla y la mente mariposeando de flor en flor. En diez minutos, Juan le pregunta si no le parece llamativa la diferencia de ingresos de Abelardo García entre ese año y el anterior, si el volumen de trabajo es prácticamente el mismo. Tienen al constructor de Villarcayo bastante pillado, pero les quedan algunas horas para entregar el informe y han decidido revisar todo antes de enviarlo. Cuanto más exhaustivo, mejor.

—No. ¿Qué diferencia?

—Fíjate, casi tiene el mismo número de obras, pero ingresa mucho menos.

—Serán obras más pequeñas.

—No sé, es raro. Hay que mirarlo bien.

Ya está. Ya tiene su hilo. La realidad es una madeja de detalles enredados, trenzados, anudados, cortados a veces, que Juan Márquez, alias Penélope, es capaz de interpretar como nadie. Penélope y su telar infinito. Fonfría decide ir a por café. De paso, se estira la camisa. Mientras sale, le suena el móvil. Al minuto vuelve. Sin café.

—Juan, deja lo que estés haciendo; vas a tener que venirte conmigo.

—No puedo, estoy esperando el informe de Hacienda de lo de Abelardo.

—Juan, que lo han matado.

—¿A quién?

—A Abelardo.

—Mierda.

Luisa coge el bolso.

—Salimos en una hora.

—¿Adónde?

—A Villarcayo.

—Joder, que esta tarde tenía dentista.

—Pues anúlalo, porque a saber cuándo volvemos.

—Así no hay quien se cuide.

—Ay, Juan, tenías que haberte hecho panadero.

—¿Y dejar el telar? ¡Qué dices!

Juan hace un par de llamadas. Ha tenido que salir pitando a la escena del crimen tantas veces que ya sabe cómo organizar la crianza cuando tiene que irse sin fecha de regreso. Luisa también lo sabe, pero sus niñas ya son mayores: con un wasap lo tiene cubierto. Y como hace años que se divorció, se ahorra la llamada al marido.

Montan en un Seat Toledo gris que hace muchos años estuvo en su mejor momento. Juan conduce todo el camino. Sabe que Luisa va más cómoda si no lo tiene que hacer. Y a él le gusta. Le relaja. Aunque pegue con la cabeza en el techo y aunque el vehículo, como esta vez, sea una tartana. Llevan unos meses vigilando a Abelardo. Sus cuentas. Sus movimientos. Su entorno. Su desbordante patrimonio que no pega ni con cola. *¿Qué hace un constructor de Villarcayo con un yate en Marbella?* Algo hay. Y ahora que aparece sin vida tienen la certeza de que se encontraban cerca. Encima lo han apuñalado. Varias veces. Doloroso y sangriento. Como en las pelis.

—Como no haya huellas, estamos otra vez en punto muerto.

—Ya estábamos en punto muerto, Juan. Esto, por lo menos, mueve un poco las cosas.

—Estamos como antes, pero con el jefe asesinado. Una putada.

—Un jefe asesinado nos dirige a otro jefe, aún más jefe, cabreado.

—Esa gente busca profesionales, no hace chapuzas.

—Bueno, vamos a ver lo que hay y luego nos lamentamos. A poder ser bebiendo unas cañas en un bar.

—Inspectora, hay que ver qué buen humor tienes siempre. A ti no hay quien te hunda la moral.

—¡Qué va! Estoy fatal. Y llevo con la moral hundida desde que nací. Lo que pasa es que disimulo bien. Y no me rindo. Yo nací en Cicero, chaval. Y de joven estudié a un tal Gramsci.

—¿Quién es ese señor?

—Uno que decía que la clave es llevar el barco entre el pesimismo de la inteligencia y el optimismo de la voluntad.

—Mucha teoría para mí. Me va más el trabajo de campo.

—Será por campo en Villarcayo, ya verás.

—¿Tenemos detalles de la muerte?

—Me acaba de llegar el informe. Parece ser que las heridas las hicieron con un arma blanca muy particular: una jambiya, uno de esos cuchillos curvos de los árabes, bueno, de los yemeníes...

—¿En tu familia también hay puñales de esos?

—Las jambiyas pasan de hombre a hombre, y la marroquí era mi madre, que no le dieron nada más que los cuchillos de la cocina. Y los demás nacimos aquí. Así que no, en mi familia hay de todo menos jambiyas.

—Bueno, inspectora, no presumas de familia, que la mía también tiene tela; tenemos hasta un torero.

—Pero en este caso la cosa no sale de Marruecos.

—¿Qué quieres decir?

—Que una de las detenidas es española de origen marroquí y además, casualmente, estaba en posesión de uno de esos puñales. Ya lo había usado antes para amenazar a unos chavales del pueblo que parece que quisieron tocarle las narices.

—Joder con sus paisanas. La jambiya esa, ¿es el arma homicida?

—Noventa y cinco por ciento de coincidencia, según el informe preliminar.

—Pues va lista.

—Bueno, veremos. La info que tenemos es cuando menos extravagante. ¿Abelardo apuñalado por una mujer joven? ¿Con una jambiya? ¿En ese pueblo?

Él asiente, calla y amortigua un bostezo.

13.00. Quedan veinte minutos según el navegador de su móvil, que tiene encajado en la rejilla de la calefacción del Toledo. No han parado ni a tomar un café. *Vamos directos, ¿no, Juan?* A esa hora le entra la modorra. Fonfría, por el contrario, se ha olvidado del sueño, de la jaqueca, de sus miedos. Se ha estudiado el informe preliminar de cabo a rabo y el engranaje de su cerebro busca, a toda velocidad, la solución del acertijo. *Ay, Abelardo, ¿con quién te has metido? ¿Qué has hecho para que te maten de esa manera?*

CAPÍTULO 12

CLIC, CLIC

Villarcayo

16 horas después de la muerte de Abelardo

Juan Márquez maniobra para aparcar ante el puesto de Villarcayo. Antes de bajar del coche, Fonfría cuenta doce chavales que deambulan esperando junto a la puerta. Percibe una calma tensa. Capuchas, bocanadas de humo de tabaco, vapeadores, latas de Monster en varias manos. Fonfría se baja del coche, se estira los vaqueros y hace lo que puede con la maldita camisa que Dios confunda. Con un gesto mecánico comprueba su arma en la axila derecha, bajo la chaqueta, más por costumbre que por prudencia, y espera a que su compañero termine de sacar su inmenso cuerpo del ceñido Toledo.

Cruzan una mirada y avanzan con paso firme. Llegan a la puerta del cuartel, enseñan la identificación al guardia y entran. En el vestíbulo la cosa pinta peor: un joven de unos veintitantos años está gritando fuera de sí a uno de los guardias veteranos. El chaval vocifera con la cara congestionada. Tras cada frase se golpea el escuálido pecho con el puño.

—¡Que te digo que ha sido la vasca!

—Álvaro, tranquilízate. —El guardia responde con infinita calma—. Entendemos tu rabia, pero no puedes venir aquí, montar este jaleo y acusar a alguien sin pruebas. No podéis condenar a alguien porque sí.

—¿Que no hay pruebas? Esa loca amenazó de muerte a mi padre por la mañana. ¡Todo el mundo lo vio! Habrá más de diez testigos. Pero ¿cómo me dices que no hay pruebas?

—Álvaro, vete a casa. Déjanos investigar; si ha sido ella o no, lo descubriremos en unos días.

—Mira, Epifanio, no me voy a ir porque sé que la vais a soltar, y como la soltéis, te juro que voy a por ella y no paro hasta que confiese.

—Álvaro, vete a casa y no hagas nada. Bastante tenéis ya para que encima tú te metas en líos. Tu madre te necesita más que nunca.

Ahí has acertado, piensa Fonfría mirando al sargento. Y, efectivamente, en ese momento el chaval respira, como si las palabras de Epifanio le hubieran recordado algo que la furia le impidiera ver segundos antes. No meterse en líos. Su madre. De pronto, la imagina sola en casa, llorando, sin entender nada, sin consuelo. Ahoga un sollozo, pero al instante siguiente la rabia brota de nuevo como una arcada incontrolable y grita enloquecido que quién es él para recriminarle que su madre sufre, que él no ha hecho nada, que su padre está muerto y que ha sido la vasca. *Se metió en el bucle, nada que hacer*, observa Fonfría. Ojos azules y rojos fuera de las órbitas, rozando el descontrol total. Epifanio suspira y desiste. Hace una seña con la cabeza a sus compañeros, que llevan a Álvaro a una de las salas, a ver si se sosiega.

El sargento se deja caer en la silla sin darse cuenta de que no está solo. Se pasa la mano por la cabeza, como para quitarse de encima esa capa de roña que deja en la piel el dolor y la miseria humana, y se toma unos segundos. *Pobre Alvarito.* Entonces se encuentra con Fonfría y Márquez, que dan dos pasos hacia él. *Claro, los de la unidad especial de Madrid.* Ella delante, con dos ojos como dos faroles, uno de ellos detrás de un flequillo que le da un aire moderno y misterioso, vaqueros caros ceñidos, botas negras, americana también negra, camisa blanca de cuello ancho; él, detrás, con aspecto distraído y ropa acorde con esa distracción: vaqueros anchos; Vans viejas; camiseta entre roja y naranja, que antes de haber sido lavada mil veces sabía cuál era su color original, y cazadora de cuero negro. Pelo rizado y barba dura de tres días, densa como para meter una desbrozadora. Inmenso como un oso.

Epifanio sonríe con gesto cansado. Es un hombre prudente, intenta no sacar conclusiones de su primera impresión. Hace gala de una profesionalidad sobria y escueta, muy castellana, cuando los saluda, se presenta, los lleva a un despacho, les ofrece agua y asiento y se dispone a informarles de los detalles del homicidio.

—Lo mataron con un cuchillo raro. Tiene diez puñaladas, que hayamos visto. Había tanta sangre que era complicado localizar las heridas.

—Sí, lo hemos leído —responde la inspectora, que parece tener prisa—. ¿Y qué me dice de la escena del crimen? ¿Podremos descubrir algo?

—Pues verá, el cuerpo lo ha encontrado su hijo, que había ido a buscarlo a la nave porque no volvía a casa y no cogía el móvil. Ha visto a su padre cubierto de sangre, lo ha movido, lo ha tapado con trapos para cortar la hemorragia. El pobre no se ha dado cuenta de que estaba muerto y nos ha dejado la escena del crimen bastante mal, la verdad.

—Bueno, pero el forense está en ello, ¿no? ¿Tenemos ya algo claro? ¿Hora de la muerte, número exacto de puñaladas, tipo de arma?

—Sí. La forense dice que, así, a primera vista, posiblemente llevara muerto unas cuatro horas. Serían las nueve de la noche. Las puñaladas parece que las hicieron con un cuchillo curvo, una especie de daga, de unos veinticinco centímetros. El pobre ha muerto desangrado en cuatro o cinco minutos.

—Vale. ¿Y Abelardo García? ¿Tenía enemigos en el pueblo?

—A ver, Abelardo era el constructor de aquí, de toda la vida. Un poco cacique. Algún problema con algún alcalde, porque él quería construirlo todo y no le hacía gracia que le quitase la obra otro constructor, aunque le ganaran en concurso. También tuvo algún altercado con algún cliente. Nada muy grave. Era querido, campechano, generoso, sobre todo cuando le iban bien los negocios. Mucho carácter, pero no era tonto; sabía en qué lío meterse y en cuál no.

—Pues en este último lío, sargento, igual no supo del todo si le convenía meterse o no... —interviene Juan, concentrado en elegir un bolígrafo del bote que hay sobre la mesa.

A Epifanio no le gusta su tono.

—Pues eso parece.

—Vale, y Ugarriza, ¿quién es? —cambia de tercio Fonfría.

Epifanio le cuenta a Fonfría, porque el otro parece estar en Babia jugando con el boli, que la vasca había amenazado a Abelardo esa misma mañana. «Te mato, Abelardo, te mato», le dijo varias veces, fuera de sí, delante de varios empleados del asesinado.

—Bueno, hombre, cosas que se dicen con el acaloramiento —interviene Juan de nuevo.

El sargento lo mira serio, intentando interpretar su respuesta, y luego a Fonfría buscando comprensión. Ella levanta las cejas y asiente, pero no dice nada, así que Epifanio opta por ignorar el comentario y retomar el discurso.

—Maite, la vasca, y Abelardo tenían un conflicto por el precio de la reforma del chalé. Por lo visto, le pedía mucho más dinero de lo acordado. Abelardo había ido varias veces a hablar con ellos y no debió de ser muy amigable, porque estos acabaron contratando a un abogado que les recomendó...

Clic, clic. Clic, clic. Clic, clic.

—Que les recomendó no volver a...

Clic, clic. Clic, clic. Clic, clic.

Epifanio deja de hablar. Clic, clic. Clic, clic. Clic, clic. Juan juega con el boli mientras mira al techo. *Pero este tío, ¿qué tiene, doce años o qué? Joder con el hípster de los cojones*. Juan baja la vista y escribe algo en su libreta. Epifanio no da crédito.

—Siga, sargento, por favor —lo anima Fonfría, con las cejas aún levantadas y un inicio de sonrisa en la boca.

Epifanio suspira.

—Lo que usted diga, inspectora. Ayer por la mañana, el perro de la vasca apareció muerto. A cuchilladas también. Maite lo denunció y, cuando lo hizo, declaró que estaba segura de que era cosa de Abelardo.

Clic, clic. Clic, clic. Clic, clic. Epifanio habla cada vez más rápido a ver si así logra calmar las ganas de cogerle el boli al hípster y lanzarlo por la ventana.

—Esa misma mañana, Maite fue a ver a Abelardo a la nave, discutieron y la sacaron de allí mientras gritaba y lo amenazaba. Hasta ahí, una metida de pata de Ugarriza.

—No entiendo bien, sargento —interrumpe Juan. Clic, clic. Clic, clic—. ¿Por qué la han detenido tan rápidamente? No hay pruebas contra ella.

Clic, clic. Clic, clic.

Epifanio es ya incapaz de ocultar la irritación y mira fijamente a Juan, pero no encuentra sus ojos porque este parece enfrascado en desentrañar el mecanismo del bolígrafo.

Clic, clic. Clic, clic. Clic, clic.

El guardia civil aún no tiene claro si el subinspector Márquez es un maleducado o un imbécil, pero sí sabe que le está tocando las narices.

—Mire, subinspector, déjeme acabar y luego pone todas las pegas que quiera.

Clic, clic. Clic, clic. Clic, clic.

—Y devuélvame el bolígrafo, si no le importa. Es un regalo de mi hija.

Juan parece darse cuenta en ese instante de que tiene el bolígrafo en la mano.

—Ah, claro, tome. Perdone, sargento, discúlpeme —responde sorprendido.

Epifanio suspira. Mira a la inspectora y constata que parece estar en sus cabales. Ella le sonríe con complicidad y eso le indica que el aparentemente imbécil subinspector Márquez no debe de ser imbécil sino extraño, pero que no tiene mala intención. *Hay que ver qué gente la de la capital*, piensa, y sigue su exposición. Habla de un altercado en el pueblo, una chica amenaza a dos obreros de Abelardo con un cuchillo raro. No la denuncian, pero, al investigar lo del perro, sale a la luz y van en su busca para aclarar las cosas. La chica, muy rara, por cierto, se llama Oriana al Zarqaui y es ciclista. Presta declaración en el cuartel, enseña su cuchillo y aclara que ella no ha podido ser. Su cuchillo curvo hace tajos mucho más profundos que los que ha recibido el perro.

—Discúlpeme otra vez, sargento —interrumpe Juan—, pero no veo cómo sabe la ciclista cómo son los cortes.

—Le enseñé una foto del perro muerto.

—Pero ¡¿cómo hace eso?!

Epifanio logra a duras penas no mandarle a la mierda.

—Mire, subinspector, igual en Madrid las cosas se hacen mejor, pero aquí, si le tengo que decir a una chica que no he visto en mi vida, que igual, puede, tal vez es la responsable de la muerte del perro de un vecino, prefiero enseñarle una foto del perro para que vea que no le hablo de una gamberrada, sino de un ensañamiento violento y preocupante. No sé si me entiende.

—Perdone, sargento. Visto así, tiene usted razón. Prosiga, por favor —intercede Fonfría antes de que Juan le explique a Epifanio la importancia de la protección de pruebas en los delitos de sangre.

Epifanio cuenta que esta mañana se acordó del cuchillo de la ciclista. El forense parecía tener claro que las heridas estaban hechas con una especie de daga, de hoja curva y extensión notable.

—Y no es que en Villarcayo haya muchas dagas de esas. Buscamos a la ciclista. Nos dijeron que la habían visto con Maite. Cuando fuimos a casa de la vasca, estaban allí las dos. Preferimos traerlas al cuartel antes de que se escaparan.

—Pero ¿tienen el arma del crimen? ¿Huellas? —Esta vez es Fonfría quien pregunta.

—La ciclista tenía su jambiya y parece que no hay huellas, pero la he mandado a analizar.

—¿Y a Ugarriza? ¿De qué se la acusa?

—A ver, inspectora, que no están detenidas oficialmente. Las tengo a la espera de que vengan ustedes y las interroguen en caso de que sea necesario. Pensaba tomarles declaración yo mismo, pero como enseguida me dijeron que venían de Madrid los de la Unidad de Homicidios, pues he aguardado pensando que estaba haciéndoles un favor. Ahora, que, si se ponen así, las suelto y *arreglao*.

Fonfría ve que al sargento le está empezando a salir humo por las orejas y le pide disculpas, achaca sus interrupciones al cansancio, al hambre y a las prisas a las que están acostumbrados en Madrid. Le agradece su extraordinaria prudencia y Epifanio parece que se relaja un poco. Sobre todo, porque Juan está callado. Y eso que, cuando oye lo de la Unidad de Homicidios le entran unas ganas terribles de corregirlo. *UDYCO: Unidad Central de Droga y Crimen Organizado*. Pero ya lo ha hecho tantas veces, y ha servido para tan poco, que ha desistido.

Luisa le pide a Epifanio una hora más. Quiere comer antes de comenzar con los interrogatorios. Este le recomienda un bar donde el menú del día es bastante digno. Ellos salen y él descansa un rato. Fonfría le gusta: es seria, amable y lo trata con respeto. *El otro es un tipo raro. Algún talento debe de tener y por eso lo traen. Por su educación y saber estar seguro que no. Pero, bueno, no todos servimos al Cuerpo de la misma manera y seguramente esa variedad sea buena para defender a la sociedad, que es de lo que se trata*. El sargento sonríe. Le duran poco los enfados. Antes de levantarse ya ha decidido regalarle un bolígrafo al *atontao* del hípster cuando vuelva.

CAPÍTULO 13

NO PIENSO DECIR NADA

Villarcayo
18 horas después de la muerte de Abelardo

—El sargento Epifanio estaba un poco tenso, ¿no, Luisa?

—Joder, Juan, no es que estuviera tenso, es que parecías asperger, tío. De verdad, yo, la próxima vez que montes una de estas, le digo al guardia que no te lo tenga en cuenta porque tienes un trastorno y punto, ¿eh?

—Ya, igual tienes razón. Salgo de casa y me desmeleno.

—De todos modos, creo que le hemos caído bien. Me ha pasado el informe con la autopsia del perro que acababa de recibir y nos ha recomendado este sitio, que está todo muy bueno.

Tardan algo más de media hora en comer y apenas un cuarto de hora en planificar los interrogatorios. Llevan tanto tiempo trabajando juntos que no necesitan más.

15.52. Epifanio los acompaña a una salita con una mesa y cuatro sillas. Maite Ugarriza ya está allí, de pie.

—Señora Ugarriza. Soy la inspectora Luisa Fonfría, de la Unidad Central de Madrid, y este es Juan Márquez, subinspector. Entiendo que al sargento Epifanio ya lo conoce usted.

—Sí, ya nos conocemos. He llamado a mi abogado, no pienso decir nada hasta que llegue.

—Señora, por supuesto, tiene derecho a declarar en compañía de su abogado, pero quiero que sepa que no está detenida. Solo pretendemos que nos escuche y, si quiere apuntar algún dato, bienvenido será. Usted decide.

Maite asiente.

—Verá, Abelardo García ha aparecido muerto en la madrugada de hoy, como ya sabrá usted a estas alturas.

—Sí, lo sé.

—La víctima estaba siendo investigada por nuestra unidad en una operación que persigue el desmantelamiento del apoyo técnico de una red de narcotráfico en la que Abelardo García parecía colaborar en el blanqueo de dinero. En principio, sus problemas con Abelardo no parecen tener relación con esta actividad, pero nos vendría muy bien que nos ayudase a esclarecer ciertos hechos.

—¿Blanqueo de dinero? ¿Abelardo? —Maite se sienta.

—Sí, señora. Las redes de narcotráfico ganan muchísimo, pero no pueden gastarlo si no lo blanquean o consiguen testaferros, ya sabe, señores que compran bienes en su nombre, pero que más vale que no toquen nada porque no son suyos, sino del narco que los contrata. Por ello, buscan empresarios que los ayuden en esta ardua tarea, normalmente hosteleros o constructores, cuyos ingresos son difíciles de verificar. ¿Sabía usted algo de esto?

—No.

—¿Sospechaba algo así?

—Pues no. Pero ahora que lo dice, me encaja todo. Abelardo nos pidió sesenta mil euros más de lo acordado por la reforma de la casa. Nos negamos. Un día nos propuso zanjar la supuesta deuda si aceptábamos que en la factura figurasen trescientos mil. O sea, ciento veinte mil más del coste real. Nos negamos también. El abogado nos lo recomendó. Y a partir de ahí, todo fue a peor.

—¿A peor? ¿A qué se refiere?

—Bueno, pues cuando estábamos negociando el sobrecoste, una mañana el coche de Jose apareció con una rueda pinchada, que, oye, también pudo ser casualidad, no digo yo que no, pero bueno. Otra, cuando lo llamé para decirle que no aceptábamos esas condiciones y que terminábamos nuestra relación, y le pedí las llaves, se puso como loco y me dijo que no me las iba a devolver. A ver, que no le duró mucho la pataleta porque llamé al abogado, y no sé qué haría que esa misma noche vino un chaval a devolvernos los dos juegos. Y luego vino lo de Artzai.

—¿Lo de Artzai?

—Mi perro. Ayer por la mañana lo encontré muerto en el jardín. Acuchillado.

—¿Por eso fue usted a la nave ayer por la mañana?

—Pues sí. La verdad es que no sé para qué fui, pero no me salió otra cosa. Lo llamé de todo.

—Y también lo amenazó de muerte, señora Ugarriza.

—Todavía creerán que lo he matado yo.

—Pues es curioso que su perro y Abelardo hayan muerto de la misma manera.

—Mire, señora, si usted llevara meses peleando con el chulo de Abelardo, tendría los nervios como yo y entendería perfectamente que, justo después de que matara a mi perro en mi casa, fuera a verlo y le dijera de todo. Pero de ahí a acuchillarlo, hay un trecho. ¡Cómo voy yo a acuchillar a alguien! Míreme.

—Las apariencias pueden engañar. De hecho, es casi lo habitual —constata Juan.

—No, señor, no es el caso. Yo no tengo ni la fuerza ni el conocimiento para matar a nadie y menos a Abelardo, que me sacaba una cabeza y muchos kilos. Ayer mismo quedó claro: me echaron a patadas de la nave sin despeinarse.

—Perdone, señora, no la estoy acusando, pero comprenda que en la investigación barajamos todo tipo de hipótesis. Como, por ejemplo, que igual Abelardo no mató a su perro.

—Seguro que fue él.

—No lo sabe, señora.

—Pues investíguenlo. Y ahora, si no estoy detenida, me voy a mi casa.

—Déjeme preguntarle un par de cosas más, por favor. ¿Qué hacía Oriana al Zarqaui en su casa esta mañana?

—Dormir. Hasta que llegó la Guardia Civil, claro.

—Oriana al Zarqaui tiene una jambiya, un cuchillo de hoja curva de veinticinco centímetros que encaja perfectamente con las heridas del señor García.

—Oriana pasó la noche en mi casa, no ha podido ser ella.

—¿Cómo lo sabe? ¿No durmió?

—¿Y qué tiene que ver Oriana con Abelardo? Ni se conocen.

—Igual lo mató para que usted estuviera tranquila.

—Inspectora, conozco a Oriana desde ayer; no creo que se meta en tal marrón por ayudarme a mí.

—Igual no está muy equilibrada.

—No creo que sea el caso.

—De todas formas, usted ha tenido acceso a la supuesta arma del crimen.

Maite resopla. Debería callar de una vez y esperar a su abogado, al que ha debido de pillar todo esto en la Conchinchina porque no acaba de llegar. Sabe que es mejor no hablar, pero no puede evitarlo. No entiende cómo no ven que es obvio que ella es solo una víctima de Abelardo y sus chanchullos.

—A ver, que yo no he podido matar a nadie. No sé pelear con nadie. Fui unos meses a clases de defensa personal en Bilbao, pero ya le digo que allí no te enseñan a matar a nadie y menos con un cuchillo.

—O ha podido contratar a Oriana para que lo haga por usted.

—Sí, claro.

—¿Por qué Oriana al Zarqaui pasó la noche en su casa si apenas se conocen?

—Oriana me ayudó en un altercado con uno de los obreros de Abelardo, la invité a comer a casa, nos caímos bien y se quedó a dormir.

—Qué confiada es usted, señora Ugarriza.

—No tengo que darle más explicaciones, eso es todo lo que sé. Si se lo cree, como si no. Y ahora, si me lo permite de una vez, me voy a mi casa.

—Una última cosa. Supongo que antes ha oído al hijo de Abelardo decir que si no la detienen, irá a por usted.

—No creerá que Alvarito va a venir a matarme.

Interviene Epifanio:

—Lo más seguro es que no haga nada, pero, por si acaso, váyase hoy a Bilbao.

—¿Que me vaya yo? Yo no me voy a ninguna parte. Estoy en mi casa, en mi pueblo y no he matado a nadie.

—Maite, entiéndalo: ahora mismo hay una docena de chavales en la puerta reclamando su cabeza. Así que, aunque solo sea por precaución, quítese de en medio unos días.

—¡Que no me voy a ninguna parte! Que yo no he hecho nada malo.

Epifanio la ve decidida. *Es tan tozuda que ni miedo tiene.*

—Está bien. Haremos lo siguiente: un coche la llevará a casa y un guardia se quedará allí vigilando para que no la molesten. Por si acaso.

Maite mira por la ventana y ve a unos cuantos chavales. Obreros de Abelardo, Chuchi, la cuadrilla de Alvarito, con cara de pocos amigos. *Perro ladrador...*

—Como quiera. Pero ya le digo yo que sus guardias se van a aburrir como ostras a la puerta de mi casa.

—No se preocupe por eso.

16.49. Maite se levanta y sale. Tiene que llamar a Jose, pero no quiere que venga. Lo que le faltaba. Después del número del día anterior, no se ve explicándole que ha metido a una *hippy* en casa y que se ha pasado la mañana en el cuartelillo. *Vamos, que igual le cuento esta movida y no volvemos a Villarcayo ni para vender la casa.* Su abogado le ha dicho que no se preocupe, que están investigando a Abelardo, pero conoce a su marido, es un hombre tranquilo hasta que llega a su límite, y este asunto está a punto de alcanzarlo. Lo llama como si nada.

—¿Qué tal estáis?

Jose le dice que Mikel sigue igual. Maite aprovecha.

—Igual le viene bien descansar... Sí, bueno, yo bien, echándoos de menos, claro, pero así adelanto un poco de trabajo, que no me viene mal... Que sí, que sí, que me han puesto protección. Claro, dos guardias, pero ninguno está bueno, eh. No te preocupes, que estoy bien. Disfrutad allí de los abuelos y venís mañana, que ya Mikel estará mejor. O mejor voy yo el sábado por la mañana, que ya habré acabado los encargos. Así quedamos con la cuadrilla y me despejo un poco... Sí, venga, que hace mucho que no los vemos... Sí, estoy tranquila, no te preocupes... Un beso. Un beso.

Maite cuelga. La mentira le deja un sabor agrio en la boca. Sabe que Jose no se merece esto. Pero también sabe que el proyecto de Villarcayo les ha costado mucho en todos los sentidos, no es momento de rendirse. Y Jose tiene infinidad de cosas buenas, pero no es un luchador. *Gano un día, se lo cuento el sábado y ya está.*

Maite se vuelve hacia los dos guardias.

—Cuando queráis. Yo ya estoy.

Al cerrarse la puerta, Luisa mira a Juan.

—Pues, para no querer hablar sin su abogado delante, no ha estado mal.

—La has cabreado.

—A veces la ira ayuda a hablar. Ya sabes, el miedo lleva a la ira, la ira lleva al odio, el odio lleva al sufrimiento.

—¿Gramsci otra vez?

—No, merluzo, Yoda.

—Joder, jefa. ¿Y lo del guardia?

—Así nos aseguramos de que no se pega con nadie más.

Interviene Epifanio:

—En mi opinión, el riesgo de que sufra una agresión es mínimo o nulo. Esos chavales no van a ir a por ella.

—Mejor. Ahora vamos con la otra.

Epifanio y Juan salen, y un par de minutos más tarde Juan vuelve a abrir la puerta.

—Ya está lista, pero creo que esta nos va a costar más. Ha venido la abogada. Una tipa muy rara.

CAPÍTULO 14

NO

Villarcayo
20 horas después de la muerte de Abelardo

Oriana lleva más de seis horas en una sala de visitas. Gris. Sola. Seis horas pensando qué va a hacer. Le han dicho que no está detenida, pero ha pasado ya un buen rato a la espera de que venga no sé quién de la Unidad de Homicidios. Le han pedido su jambiya para analizarla. *Y entonces verán que no tengo nada que ver con lo del tal Abelardo*. Por muchas vueltas que le da, no encuentra otra explicación. Las amenazas de Maite, la muerte del constructor y ella con su jambiya, *como una imbécil*, en medio, durmiendo en casa de la sospechosa. No puede ser otra cosa, pero se siente un poco tonta. Diez meses tranquila, sin cometer errores, sin parar en ningún sitio, invisible. *Pero un día improvisas y zas. Me tenía que haber pirado. Comer e irme, joder. O no comer y punto.*

Y, sin embargo, duda. Algo le dice que tanta mala suerte es excesiva incluso para ella. Pero lo otro tampoco encaja. *¿Cómo han podido encontrarme? Desde lo de Riga no llevo ni tarjetas ni móvil. No pueden rastrearme. Voy en bici. Duermo al raso. Evito poblaciones. Pago en efectivo. No hablo con nadie. No son la puta CIA, joder*. Oriana se levanta, camina unos pasos por la estrecha sala y se recoge el pelo, respira hondo e intenta abrir la mente a nuevas opciones. Sabe que lleva horas atascada en el mismo surco. Vuelve a sentarse.

Maite. *¿Maite es el cebo? ¡Venga ya, Oriana! Lo habrías notado enseguida.* El encuentro no ha podido ser más casual. Todo improvisación. *Solo queda Albert, pero tampoco.* Lo llamó desde una cabina en un pueblo perdido de los Pirineos. Hacía seis años que no lo contactaba. *A no ser que...* Oriana llega a la conclusión con un escalofrío. *A no ser que él me haya delatado.* El fin de semana perfecto ha podido ser una pantomima. Su único amigo puede ser el que la haya vendido. El escalofrío da paso al calor de la ira y se levanta de la silla como un resorte. Todo mentira. *Todo el rollo amoroso, toda la risa y la confianza y el veámonos más, una puta mentira. No, no puede ser. Albert no me haría algo así. A no ser que... ¿Y si le han hecho daño?*

En ese momento suena un clac y Epifanio abre la puerta.

—Su abogada ha llegado. La hago pasar.

Oriana arquea las cejas, pero no dice nada. Entra una mujer de cuarenta y pocos años. Morena, ojos negros, rasgados. Guapa. Labios carnosos, con una pequeña cicatriz que se hunde en la comisura. Debido a ella, parece que sonríe más de un lado que del otro. Lleva un traje de chaqueta azul marino impecable y un maletín de cuero. Tacones. Podría pasar por europea si no llevara el hiyab; naranja, como una llamarada, orgulloso. Parece una mujer elegante, calmada, profesional, con estilo. Oriana levanta la mirada, la ve, parpadea y siente por un instante que le falta el aliento. *Otra vez.* No se lo puede creer. *Otra vez esta hija de puta jodiéndome. Ahora todo encaja. Otra encerrona.* Epifanio cierra la puerta al salir y Soumia Kamal se vuelve hacia Oriana. La dulzura mezquina de su sonrisa le pone los pelos de punta.

—Cuánto tiempo, Orianita. Hay que ver qué mal aspecto tienes desde que no te veo.

—No.

—Perdona, cariño, no, ¿qué?

—Que no. Sea lo que sea, no.

—Bueno, bonita, esto no es así. Esto va de decir que sí a todo, porque si no te comes quince años en la cárcel por asesinato.

—No.

—A ver, Oriana, vamos a empezar por el principio. Estás a nada de ser acusada del asesinato de Abelardo García, porque han encontrado su cuerpo con diez cuchilladas bien profundas de tu jambiya. Yo, que soy tu abogada, vengo a defenderte.

—Tú no eres mi abogada y yo no tengo nada que ver con Abelardo García. No lo conozco.

—Ay, qué boba eres, niña. Abelardo trabajaba con nosotros. Hacía casas como la de tu amiga Maite y nos echaba una mano con el dinero negro. Si hubieras hecho lo que te correspondía y no te hubieras ido a hacer el imbécil al Ejército, lo sabrías. Nos salió rana, al final, Abelardo. Pero, bueno, no hay mal que por bien no venga; casualmente habías decidido venir a follarte a Alberto a estos contornos: perfecto para nosotros.

Albert. El jodido Albert, claro. La posibilidad de la traición le oprime el pecho. Pero que lo hubieran podido amenazar para encontrarla le parece incluso peor. Oriana no intenta disimular el dolor. Sabe que Soumia lo ve todo. Sus ojos buscan con avidez contenida y encuentran cada mínimo gesto, cada debilidad. Se conocen bien. No tiene sentido ocultar sus sentimientos.

—Qué putada lo de Alberto, ¿verdad, cariño?

Oriana calla. Se recompone. Toca encajar. Ali-Foreman en Kinsasa. Encajar, encajar y encajar. *Hasta que llegue tu momento.*

—Nunca me gustó para ti. Pero, bueno, hace mucho que me di cuenta de que tienes el gusto en el culo. De hecho, siempre he pensado que eras lesbiana. En fin...

Soumia suspira fingiendo un decaimiento que está lejos de sentir y se sienta en la silla que queda libre. Está contenta, casi eufórica. Todo ha salido según lo previsto. El equipo ha funcionado bien y el operativo que ha tenido que inventarse en unas horas le parece ahora brillante. Delante tiene a una Oriana desvalida, inofensiva, desanimada y sin recursos. No puede imaginar una situación mejor. Tantas veces se le ha escapado la niñata esta. *Tan lista que eres y resulta que te la he colado, idiota.* Pero, sobre todo, por encima del odio antiguo y salvaje que la chavala le inspira, lo importante es que Hadi volverá a mirarla con respeto. Eso sí, todavía tiene que convencerla. Y llevársela.

—Pues sí, Oriana, bonita, nos ha costado mucho dar contigo. Te lo voy a contar. Solo para que sepas cuánto tiempo llevo preocupada por ti. Y para que te vayas haciendo a la idea de lo que viene después de esta conversación. Y no me mires así, que sé que te interesa, aunque solo sea por curiosidad profesional. Después de lo de Riga, no te encontrábamos. Te acuerdas de Riga, ¿no?

—¿Riga? Sí, claro. Una ciudad preciosa. —Oriana sonríe levemente—. Y aquellos señores tan encantadores...

Riga fue el lugar donde Oriana constató que no viajaba, sino que huía. Fue en el baño de mujeres de la estación de tren. A las tres menos diez. Hacía cinco meses que había salido de Israel. Alternando trenes y autobuses, había cruzado Turquía, Bulgaria, Serbia, Chequia, Eslovaquia, Polonia y Lituania. No iba a ningún lado. Simplemente se movía. Hoteles baratos, transporte público, unos días en cada ciudad, visitas culturales, soledad y movimiento para curar las heridas del último año en Israel. Eso había sido durísimo. Peor que la guerra. Y había que dejarlo atrás. Aunque fuera corriendo.

Su tren para Tallin, Estonia, salía a las tres de la tarde. Pensaba cruzar a Helsinki y subir hacia el norte, ver el hielo, los bosques infinitos, el invierno perpetuo, el cielo de colores. Aún tenía dinero de sobra. Durante los últimos diez años apenas había gastado nada. No es que el sueldo fuera para tirar cohetes, pero ella no había entrado en el Ejército por eso. No tenía ninguna responsabilidad además de sí misma, ni ningún gasto más allá de la vida diaria. Era austera. Necesitaba poco. Y tenía ahorros.

A las tres menos cuarto estaba en la estación. Era miércoles, no había mucha gente. Había comprado el billete desde su móvil, por lo que no perdió tiempo en las taquillas. Se comió un par de bollos de nombre impronunciable rellenos de tocino y cebolla, que ya había probado el día anterior, y fue al baño. Llevaba una mochila mediana pero muy llena. Lo justo y necesario. El baño no era excesivamente grande para una estación central: seis lavabos bajo el espejo que ocupaba toda la pared y, enfrente, cuatro retretes. Con puerta hasta veinte centímetros del suelo. Limpio. Vacío. Rellenó su botella, se quitó la mochila y entró en el cubículo más alejado de la entrada. Era estrecho, pero había un dispensador de papel higiénico, no estaba húmedo ni olía mal. Depositó la mochila en el suelo, puso el pestillo y se desabrochó el pantalón. Entonces oyó la puerta: dos pares de pasos y la puerta cerrándose de nuevo, quizá demasiado rápido, quizá demasiado fuerte.

Oriana levantó la cabeza y se abrochó de nuevo el pantalón. Mientras lo hacía, su cerebro ya había hecho clic y en un segundo tuvo cinco cosas claras. Una: las puertas de los baños públicos suelen tener un sistema para cerrarse solas, con suavidad; tardan hasta diez segundos y no suelen golpear. *Raro.* Dos: cuando dos mujeres entran juntas al baño, o bien se conocen, y por tanto es probable que hablen, o bien no se conocen y coinciden en la puerta, por lo que suelen saludarse. Pase usted. No, usted primero. Gracias. De nada. Etcétera. Nadie habló. *Raro.* Tres: pocas mujeres llevan botas pesadas, pocas mujeres llevan más de ochenta kilos encima de las mismas y pocas mujeres pisan como si fueran búfalos, incluso entrando al baño. *Muy raro.* Cuatro: la puerta del retrete se abría hacia adentro, por lo que era imposible sorprender al que la abriera. Este solo tenía que empujarla, alejarse un paso y encañonarla. *Una putada táctica.* Y cinco: los hombres siempre subestiman a las mujeres. Más pequeñas, más débiles, casi inofensivas. *Una oportunidad.*

El siguiente movimiento fue echarse a llorar desconsolada. Luego, sonarse los mocos, tirar de la cadena, ponerse la mochila en el pecho, agarrar la botella rellenable en la mano derecha, quitar el pestillo y abrir la puerta para salir. Estratégicamente, el menor de los males, que eran muchos: inferioridad numérica, encerrada, única salida bloqueada, atacantes casi seguro con armas de fuego. *Complicado.* Así que había que compensar: ayudarlos a que bajaran la guardia, a que perdieran la tensión y la adrenalina, a que se sintieran seguros, a que creyeran que el objetivo no era para tanto, dudando ya de la veracidad del informe que señalaba a la cría esta como muy peligrosa.

Y así fue como Oriana ganó el espacio necesario. Según salió, una zarpa la agarró del cuello, la zarandeó y la lanzó contra la pared. El tipo debía de pesar más de cien kilos. Fue un choque violento, pero contra el hombro. Oriana se derrumbó sobre sus piernas y quedó en el suelo, en cuclillas, abrazada a su mochila, sollozando. Soltó la botella de agua, que rodó hasta quedar quieta, un metro y medio más allá, entre los dos hombres. Ellos dos se miraron y se sonrieron. Debían de ser locales, porque Oriana no entendió las palabras que cruzaron. En todo caso, la estrategia de compensación estaba funcionando. ¿Para qué sacar pistolas si el trabajo estaba hecho? Solo había que recoger el paquete lloroso y salir de allí sin mucho ruido.

El de la zarpa se agachó riendo para levantar a Oriana, que en ese momento le agarró con ambas manos las solapas del abrigo, se propulsó con las piernas y lanzó su cabeza como un ariete contra la cara del hombre. La cara de él bajaba y el hueso frontal de ella subía con todas sus fuerzas. El frontal es el hueso más duro del cráneo. Y, en efecto, el sonido le indicó la calidad del golpe. Casi seguro que había algunas cosas rotas: nariz, pómulo izquierdo, quizá más. El impacto hizo caer hacia atrás aquellos cien kilos y la inercia levantó a Oriana, que avanzó hacia el segundo. Pobre. Aún no había decidido qué hacer; dudó un instante entre buscar la pistola en la sobaquera o ponerse en guardia. Se puso nervioso. Así que reaccionó primero mal y luego tarde. Durante ese segundo, Oriana recogió la botella, dio otro paso hacia él y conectó un directo que le hizo sacar la mano del sobaco, vacía. Mal colocado, lanzó un puñetazo que Oriana desvió hacia afuera con la izquierda, al tiempo que bajaba el tronco girando la cadera. Esto le sirvió para meterse en su espacio desprotegido y asestarle un golpe con la botella en el lateral de la cabeza que lo derribó como si a una marioneta le cortaran los hilos.

Oriana respiró, recogió su mochila y sacó su jambiya. Se acercó al de la zarpa y vio que estaba peor de lo esperado. Apenas se movía y su cara era un gigantesco hematoma. Su respiración era superficial y producía gorgoritos de sangre en la boca.

—*Who?* —preguntó Oriana.

El hombre negó con la cabeza. Un movimiento casi imperceptible. Oriana le puso la jambiya frente a la cara.

—Dime quién o me llevo tus ojos.

No necesitó decirlo en inglés. Ni en letón.

—Kamal —susurró el hombre entre dos pompas de sangre.

Oriana se levantó. Se fijó en el otro: estaba muerto. Cuando una botella de acero inoxidable llena de agua choca con fuerza contra un hueso parietal humano, la botella tiene las de ganar. Y así había sido. Traumatismo craneoencefálico grave. Oriana abandonó el baño. Faltaban tres minutos para que saliera el tren. El tiempo justo para detenerse en el cajero automático y sacar dos mil euros. Le sobraron treinta segundos. En el trayecto hacia Tallin tiró su móvil y su tarjeta de crédito por la ventana. Y después desapareció. Esta vez sin dejar el menor rastro. Soumia no volvió a saber de ella hasta diez meses después.

—Diez meses son mucho tiempo, Orianita —suspiró Soumia—. Pensamos que volverías a aparecer en algún lado, pero pasaban los días y nada. Lo hiciste bien. Aprendiste cositas en la unidad esa del Ejército, ¿eh? La verdad es que me costaste cara. Mira, te lo voy a contar: por tu culpa Hadi y yo nos separamos, ¿sabes?

—No me digas.

—Pues sí, muy duro. Durísimo. Ahora, que no te lo voy a tener en cuenta porque gracias a ti nos vamos a reconciliar.

—No sabes cuánto me alegro.

—Me lo imagino. El caso es que, como pasaron los meses y no te encontraban, tuvieron que llamarme otra vez, y hace unas semanas volví a Madrid. Y, claro, no tenían ni la menor idea de por dónde empezar, oye, ni una pista; se te había tragado la tierra. Sin embargo, a veces se arregla todo de repente, sin hacer nada. Casi casi iba a tirar la toalla cuando un día tonto se me jodió el móvil y fui a comprar otro. No sabes qué cabreo tenía. No me apetecía nada salir a las tres de la tarde a pleno sol de Madrid, pero ¿sabes a quién vi en la FNAC?

—No, pero me lo vas a decir.

—A Alberto. Y entonces se me ocurrió echar la caña al catalán. Tarde o temprano, lo llamarías. Un primer amor no se olvida así como así. Lo rastreé, y en media tarde ya sabía hasta cuándo meaba. A partir de ahí fue fácil. Seguirlo y esperar. Tenía a Tabanito aburrido de ir a recitales de poesía cuando un día el catalán se metió en un autobús, lo siguió hasta El Barco de Ávila y, *voilà*, apareció la dama misteriosa.

Oriana contiene un suspiro de alivio, pero sus ojos brillan por un instante. Albert está limpio. *Menos mal.* Y tampoco le han hecho nada. Fue por ella misma, por su descuido. Soumia se la queda mirando un segundo y sonríe.

—Ay, Oriana, creías que había sido tu novio... No, mujer, Alberto es un imbécil que jamás me ayudaría. El mérito es todo, todo, todo mío.

Soumia recuerda la llamada de Tabanito. *Súbete con él.* Tabanito protestó: que si tenía entradas para el Madrid, que si no jodas, Soumia, cómo voy a irme con lo puesto, que si déjame pasar por casa y voy luego en coche. *Sube al autobús o te rajo en canal.*

—¿Y por qué no me cogisteis allí?

—Pues, si te digo la verdad, no nos dio tiempo a preparar el tinglado. Lo de Riga nos hizo ser un poco más precavidos. Así que os seguimos un poquito y, cuando estabais tan entretenidos en la tienda de campaña, te pusimos un localizador en la bici. Que, por cierto, creí que lo habías interceptado ayer, cuando te paraste en la comarcal. Qué susto. Pensé que nos habías pillado. Pero, qué va, te habías metido en uno de esos líos tuyos de justiciera. Nos vino bien, no creas. Tuvimos que adelantar el operativo, pero nos ha quedado redondo. Y tú no te has dado cuenta hasta que he entrado por la puerta. Tenías que haberte visto la cara. No eres tan lista, Orianita.

—Vale. Ahora que la lista eres tú y estás tan contenta, puedes irte a la mierda. Vete o llamo al sargento y le cuento todo.

—Como quieras. Pero déjame que te explique una cosa.

Soumia abre su maletín y saca un iPad con la foto del cadáver de un hombre de unos cincuenta y tantos. Apuñalado. Aún tiene el arma hincada en una de las heridas del pecho. Es su jambiya. Oriana no lo entiende. Piensa, pero nada le cuadra. Parece un excelente montaje fotográfico, pero Oriana sabe de sobra que Soumia no va a llegar hasta aquí jugando de farol. Derrocha seguridad. *Por eso me ha contado todo. Lo tiene bien atado.* Sabe que Soumia es capaz de enmarronarla bien, no es ninguna chapucera. Ni es la primera vez que consigue enchironarla sin que ella lo vea venir. *Estoy jodida.*

—¿Te acuerdas de aquel insólito y emotivo episodio —continúa Soumia— en que te convertiste en un hombre? Tu padre a veces se pone moñas con el tema de las raíces culturales, pero bueno. En todo caso parece que él no te había dicho que tenía una jambiya igual a la tuya. Encargó dos antes de que nacieras. Gemelas. Lo mismo pensó que iba a tener más hijos, vete tú a saber. Las hizo traer de Al Hajja, del mismísimo Yemen. Otra tradición de las que le encantan. Y la ha guardado todos estos años. Fíjate, él, de quien no podemos decir que sea un detallista, ni mucho menos un romántico, guardaba esta jambiya porque era igual a aquella que te regaló de cría. Está nueva, la ha debido usar un par de veces. Si es que en el fondo es un sentimental...

—La Guardia Civil está analizando la mía. Cuando vean que no hay rastro de sangre, me soltarán.

—Pues eso depende, querida. Si no encuentran el arma del

crimen y tu jambiya es la única arma que encaja con las heridas de Abelardo, creerán que eres una asesina muy pulcra. Hoy en día, los forenses saben determinar esas cosas; de hecho, las heridas representan huellas orgánicas objetivas en un hecho judicial. Como soy tu abogada, te comunico que si no aparece el arma del crimen, todo indicará que tu jambiya lo es. Luego, todo esto adornado con que estabas en casa de Maite, que agrediste un par de veces a uno de los obreros que la molestaba, que te han expulsado del Ejército por cosas feas y que has estado en la cárcel... Ya sabes, estos hechos sumados a un mal abogado de oficio, que me encargaré personalmente de facilitarte, te llevan a la sombra unos quince años por asesinato con ensañamiento.

Soumia sonríe. Oriana la atraviesa con la mirada. Soumia amplía su sonrisa.

—¿Qué quieres, Soumia?

—Que vengas a ver a tu padre.

—No.

—A ver, Oriana, piensa: hago llegar la jambiya del crimen a la policía, te sueltan, te vienes conmigo a ver a tu padre, lo ayudas con una cosa y vuelves a ser libre.

—¿Qué cosa?

—No corras tanto. Cuando estés libre, te lo cuento.

—Muy apurado tiene que estar para recurrir a mí.

—Pues no te lo voy a negar, apurado está. —Soumia ya no sonríe. Su voz raspa—. Pero tú lo estás más, zorra de mierda —continúa—; puedes venir conmigo o volver a la cárcel. Esta vez para pudrirte.

Ahí está el órdago. En su cara morena como el bronce,

bajo esa piel sin imperfecciones, no se mueve un solo músculo. Oriana se fija en su cicatriz y sonríe con tristeza. *Qué hija de puta eres*. Bajo el hiyab naranja de Soumia Kamal llamean sus ojos de perra fiera.

CAPÍTULO 15
NERVE TIRZA

Villarcayo
20 horas después de la muerte de Abelardo

¿Qué pretendes? ¿Por qué sigues buscándome? No tengo nada que puedas querer, ¡porque no me queda nada! Vivo sola y aislada. Solo poseo una bici y una tienda de campaña. No hay nadie vivo a quien pueda considerar familia, y llamar a un amigo significa ponerlo en peligro. Porque yo tenía amigos. ¿Dónde estarán ahora? Hace dos años eran mi casa y ahora no sé nada de ellos. ¿Seguirán en activo? ¿Estarán bien? ¿Estarán vivos? ¿Qué pensarán de mí si la última vez que los vi me llevaban presa?

Oriana no encuentra explicación ni salida. Y de repente se da cuenta de cuánto echa de menos a la gente que quiere. Quizá no fuera tan casual: primero lo de Albert y después lo de Maite. Quizá necesita a la gente más de lo que se permite admitir. Los recuerdos la inundan: entrenar con Choquehuanca hasta dejarse los nudillos en carne viva; la risa cantarina de Ana Esparza al pintarle las uñas, porque «Chica, habrá que arreglar un poco esas manos»; la mirada socarrona de Arija al sacarla a bailar para un minuto después decirle «Joé, Oriana, eres un tronco; no hay quien te lleve». La gente buena de su vida. La que tanto le costó encontrar. La que ya no puede ver.

No puedo por tu culpa, padre cabrón. ¿Qué buscas? No puedes quitarme más aún, ¡no me queda nada! Y encima me queréis meter en la cárcel. ¡Otra vez! No..., de eso nada. Lo de Israel fue mucho más que bastante.

El recuerdo le trae a la garganta una arcada. Oriana se tapa la boca y se quita una lágrima.

Ni muerta. Volver a la cárcel ni muerta. Y si vuelvo no será por esta mierda de Abelardo, sino por pasaros a todos a cuchillo.

Así, desde el estómago revuelto, como si siguiera allí, se le mete en la tráquea el olor de Nerve Tirza. Primero el olor general; el de la miseria humana acumulada durante décadas mezclado con lejía, con abandono y con miedo. Después llegan los detalles: el olor de la esterilla de caucho en la que dormía; la humedad mugrienta de la manta desgastada; el olor a frío y orina de las cuatro presas hacinadas compartiendo una celda de diez metros cuadrados; el color palpitante y amarillo de la bombilla que colgaba del techo, temblando casi tanto como ellas, pero menos horas; las paredes desconchadas de cal podrida.

Ahora parece que han pasado siglos y, sin embargo, hace poco más de un año que la soltaron. Tiene gracia. Todo el año aguantando que la llamaran «la española» y fue eso lo que la sacó de allí. A ella, que nació y creció en España escuchando tantas veces lo contrario: *Puta mora, vete a tu país.*

En España, la mora; en Nerve Tirza, la española.

En ambos casos, lo peor.

Pero, efectivamente, alguien en España tuvo que mover ficha para que la embajadora en Tel Aviv se interesara por su caso hasta el punto de convencer al juez israelí de que Oriana al Zarqaui no era un peligro para la seguridad nacional. Un delito contra la salud pública, sí. Que le había costado la expulsión del Ejército, sí. Pero unos gramos de coca no eran nada comparado con su hoja de servicio: diez años de misiones de combate e inteligencia en primera línea de fuego contra los enemigos de Occidente. Israel tenía que estarle más que agradecido a la soldado Al Zarqaui. Y, quizá, ser clemente con sus pequeñas debilidades.

Alguien poderoso debió de contar algo parecido a esto a la persona adecuada y su pena se revisó: se redujo a ese año espantoso que casi acaba con ella. Ahora lo piensa y no sabe cómo sobrevivió. Encerrada, desnutrida, sucia a todas horas. Sola. Veintitrés horas al día en esa celda. Ansiosa. En permanente estado de alerta. Leía mucho, pero eso no fue lo que la salvó. *Me salvó la rabia.* Y, aunque le cuesta aceptarlo, un poco de buena suerte.

Nerve Tirza no era solo una cárcel, era el purgatorio. Por un lado, las comunes: mujeres israelíes jodidas por la vida en un bucle infinito, sin esperanza de una existencia fuera. Por otro, las políticas: palestinas maltratadas y humilladas sin compasión, independientemente de sus delitos, o sin haber cometido ninguno más allá de pertenecer al lado débil del conflicto. Las primeras dominaban la cárcel bajo la mirada permisiva de los guardias, porque en el fondo allí dentro también se estaba en guerra. Y luego estaba Oriana, que desde el primer día supo que le había tocado estar con los que tienen las de perder. Su color de piel, su dominio del árabe, sus rasgos morunos y su apellido, que recordaba inmediatamente al del líder de Al Qaeda que sustituyó a Osama bin Laden, la colocaron rápidamente junto a las terroristas. Frente a las jefas. Frente a los guardias. *Mal sitio, Oriana.*

Las sacaban al patio una hora al día. Resolución de la ONU. Una hora diaria de ejercicio físico. Ahora que llevaba casi un año pedaleando diez horas al día, lo piensa y le entran ganas de reír. O de llorar. Estaban allí metidas dando vueltas como hámsteres. Eran unas doscientas mujeres en un patio ridículamente pequeño, apenas había sitio para despegarse unas de otras. Salir al sol era casi peor que la mugre de dentro. El juego era macabro. Acercarse a la línea suponía el empujón de un guardia, pero caminar por dentro suponía el empujón de cualquier privilegiada a la que te arrimaras. Quedarse quieta no valía. Si lo hacías te buscaban ellas. Era su diversión. Empujón, humillación, paliza. Lo que diera tiempo. Y daba bastante porque los guardias no se daban prisa en disolver el tumulto. Esa hora se hacía larga.

Oriana se las apañó los primeros días. Alguna menos atenta caía antes en la trampa y con eso bastaba para librarte tú. Agachaba la vista en cuanto la miraban, empequeñecía su cuerpo para pasar inadvertida, intentaba por todos los medios hacerse invisible, anodina, irrecordable. Y lo fue consiguiendo. Se repetía durante toda la hora el más prudente de sus consejos: *Pasa. Para qué más líos. Pasa. No te traerá más que problemas. Pasa.* Hasta que llegó el día en que consejos vendo y para mí no tengo. Y, como tantas veces a lo largo de su vida, Oriana dejó de lado la prudencia.

La causa era judía de origen ruso, se llamaba Aishane y llegó cuando Oriana llevaba poco más de un mes en Nerve Tirza. Al salir al patio, Oriana se fijó en ella al instante porque no actuaba como las demás. Era evidente que no era palestina, pero chapurreaba árabe. Sin embargo, tampoco se metió en el paraguas protector de las presas comunes pese a que hablaba yidis y podía pasar por israelí o al menos por judía. Era extraña; no actuaba como una víctima, caminaba erguida, miraba a los ojos y cuando Kaila, la terrible y cruel Kaila, se cruzó en su camino, no mostró la menor intención de apartarse.

Kaila era una de las dueñas de la cárcel, quizá la más poderosa. Llevaba allí diez años y tenía tabaco, celda individual y colchón de muelles. Nunca se supo por qué, pero estaba claro que tenía poder. Ella lo sabía. Las demás, también. Y esa tarde hizo lo que siempre hacía, escupió en la cara de su víctima y sonrió, expectante. Aishane se limpió la cara con la mano y le sonrió a su vez, pero un instante después la agarró la manga derecha y la pechera, cambió los pies, metió la cadera, dobló el tronco con violencia, la volteó por encima de su cuerpo y la dejó caer como un fardo contra el suelo. *O goshi clásico*, pensó Oriana. Kaila no se levantó. No podía respirar.

—Eres muy simpática —le dijo Aishane aún sonriendo—, pero creo que no quiero ser tu amiga; de todos modos, gracias por el escupitajo de bienvenida.

Oriana no daba crédito. El resto de las comunes se habían quedado quietas, como a la espera de una orden para caer sobre ella y despedazarla, pero sin decidirse a hacerlo. Al contrario, abrían hueco para que Aishane pasara en su paseo suicida, sonriendo a todas. Los guardias se habían levantado, a la expectativa, curiosos. Y entonces pasó, Oriana vio a Kaila, de rodillas, sacar el pincho de su calcetín, levantarse y avanzar agachada, y supo que en ese instante —qué fue de la prudencia— iba a jugarse la vida por una desconocida.

La puñalada voló desde atrás, silenciosa, hacia el costado, buscando el riñón derecho de Aishane, pero no llegó a hundirse en la carne. Un segundo antes, la rodilla izquierda de Kaila, la que soportaba su peso corporal al lanzar el brazo derecho, emitió un chasquido como el de una rama al partirse, se dobló en un ángulo extraño y dejó de hacer su función. Kaila se derrumbó sobre sí misma con un grito de dolor y siguió chillando como un jabalí herido hasta que los guardias entraron a por ellas.

—¡Española de mierda, estás muerta!

Pero antes de eso pasaron muchas cosas en pocos minutos. Las comunes entendieron que había que intervenir con o sin orden expresa. Todo el patio había visto la terrible patada y la pierna hecha un ocho de Kaila. Así que los golpes cayeron sobre Oriana como el pedrisco. *No te caigas al suelo y cúbrete, cúbrete, cúbrete.* Oriana llevaba peleando desde los tres años. Ninguna de aquellas mujeres podía hacerle frente en solitario, pero una turba de quince, sin pared que te cubriera la espalda, era arrolladora. Si alguna sacaba un pincho, estabas muerta. Si te tiraban al suelo, estabas muerta. *No te caigas y cúbrete. Cada golpe tuyo vale por diez suyos. Cúbrete, golpea, cúbrete.* Y no se cayó. Recibía diez golpes, puñetazos, patadas, casi todos inefectivos, y contestaba uno. Pero la que sufría uno de sus directos no volvía.

Aishane, por su parte, se las apañaba mejor. Las tres primeras que se le acercaron estaban tendidas en el suelo y no se movían. Como efecto disuasorio, aquello le funcionó muy bien.

El resto la acosaba, pero no se atrevía a ponerse a su alcance. Aishane aprovechó esa distancia para buscar a Oriana y logró situarse espalda con espalda. Y entonces empezaron a ganar, a avanzar hacia el grupo, que se disolvía. Ya nadie quería recibir un golpe. Ninguna quería irse a la celda con un brazo o una muñeca rotos. Y como el espectáculo no daba más de sí, los guardias decidieron intervenir.

Así las cosas, Kaila salió para la enfermería primero y para el hospital de Hebrón después, con la esperanza de que esa rodilla tuviera arreglo en un quirófano, cosa poco probable. Oriana salió directa a aislamiento, junto con la nueva. Y el resto, a sus celdas.

—¿Nos llevan a aislamiento y nos meten juntas?

Se entendían en árabe. La nueva se lo estaba pasando bien.

—No sé de qué te ríes.

—Las ironías de la vida, que son tremendas.

Aquella mujer no perdía la sonrisa, pese al eterno mes que pasaron en aislamiento. Era su segunda vez en la cárcel. Antes, ejército, mafia, tráfico de esto y lo otro; un carrerón. No tenía pinta de salir de allí pronto. Condenada por agresión, robos, un muerto que no debía haber muerto. *Eso fue un fallo.* Pero era simpática. Simplemente no respetaba los derechos humanos. Pasaron un mes en una celda de tres metros cuadrados.

—Tú sabes pelear. Si te vuelven a meter en la cárcel no puedes ir de mosquita muerta. El primer día les dejas claro a todas que contigo se juegan un brazo, un ojo, una rodilla... O la vida.

—Sí, como hoy, que casi nos matan.

—Bueno, es cierto, tienes que sobrevivir al primer día, pero si lo haces vas a estar bien el resto del tiempo.

—No lo creo.

—Ya lo verás. Cuando salgamos, respeto. Porque en el patio hay un nuevo núcleo de poder. Así funciona.

—Oye, te he visto luchar y no reconozco muchos de tus gestos. ¿Qué defensa personal es esa tuya?

—En realidad no es defensa personal, es una técnica de combate que parte del *krav maga*.

—¿Dónde aprendiste?

—Pues aquí, en Israel, ¿dónde va a ser? En ningún otro lugar se ha avanzado tanto. Aquí estas cosas no son deportes, son entrenamiento de guerra. Todos son posibles soldados. Todos los días pueden ser el gran día.

—Enséñame a dar esa patada que te he visto.

—¿Cuál? ¿La del suelo?

—Sí. Esa también. Todas. Enséñamelo todo.

—Bueno, no tenemos otra cosa que hacer.

Un día sacaron a Oriana de aislamiento. *La española, fuera.* Aishane siguió allí. No se volvieron a ver. Pero Aishane tenía razón: al salir al patio, las comunes no volvieron a acercarse a ella. Permaneció en Nerve Tirza diez meses más. Muerta de frío, hambre y asco. Encerrada.

No. No pienso volver a eso.

Y es que Oriana los tenía cuadrados. *Quién lo iba a decir con lo llorona que era de pequeña, que no había quien la aguantara.* Ya la habían expulsado del Ejército con deshonor, ya le habían robado su carrera, ya se había quedado más sola que la una, ya le habían hundido la cabeza en lo más profundo del barro. Así que aquella mañana, en los juzgados de Tel Aviv, hasta Soumia se sorprendió cuando la vio levantarse ante la jueza, declararse inocente y comerse sin pestañear una sentencia de tres años en una prisión de la que, se rumoreaba, no era fácil salir entera. Todo por no ceder, por no doblegarse, por no acceder a aquella simple petición de su padre. Quizá fuera para vengarse, pensaba Soumia. *Qué hija de puta.* Quizá no era solo pura cabezonería, quizá Oriana sabía el daño que hacía, cuánto dolor causaba, cuánto trastocaba la vida de su padre y de la propia Soumia.

Lo supiera o no, el fracaso de aquel intento por traerla a casa envenenó la relación entre Hadi y Soumia. Él llevaba mal que las cosas no salieran como quería. El plan de Soumia era bueno, pero no lo suficiente considerando el nivel de resentimiento y terquedad de *la mocosa*. Hadi no admitía excusas: Soumia era la responsable. Y el fallo se pagaba caro. Simplemente, dejaba de amarla. La admiración, la compenetración, la complicidad y el deseo desaparecían. Quedaba una indiferencia profesional. Un charco de lodo.

CAPÍTULO 16
CONTIGO

Benahavís
16 años antes del asesinato de Abelardo

Soumia recordaba los inicios, cuando aquel demonio apodado Licaón apareció en la escena del narcotráfico peninsular y empezó a devorarlo todo, extendiendo sus tentáculos hacia el suculento mercado del sur de España. En aquellos años, Soumia, controlaba alrededor de un treinta por ciento del tráfico de hachís y marihuana que entraba por la costa entre Cádiz y Almería. Un negocio estupendo si conocías las normas. Para ella era fácil llevar con mano de hierro su organización y a la vez estar siempre al margen cuando la cosa se complicaba. Pero el asalto del Licaón era harina de otro costal. Se decía que dominaba medio Madrid y que se estaba expandiendo por la península como una plaga. La convocaron a una reunión. Negarse equivalía a declarar la guerra.

El piso mugriento donde la citaron le pareció impropio de una persona con el estatus del Licaón, pero subió los cuatro pisos de escaleras malolientes flanqueada por dos de sus hombres y llamó con los nudillos a la puerta desconchada del 4.º A. Abrió una anciana que la saludó en árabe y la hizo pasar a una salita con un viejo sofá, una mesa redonda y dos sillas desparejadas. Trajo té y le dijo que era muy hermosa, que se notaba que era marroquí. Soumia le sonrió, y esperó cinco minutos largos. Entonces entró aquel Hadi joven, flaco y desenvuelto, de mirada intensa y andares felinos que en cinco minutos le expuso la propuesta del Licaón. Cuando terminó, Soumia cambió el gesto. Su rostro serio y concentrado se suavizó en una sonrisa resplandeciente, mientras le respondía que ni en el más húmedo de sus sueños iba a aceptar semejantes condiciones y que ella había venido a ver al Licaón en persona, no a su secretario, que la llamaran cuando el Licaón tuviera un hueco y que la próxima cita sería en su chalé de Benahavís.

La siguiente noticia que tuvo de Hadi llegó por teléfono a las 5.32 de la mañana, seis días después de su entrevista en Madrid. Soumia dormía. Siempre recordará esa hora porque es difícil olvidar el momento en que casi te arrebatan la vida. Hadi le habló en árabe.

—¿Tienes un arma a mano?

—¿Qué? ¿Quién es?

—Escúchame bien. No tienes mucho tiempo. Llegarán en cinco minutos.

Soumia despertó bruscamente. Primero el arma, después la ventana, luego la ropa y después la información nueva.

—¿Quiénes son?

—Los tuyos.

—No te creo.

—Están dispuestos a aceptar nuestras condiciones. Les sobras.

—Imposible. No se atreverían.

—Se atreven y llegarán en tres minutos. Coge la munición y prepárate.

—Y tú, ¿por qué me avisas? ¿Qué coño quieres?

—Al Licaón no le gustan los traidores. Prefiere trabajar contigo.

—El Licaón no me conoce.

—Pero yo sí.

Desde su terraza, Soumia oyó el sonido de dos motores acercándose y poco después vio los faros de dos todoterrenos avanzar en la noche hacia la entrada de su propiedad.

—Qué hijos de puta —murmuró.

Al menos ocho hombres. *Estoy jodida*. Hadi la oyó suspirar.

—Oye, secretario, ya están aquí. Son muchos. Pinta mal.

—Aguanta trece minutos. Tengo un equipo en camino.

—Joder, secretario, en trece putos minutos me van a freír a tiros.

—Tú aguanta. Y no pierdas de vista el móvil.

Y Soumia se dispuso a aguantar. Primero vació los dos cargadores que tenía, uno sobre cada coche, tan pronto como estuvieron a tiro. Detrás de las dos lunas delanteras destruidas percibió movimiento. *Alguno ha caído fijo*. Un minuto y medio. Mientras volvía a llenarlos, un rosario de tiros cosió la pared de la terraza principal. Al menos cinco armas distintas, calculó. *Entretenlos, Soumia*.

—Miguel, ¿qué haces? ¿A qué viene esto? ¡Con lo que yo he hecho por ti y por tu familia! —gritó mientras cambiaba de posición y alcanzaba el extremo oeste de la terraza.

La respuesta tardó en llegar y lo hizo desde otra dirección.

—Negocios, mi señora. Nada más. Lo he aprendido de usted.

Ya se han movido.

Soumia terminó de llenar el segundo cargador y miró el móvil. Tres minutos.

Solo me queda defender la escalera desde arriba.

—Joder, Miguel, ¿y tu lealtad?

—¿Qué pasa con mi lealtad?

—¿Eso no lo has aprendido?

Soumia no se entretuvo en escuchar la respuesta. Entró en la casa y se apostó en el suelo. La pared del descansillo le protegía la espalda. Tenía a tiro el hueco de la escalera y las puertas de las habitaciones, cerradas. Oyó la voz de Miguel, que sonaba lejana, y guardó silencio.

—Ay, mi señora, yo he aprendido mucho de usted. Usted siempre dice que hay que quitar del camino a todo aquel que no te deje crecer.

Cinco minutos. Una mano armada con una pistola asomó bajo el pasamanos. Soumia esperó a que el hombre subiera un peldaño más, inspiró, dejó salir el aire, y tan pronto como la mitad de la cabeza entró en su campo visual, disparó. Una rociada de sangre manchó la pared y el cuerpo se desplomó hacia un lado. Se oyeron voces abajo. Discutían en susurros. No sabían cómo sacarla de ahí. Ocho minutos. Nueve.

—Señora —se oyó la voz de Miguel—, podemos arreglarlo de otra manera.

Ella sonrió. Ahí estaba el señuelo.

—Dime cómo.

Soumia cambió de orientación y encañonó el acceso a los dos dormitorios. El siguiente ataque vendría desde ahí. La voz negociadora desde abajo y la bala definitiva desde arriba. Sospechaba que habían escalado el muro y estaban ya en la segunda planta.

—¿Miguel?

Diez minutos. Escuchó pisadas tras la pared más próxima, apuntó a media altura y disparó dos veces consecutivas con quince centímetros de separación.

Bendito pladur.

Se oyó un gemido al otro lado.

Tocado.

—Perdona, Miguel, pero así no se negocia. Otra cosa que no has aprendido.

En ese momento, la puerta del segundo cuarto se abrió de golpe y una ráfaga de ocho tiros cruzó el descansillo a cuarenta centímetros del suelo. Las balas silbaron por encima de ella, que seguía tumbada sobre el pecho y vació el cargador casi sin ver dónde disparaba. *Error*, pensó mientras buscaba en su bolsillo su última carga. *Si entran ahora, estoy muerta.*

Pero ninguno de los hombres que quedaban vivos entró en esos preciosos segundos. Miguel se equivocó.

—Señora, veo que prefiere una muerte más lenta. Pues sus deseos son órdenes para mí: prenderemos la casa.

Soumia oyó entonces el sonido lejano del rotor de un helicóptero, cargó su arma y sonrió.

—Ay, Miguel. No te enteras de nada. Ni del fuego amigo.

Once minutos y medio. Su móvil vibró un segundo. «Cúbrete», leyó en la pantalla. Tardó un instante en meterse a toda velocidad en el armario empotrado del descansillo.

—¡Quemadlo todo! —oyó gritar bajo la escalera.

Después ya solo se oyó el traqueteo monótono y brutal de la ametralladora M240 barriendo la casa. Planta por planta y de lado a lado, destrozando todo a su paso.

—¿Has venido a salvarme, secretario? —preguntó Soumia cuando Hadi la ayudó a salir del armario.

—Entre Miguel y tú —sonrió Hadi—, me quedo contigo.

A quien haga falta quito de en medio para quedarme contigo, pensó Hadi. Dudó medio segundo si decírselo. *Aún no*, decidió. Le gustaba regodearse en la espera, en las ganas, pero, sobre todo, sabía que aquella mujer no era de las que caían rendidas en los brazos del príncipe salvador. No había más que verla ahí, con la cara tiznada de escayola, pólvora y pladur. En sus ojos como carbones, Hadi vio la energía y la violencia de un volcán. *Los volcanes hacen su voluntad, no la tuya*.

—Tomo nota, Abdelhadi al Zarqaui. Tomo nota aquí.

Soumia se tocó el pecho con dos dedos. Como si nada. Como si no le hubiese impactado que el secretario le salvara la vida, y de paso el negocio, aquella madrugada. A ella, por la que nadie había movido jamás un dedo. Sin la debida extorsión, amenaza o tortura, se entiende. A ella, que acababa de sentirse admirada y buscada por primera vez por aquel secretario que podía tener a cualquiera y que, entre todas las mujeres que uno puede salvar con una M240, la había elegido a ella.

Aquello, claro, había que digerirlo. Soumia necesitaba unos días. También, valor para aceptar que ahora tenía una debilidad llamada Hadi. Pero eso le sobraba, no se iba a quedar parada ahora y menos pudiendo ampliar el negocio.

Dos semanas después, se reunieron de nuevo en Benahavís. El chalé, forrado de andamios, estaba siendo sometido a una reforma integral. Y allí se expusieron los nuevos términos de la negociación: el Licaón aportaría capital, medios técnicos y nuevos contactos. Soumia, la infraestructura y los recursos humanos. Ambos ganarían. Mucho. Y así fue. El secretario, como Soumia llamaba a Hadi, se quedó el fin de semana. La negociación al completo se llevó a cabo en la cama. Se entendieron desde el principio y fueron buenos tiempos; la asociación fue lucrativa en lo económico y también en lo sentimental, pese al incordio de la llorona de su hija, esa cría desagradecida con la que Hadi cargaba, lista como el hambre, pero incapaz de comprender el inmenso regalo que le estaban haciendo. Orianita: siempre enfadada, siempre distante y displicente, siempre aferrada al recuerdo *de su puta madre muerta y su insoportable superioridad moral*. Pese a ella, fueron los mejores años: compenetrados, sin fisuras, unidos por el amor y por la lealtad; el equipo perfecto.

Pero también hubo momentos difíciles. Cuando él la dejaba de lado, el primer pensamiento y la primera salva de mierda que le lanzaba Soumia, presa de la ira, era la redada en la que cayeron catorce hombres del Licaón, entre ellos Hadi. Porque fue ella la que le salvó el culo. La batalla por el control de Madrid norte fue durísima. La negociación con el clan de los Hermanos se fue de madre y terminó a tiros. Un espectáculo dantesco. Tres hombres del Licaón muertos, otros dos de los Hermanos, siete heridos de bala y una multitud de detenidos, entre los cuales un cabrón señaló a Hadi. La Policía Nacional daba palmas con las orejas. Tenían en la mano la oportunidad de descabezar el entramado del Licaón.

Pero en esta ocasión, Soumia no luchaba por un par de millones de euros o por una *vendetta* menor. Luchaba por su hombre.

Una semana más tarde, Hadi salió sin cargos. Doce testigos declararon que el cadáver sin identidad aparecido en un dúplex del barrio Salamanca era el del Licaón. El arsenal que la Nacional encontró en la vivienda podía armar a una guerrilla y los setecientos kilos de coca pura, el mayor alijo de la historia en la Comunidad de Madrid, fueron más que suficientes para enterrar al narcotraficante más buscado del país. Un éxito policial en toda regla. Y Hadi salió libre.

De eso no se acordaba, el cabrón, cuando las cosas no salían bien y no quería ni tenerla delante.

CAPÍTULO 17
GOE

Villarcayo
20 horas después de la muerte de Abelardo

Cuando Fonfría abre la puerta de la sala de visitas, ya sabe que Oriana al Zarqaui va en bici, no usa móvil y en su jambiya no hay huellas ni rastro de sangre de la víctima. También sabe que su abogada, una tal Soumia Kamal, lleva un traje carísimo. El tándem es raro: una parece una buscavidas, medio *hippy* medio atleta, y la otra parece recién salida de una serie americana de abogados, si es que alguna de las estupendas abogadas yanquis fuera musulmana y llevara un hiyab, claro. Poco parecen compartir, salvo su apariencia de mujeres independientes. Algo que, a Fonfría, enfrentada a sus prejuicios, le choca con su procedencia marroquí. Lo que desconoce la inspectora es qué une a tan extraña pareja. Nunca sabrá que el doloroso vínculo entre ellas se forjó tiempo atrás con acero inoxidable a noventa y cinco grados.

Eran las ocho de la mañana cuando Oriana vio por primera vez a Soumia en casa de su padre. Tenía catorce años y cierta prisa, no quería llegar tarde a clase. Mientras recogía su desayuno, una mujer desnuda salió de la habitación de su padre y entró en la cocina. Oriana nunca había visto algo así en esa casa. Había visto muertos, sangre, peleas, gente metiéndose de todo, redadas, detenciones, pero pocas mujeres aparte de la vieja Fátima, y ¿una desnuda? Era la primera vez. Se quedó mirándola con curiosidad, más por lo extraordinario del momento que por lo que veía en sí. Soumia se dio cuenta y fue hacia ella.

—¿Qué pasa? ¿Eres bollera?

—¿Quién eres?

—A ti qué te importa. Que si eres bollera.

Oriana no dijo nada, desvió la mirada y hasta se sonrojó un poco. Terminó de fregar su taza y su cuchara y cogió el trapo para secarlas. Soumia se sentó, sin dejar de observarla.

—Ya veo que eres bollera y también mudita. No pasa nada. Anda, ponme un café.

Oriana la miró y vio sus ojos burlones, sus pezones duros, su pose provocadora, como si aquella fuera su casa. Estaba disfrutando a su costa. Y de eso nada.

—No —respondió.

Soumia se sorprendió un poco, se incorporó y la miró fijamente.

—Que me pongas un café.

—Que no —respondió de nuevo Oriana mientras metía la cuchara en el cajón de la encimera, de espaldas a ella.

Soumia se levantó entonces como un resorte, la cogió del pelo y tiró de él hasta abajo. Cuando la cara de Oriana estaba ya en el suelo, la levantó por el cuello y le susurró.

—A mí nadie me dice que no y menos una niñata bollera como tú. Ponme un café.

La soltó. Oriana se levantó con la coleta deshecha, el cuello dolorido y algo burbujeándole por dentro. La mano le temblaba cuando agarró la cafetera. Dudó un segundo entre ponerle el café o estampársela, aún caliente, en la cara. Vista la evolución posterior de los acontecimientos, quizá se equivocó al elegir lo segundo. Soumia no se lo esperaba y el golpe la pilló de lado. La cafetera era de acero inoxidable. Italiana. Y el labio de Soumia reventó ante el impacto. Desnuda como estaba, se cayó de la silla y se acurrucó unos instantes en el suelo, palpándose la cara con las manos llenas de sangre. Oriana se quedó quieta, un poco asustada por su reacción. Hasta que Soumia se incorporó y levantó la vista hacia ella. La sangre le manchaba media cara y le caía por el pecho. Tenía el labio horriblemente herido. Oriana supo en ese momento que aquel día no iba a ir a clase.

Por eso Fonfría nota algo ahora que las ve ahí, sentada la una al lado de la otra, aparentando estar en el mismo bando, cuando la realidad es que cada una de ellas sería la mujer más feliz del mundo si la otra desapareciera de la faz de la Tierra. Disimulan, eso Fonfría lo ve. No sabe por qué y le crea gran curiosidad averiguarlo. Se apunta mentalmente volver sobre ello si el caso se alarga, pero ya no tiene tiempo de más propósitos.

—Señores, ya era hora de que se dignaran a atender a mi cliente. Que esto es Villarcayo, no Detroit.

La abogada no se anda con rodeos. Más bien declara la guerra antes de saludar.

—Buenos días, señora Kamal. Sentimos la tardanza, pero, como comprenderán ustedes, el asunto es delicado.

—Comprender, comprendemos, pero la señorita Al Zarqaui lleva aquí todo el día sin que nadie le dé una explicación.

—A eso vamos ahora, señora Kamal. Si no le importa, empezaremos el interrogatorio para que puedan irse cuanto antes.

—¿Interrogatorio? Nadie nos ha comunicado, ni a mi cliente ni a mí, que esto se trate de un interrogatorio. ¿O es que está acusada de algún delito y se les ha pasado leerle sus derechos, así como comunicarle el motivo de la acusación?

—Discúlpeme, abogada, tiene usted razón —reconoce Fonfría sonriendo—; no es un interrogatorio. Le estamos tomando declaración por un delito que aún estamos investigando y en el que la señorita Al Zarqaui puede estar implicada de alguna manera.

—Ah, eso es otra cosa. En ese caso, no tenemos ningún inconveniente en colaborar con la justicia, ¿verdad, Oriana?

Esta no contesta y ni siquiera la mira. *Uy, qué rollo más turbio tienen estas dos*. Aguarda un momento antes de empezar, con la esperanza de que Oriana diga algo, pero no abre la boca. Fonfría decide que la estrategia pasa por lograr cierta complicidad con ellas. Al fin y al cabo, las tres son marroquíes. *Mano izquierda*. La inspectora se presenta con sus dos apellidos: Luisa Fonfría Taleb. Le pregunta a Oriana su nombre, dónde nació, le pide que le explique su vínculo con Marruecos.

—Mi padre es marroquí. Mi madre, española. Yo, también.

—Mi caso es el inverso: mi madre era marroquí y mi padre, español. También nací aquí.

—¿No me diga que usted también es medio mora? —La voz de Soumia suena cínica y rotunda.

La inspectora continúa.

—¿Ha vivido en Marruecos, señora Al Zarqaui?

—No, pero he pasado muchos veranos en Chauen.

—Yo pasé los veranos en Tarbat n'Tirsal. Mucho mejor Chauen, seguro. Nosotros no teníamos ni bar.

—Bueno, no crea. En la casa en la que me quedaba no me dejaban hacer gran cosa, las tareas domésticas y poco más.

—Al principio, mi abuela se empeñaba también, pero mis hermanas y yo nos escapábamos a la calle. Al final, no le quedó más remedio que dejarnos a nuestro aire. Total, no iba a poder reconducirnos si el resto del año teníamos otras normas. Solo nos veía los dos meses de vacaciones.

—Yo pasé los veranos en Marrakech limpiando váteres en un hotel —interrumpe Soumia—, pero igual dejamos las batallitas para otro día y nos centramos en la investigación, ¿no, inspectora?

Luisa la mira un instante. *Cada vez que intento el acercamiento, la abogada lo dinamita. Es lista, la tía.* Decide ir al grano y retoma las preguntas de rigor: qué hace por la zona, si conoce a Abelardo García, de qué conoce a Maite Ugarriza. Preguntas fáciles hasta que llega al tema de la jambiya.

—¿Por qué lleva usted una jambiya consigo?

—Si acampas al aire libre, es útil.

—Ya, pero ¿por qué una jambiya y no una navaja suiza?

—Me la regalaron y es la que uso desde entonces.

—Pues es un cuchillo raro.

—Inspectora Fonfría —interrumpe Soumia—, ¿no habremos estado aquí esperando horas para hablar de cuchillos?

—Disculpen, les explico mi interés. La víctima ha sido apuñalada con una jambiya.

—¿Y tiene que ser la de mi cliente?

—Pues es un cuchillo inusual en esta zona. Es más propio de los árabes que de los occidentales.

Fonfría ve a la abogada echarse hacia atrás en la silla, cruzar los brazos y sonreír.

—No sé adónde quiere usted llegar, inspectora, pero esta conversación está tomando tintes racistas, que no se ajustan a derecho.

La inspectora levanta la mirada al techo y hace un esfuerzo por no resoplar. *No, por favor. El rollo de siempre: esta gente que, si estás en un sitio, te reprocha que eres del otro.* Es el drama del mestizo. *«Tintes racistas», me dice.* A ella, que ha tenido que tragarse lo de *la mora* en el colegio, en el barrio, en la universidad, en el trabajo. Ya lo decía su madre: nos verán como muros, nunca como puentes. Lo podía entender de los españoles, de los marroquíes, de los que solo se mueven a un lado del puente, pero de los que son como ella... No, de esos nunca. Fonfría resopla y recuerda que esta mujer, aquí y ahora, es abogada, de ese tipo de abogados que tergiversan todo a su favor. Sabe que es su trabajo, pero hay formas y formas. La ponen enferma los que tiran de cualquier palabra para hacerla parecer racista, machista, corporativista o lo que se les ocurra. Es tan fácil caer en esa falacia que a Fonfría le cabrea que no se esfuercen más. Y se le nota.

—Si fuera así, abogada, el caso sería más fácil. Yo, inspectora racista, y además medio marroquí, las hubiese condenado y para favorecer mi veredicto hubiese filtrado la noticia a la prensa. Ya sabe que no hay nada mejor que un juicio mediático para que una acusación sea más... contundente. Ya sabe, esos titulares: «Mujer de procedencia marroquí implicada en el asesinato de un empresario de la zona».

—Usted está insinuando que, como mi cliente tiene un cuchillo de procedencia árabe que coincide con el del crimen, debe haber sido la asesina.

—No, señora, lo que intento averiguar es si su cliente tiene algo que ver con el homicidio.

—Es como si encontraran un reloj en la escena del crimen como el de mi clienta y, al verle el suyo, le preguntaran si es la asesina. No tiene ninguna base jurídica ni científica.

—Pues si el reloj fuese el arma homicida, estaríamos ante el mismo caso. Los cortes en el cuerpo de la víctima encajan con el tamaño y tipo de la jambiya de su cliente, que, casualmente, ha sido hallada en casa de una mujer que amenazó de muerte ayer mismo a la víctima. Son todo pruebas circunstanciales pero suficientes para que esta conversación tenga lugar, señora Kamal.

—Continúe, pero le advierto de que debe tener algo más sólido si pretende acusar a mi cliente.

Fonfría no consigue más información, pero se esfuerza por hacer tiempo hasta que llegue el informe oficial del forense, con el que es probable que puedan detener a Oriana. Si la dejan marchar, la perderán. Lo mismo se fuga. Lo mismo la abogada se las arregla para librarla. Tras una hora y siete minutos de declaración, y contra todo pronóstico, llega al cuartel de Villarcayo un paquete a nombre de la inspectora Fonfría. Epifanio llama discretamente a la puerta.

—Inspectora.

—Discúlpenme, solo será un momento.

Fonfría se levanta y sale de la sala.

—Hay un paquete a su nombre.

—Lo que necesitamos es el informe.

—Pues lo que hay es un paquete, inspectora.

Fonfría mira a Juan primero y a Epifanio después. *Tiene que ser una broma*. Dentro de la caja, en una bolsa de plástico hermética, una jambiya. Idéntica a la de Oriana, pero llena de sangre.

—Epifanio, necesitamos rastrear este envío, pero ya. ¿Se puede encargar?

—Claro, inspectora.

—Y la jambiya, a analizar. Si la sangre es de Abelardo tendremos el arma del crimen, pero nos quedamos sin una sospechosa.

—Eso le iba a decir, inspectora, ya no podemos retenerla más aquí. Su abogada dirá que ya está bien.

Fonfría duda. *Y si es ella... Pero ¿qué pinta la ciclista en todo esto? Es como si alguien quisiera salvarle el culo...*

—Esto se está complicando —musita esta.

—Sí. Sargento, ¿qué opciones reales tenemos de averiguar algo sobre el remitente? —pregunta Juan.

—Yo no me haría muchas ilusiones.

—Joder.

—Venga, soltadla y a trabajar.

Le comunican a Oriana y a su abogada que pueden marcharse.

—¿Y mi jambiya?

—¿Qué?

—¿No me la devuelven?

Juan asiente con la cabeza.

—Sí, señora. Tiene usted razón. El problema es que la mandamos a analizar al laboratorio y aún está allí. Tendrá que venir mañana a por ella.

—Pues...

—Le recuerdo que debe estar localizable.

—De acuerdo.

Oriana sabe que no la va a recuperar. En cuanto salgan por la puerta, Soumia la meterá en un coche y tendrá que ir a ver a su padre. *A Madrid, supongo. Y encima me quedo sin la jambiya.* Eso la jode. Mucho. No porque se la regalara su padre, no. Oriana sabe desde muy niña que no tiene familia viva. Y, por eso, no tiene afectos, compañía ni ayuda, pero tampoco obligaciones ni lealtades. Es algo con el objeto en sí, con su permanencia a su lado. El cuchillo la acompaña desde los quince años. Ha sido su herramienta y su arma. Está perfectamente hecha a su longitud, su corte y su peso. *Es mi cuchillo y ya está, joder.*

—No se preocupe, se la devolveremos.

Ya.

Juan nota la desconfianza en los ojos de Oriana. *Esta es una superviviente.* Oriana disimula su rabia y sale con Soumia. Tras cruzar la puerta, segura de que nadie las oye, Soumia se muestra triunfante.

—Pues hala, vamos a ver a papi. Dentro del coche tienes una brida. Te la vas atando a las muñecas. Por la espalda, ¿eh? Ahora te la aprieto yo.

Mientras se meten en un M5 rumbo a Madrid, la inspectora Fonfría fisga por la ventana del cuartel. Las ve irse. El BMW es impresionante. La abogada le abre la puerta trasera a su cliente. Oriana entra con la inercia de un detenido.

—¿Y estas? ¿De dónde han salido?

—¿Has visto qué coche? Y le abre la puerta. La pija a la *hippy*. Aquí hay gato encerrado.

—Juan, vamos a investigarlas. A las dos. Ya. A ver qué encontramos.

—¿Ahora?

—¿Tienes algo que hacer mientras llega el maldito informe?

Fonfría saca el iPad y empieza a garabatear en él. Esto es lo que tienen:

1. Abelardo, muerto. Implicaciones fiscales.
2. Oriana y la jambiya.
3. Maite, su casa y su amenaza.
4. La caja con una jambiya ensangrentada. ¿Remitente?
5. Soumia, la abogada extraña.

Juan busca información sobre Oriana al Zarqaui. Y encuentra.

Base de datos: una multa de tráfico de hace tres años, militar durante nueve, los últimos tres en el GOE.

—¿En el GOE? No me jodas.

—Sí.

—¿En el Grupo de Operaciones Especiales?

—Sí.

—Pero si es dificilísimo entrar.

—Primera mujer en entrar en un GOE. Salió en el periódico y todo.

—¿En cuál?

—En *El País*.

—No, joder. ¿En qué GOE?

—Valencia III.

—Joder con la ciclista. Necesitamos saber más.

—Un colega de un colega entró en el GOE Valencia. Tiene que conocerla fijo. Lo llamo. Pero, inspectora, hay más: ingresó con una nota de 8,87 en la parte física.

—Y eso ¿qué?

—Joder, inspectora, pues que es físicamente más potente que el noventa por ciento de los tíos de su promoción. Pocos superan el 8.

—Pero si es más baja que yo. ¿Y cómo es que la hemos pillado?

—Esto no se lo esperaba.

—Si hubiese matado a Abelardo, lo hubiese hecho mil veces mejor. No ha sido ella.

—Ya, pero ¿por qué está en el ajo?

—No lo sé. Ponte con ello, Juan.

Mientras Juan deja un mensaje en el contestador del colega de su colega, Fonfría investiga a Soumia Kamal. Nada en la base de datos policial. ¿Y en Google? Abogada del mejor bufete de abogados de Madrid. Carísimo. La *hippy* del GOE con la pija de Hernández & Malta Asociados.

—Aquí no encaja nada, Juan. Hay que investigarlas bien.

—Es que vaya pareja más rara, ¿no? La sultana de Hernández & Asociados con la mora de San Cristóbal.

—¿Cómo de San Cristóbal? ¿Oriana es de allí?

—Eso ponía en su primer DNI.

Juan le pasa el papel con la antigua dirección de Oriana en Madrid. San Cristóbal, Villaverde. Barrio difícil. Barrio de viviendas que empezaron siendo provisionales para los trabajadores de la zona, pero que se convirtieron en permanentes para trabajadores con empleos no tan permanentes. Zona de gente en paro, sin posibilidades, a la que se sumaron inmigrantes, gitanos, personas con la mala suerte de nacer en el reverso pobre del mundo rico. En ese momento, Fonfría se acuerda de su amigo Bonet. También filólogo, pero de Clásicas. Profesor de instituto. Trabajó allí cuatro o cinco años. Lo recuerda porque, cada vez que alguien de la pandilla le preguntaba qué tal, él resoplaba y decía que aquello era el Vietnam. Fonfría calcula cuánto hace de aquello y le cuadran las fechas. Coge el móvil.

—Bonet.

—Luisa, hola. ¿Qué tal estás?

—Pues bien. ¿Y tú?, ¿por dónde andas?

—En Vallecas. Ascendí.

—Tampoco tanto.

—Bueno, a mí me vale. Será que soy mejor soldado también.

—Oye, me vas a llamar interesada, pero estoy investigando un caso y me he acordado de ti.

—Uy, qué honor, inspectora.

—¿No estuviste tú hace años en el instituto de San Cristóbal?

—Sí, hace diez años. Igual más.

—¿No te sonará Oriana al Zarqaui?

—¿Al Zarqaui?

—Sí.

—Pues no, pero pregunto a los compañeros. Te llamo en cuanto sepa algo. ¿Qué necesitas saber exactamente?

—Nada en concreto: algo de su ambiente familiar, si os acordáis de ella, qué impresión teníais. No sé qué busco, la verdad.

—Te llamo con lo que tenga.

—Gracias, Bonet. Te debo una cerveza.

—O dos. Venga, marquesa, luego hablamos.

Fonfría se queda con la sensación de haber puesto la caña en un buen sitio, pero aún le falta comprobar si tendrá la suerte del pescador paciente.

CAPÍTULO 18

A VER A PAPI

Incinillas
23 horas después de la muerte de Abelardo

La carretera está vacía a las ocho de la tarde. Soumia conduce rápido, pero el M5 parece un avión sobre raíles, apenas se mueve en las curvas. Siempre le han gustado los motores. Coches, motos, incluso aviones. Desde pequeña, en Aït Dris, la minúscula aldea del Rif donde nació, cuando espiaba a su padre arreglando por enésima vez aquella antigualla. La motocicleta Peugeot era la posesión más valiosa de su familia. De la Peugeot con cuatro caballos de potencia al BMW M5 CS, con seiscientos treinta y cinco, hay cierta diferencia. Como de cabalgar una gallina a cabalgar una leona.

Oriana está en el asiento trasero, incómoda, las manos atadas a la espalda con una brida. Puertas y ventanas traseras bloqueadas. Soumia no se fía ni un pelo. Va contenta, pero en tensión. *Por fin*. No puede dejarse llevar por la euforia, pero no puede evitar hacerlo un poco. Se imagina ya en Madrid, entregándosela a Hadi. Se imagina que él la mira como antes, que vuelve la admiración y, con ella, el amor. Se imagina todo, aunque aún no tiene nada. Vuelve en sí. *Déjate de pensar mierdas y asegura la operación*. Pisa el freno y el M5 se detiene suavemente en el arcén derecho, coge su bolso y saca una jeringuilla y un bote con un líquido.

—¿Qué es eso?

—Nada, precauciones; un chutecito de midazolam. Para que vayas relajada todo el viaje.

Baja del coche y abre la puerta de atrás. Con la habilidad de un sanitario que lo hace a diario, se lo inyecta a Oriana en el brazo.

—Y ahora a casa, a ver a papi.

—¿Qué quiere?

—Verte.

—Cuéntame ya de una puta vez qué queréis.

—Que te lo cuente él cuando despiertes.

Guarda la jeringuilla en el bolso y arranca el coche.

—Y ahora, duérmete, niña, duérmete ya.

Oriana calla. *Tengo que salir de aquí.* Está atada y encerrada. Empieza a notar el peso de los párpados. *Joder.* Lo peor de todo no es volver a Madrid. Lo peor es acabar otra vez doblegada ante la voluntad de su padre. *Puta mala suerte. Siempre igual.* Podría atacar a Soumia con las piernas, provocar un accidente, buscar esa oportunidad. Pero si se suelta el cinturón, a esa velocidad sería la primera en morir. Además, nota que está perdiendo agilidad, le cuesta moverse. *No luchar hoy para luchar mañana. Va a ser eso.* Se duerme. Se esfuerza por seguir consciente, alerta, pero cada vez le cuesta más. Se hunde en un sueño que, a pesar de todo, es reparador. Sueña con Albert, con la bici, con su piel liberándose del polvo del camino, sumergiéndose en la laguna. Llevan cuarenta minutos por la CL-629. Empiezan a subir el puerto de las Mazorras cuando, en el sueño, Oriana cae hacia el abismo y, en ese momento en que todo parece acabarse, algo la despierta: un impacto. Tremendo. Un chillido. Y después el volantazo violento que desvía el coche de su trayectoria, los golpes contra los asientos delanteros y las puertas del vehículo, la adrenalina que vence a la droga y la despierta. *No te duermas, ahora no.*

Soumia tarda en reaccionar, pero logra detener el vehículo; no sabe lo que ha pasado. Aunque no está herida, le tiembla todo el cuerpo. Comprueba que Oriana sigue atrás, hecha un ovillo, y como puede, sale del coche. Observa que los neumáticos están intactos; no ha sido un reventón, pero el afilado morro del deportivo está hendido en la parte derecha como si hubiera chocado contra una columna. Soumia repara entonces en la sangre y sigue su rastro más de cien metros, donde las marcas de los neumáticos derrapando pintan la carretera. Y allí está el lugar del impacto, la explosión de sangre atomizada que tiñe el asfalto. En la cuneta, varios metros adelante, ve una masa rojiza y peluda que esa misma mañana fue parte de la cabeza de un jabalí. Se fija: una pezuña aquí, un trozo de costillar allá, un nudo de tripas azules sobre el guardarraíl. Soumia se lleva las manos a la cabeza, suelta una carcajada y mira al cielo.

—¡Me he chocado contra el puto rey de los jabalíes! —grita, dándose la vuelta para regresar al coche.

Entonces la ve. Es Oriana. Corriendo a trompicones, con las manos atadas a la espalda, como borracha, pero alejándose de la carretera hacia el encinar.

—Hija de puta —musita Soumia.

Echa a correr, pero no puede avanzar. Se para, se quita los

tacones, echa a correr de nuevo, llega al coche, coge la pistola, escala el terraplén, la ve a tiro y apunta. Va a disparar. Está lejos. Igual puede acertar. No. *Mierda*. No puede. La necesita viva. *Mierda*. Se lanza a correr de nuevo como una posesa. *Está drogada, puedes alcanzarla*. Y lo intenta hasta plantarse en el encinar. Ya no ve a Oriana. Se mira los pies y ve que está sangrando por las plantas. *No me lo puedo creer. Mierda*. Vuelve a la carretera, entra en su M5 y arranca llevada por una ira que la quema.

—Todo lo que toques... —sisea entre dientes con la mirada fija en la carretera. Pero no acaba la frase. Los músculos de su mandíbula entran y salen de su rostro como si fueran válvulas hidráulicas. *¡Todo lo que toques, Oriana, lo voy a pulverizar!*

Oriana se esconde. Necesita tiempo para que se le baje el midazolam. Se tumba y se adormece. Despierta de noche. Le duele la cabeza y tiene varias contusiones, pero *no te puedes quejar, Orianita, ni se te ocurra volver a hablar de tu mala suerte*. Deshacerse de la brida le lleva dos minutos. El movimiento exacto y la fuerza precisa. Echa a andar pensando que esos plásticos están sobrevalorados. Busca un alto desde el que dominar el entorno y orientarse. Desde las ruinas de la ermita de San Cristóbal ve las luces de las poblaciones relumbrando. Calcula veinte kilómetros campo a través. Afortunadamente la noche es clara y la temperatura moderada, porque no le queda más remedio que cruzar el Ebro. Casi amanece cuando llega a Brizuela. Necesita ropa, comida y, sobre todo, avisar a Albert. A las afueras hay varios chalés. Los revisa hasta dar con la típica casa de fin de semana. Vacía. Pegatina de alarma que no engaña a nadie. Perfecto. Rompe el cristal de la ventana trasera, la de la cocina. *Ay, Albert, ya te dije yo que esta cita estaba condenada al fracaso*. Encuentra el teléfono fijo y ve que hay línea. *Venga, Albert, contesta*.

Marca. Un tono. Otro. Tres. Cinco. Siete. Nada.

Marca otra vez. Uno. Tres. Antes del quinto tono descuelgan. Suspira aliviada. *Joder, por fin*.

—¿Sí?

Esa voz. A Oriana se le hiela la sangre en las venas. No tiene valor para contestar.

—Ay, Orianita, eres tú. Ayer te fuiste sin despedirte.

—¿Dónde está Albert?

—Alberto, el bueno de Alberto... Era majo, ¿eh? Feo pero majo.

—¿Dónde lo tienes?

—Aquí, mujer, en un lugar bonito y apartado a la orilla del Nela. Verás, ¿recuerdas que te dije que te habíamos puesto un localizador? Pues adivina: a él le pusimos otro. Por si hacías alguna tontería.

—Que se ponga.

—Chica, ahora mismo no puede. Es que está inconsciente.

—Que se ponga ahora mismo.

—Oriana, ven y lo soltamos.

Nota la calma triunfante de Soumia y lo entiende todo.

—Lo has matado.

Soumia suelta una carcajada. Sabe que la ha cagado, pero el deseo de humillarla es mayor.

—A ver, niña, se me fue un poco la mano, pero, bueno, ya encontrarás otro soso con el que follar. Que hay más peces en el mar, ¿eh?

Oriana arranca el teléfono fijo de cuajo y lo golpea una y otra vez contra el suelo. Lloraría, pero la rabia se le concentra en el estómago y lo único que quiere es morirse. Las piezas del teléfono salen disparadas. Por fin lo deja caer. Se pregunta una y otra vez cómo ha sido tan tonta como para no recordar que Albert también estaba en peligro. Se dobla sobre sí misma.

¿Y ahora qué? Le cuesta respirar. *Ahora no me queda nada.* Su aliento se convierte en jadeo. *Se acabó.* Ya no puede seguir viviendo así. *Se acabó. No puedo. Se acabó.* Oriana busca aire. *Hijos de puta.* Las pulsaciones se le disparan. *Y lo matan sin más. En tus narices, maldita imbécil.* La náusea aparece, *maldita imbécil*, y una arcada vacía la derriba en el suelo. *Por tu puta culpa. Delante de ti.* Otra arcada aún más violenta la encoge sobre sí misma. *Lo destrozan todo. Todo a lo que me acerco lo destrozan.* Con la cara en el suelo frío del chalé, *hijos de puta*, llegan las lágrimas a los ojos oscuros y desorbitados de Oriana; y un gemido que crece en intensidad hasta convertirse en un bramido se cuelga vibrando del salón a oscuras.

—Se acabó..., se acabó...

En el silencio que queda después, Oriana aún puede oír el chirriar de sus dientes y el suave ronquido de sus bronquios. Así van diluyéndose los últimos ecos del ataque de ansiedad, levanta la cabeza lentamente y se incorpora. Se limpia la cara con las manos. Se da cuenta de que su mirada enfoca de otra forma: más precisa, más global. Su mente analiza ahora el entorno que la rodea: primero comida, ropa y sueño; luego lo demás. Y Oriana se sorprende. La confusión y las emociones descontroladas han desaparecido. Hay algo nuevo, una especie de calma, y todo pensamiento remite a la misma idea: ahora sabe que ya no tiene nada que perder. Se mira las palmas de las manos, las cierra y tensa suavemente los brazos. Piensa en los *hijos de puta* y sonríe con tristeza por ellos. Acaba de darse cuenta de que tampoco le queda un gramo de piedad.

—Va por ti, Albert, que me quisiste bien —murmura mientras empieza a inspeccionar la casa.

TERCERA PARTE
LA RESPUESTA

Tan grandes son tus ojos, que tu alma
era quizá como un enorme incendio.

DÁMASO ALONSO
(*Hijos de la ira*, 1944)

CAPÍTULO 19

YO ME ENCARGO

Entre Escaño y Nela
8 horas después de la muerte de Albert

Soumia observa salir el sol fumando un cigarro apoyada en el capó del maltratado M5. A pocos metros, bajo una noble encina, está la tienda de campaña de Albert, silenciosa como una tumba. Algo más lejos discurre rumoroso el Nela. La verdad, reflexiona ahora con el humo en la boca, es que no lo pensó mucho. Estaba tan ciega de rabia que llegó, lo despertó a patadas y le metió cuatro tiros en el pecho sin mediar palabra. Ahora calibra las consecuencias de su arrebato. *Y si desaparece... No, tendrá que venir, tendrá que asegurarse de que Albert está muerto*. Es Albert. Sabe lo que el catalán significa para Oriana. Lo sabe desde hace mucho. Por eso, cuando lo vio aquel día en la FNAC supo que ya la había pillado.

Llevaba semanas buscándola sin éxito. Hadi, por fin, la había llamado después de una eternidad sin hablar y le había encargado el trabajo. Ahí estaba la reconciliación. Lo de Israel primero y lo de Riga después los había separado tanto... Hadi no dejaba de mirarla con decepción y de hablarle con desprecio. Aquello explotaba por todos lados, a todas horas, en todos los desencuentros que al día se pueden tener en pareja, y alguno más. Ya no la admiraba. Ni siquiera la quería cerca. Por eso se fue Soumia. Ella también tenía su orgullo. Sin embargo, antes de hacerlo, dejó una nota en la cocina: «Llámame cuando se te pase».

Quiso dejarlo claro pese a que dudaba mucho que se le fuera a pasar. Y así transcurrieron para Soumia ocho meses de desierto. Hasta el día en que sonó el teléfono.

—Encuentra a Oriana.

Bueno, en realidad la llamó Scott, pero también valía. Al fin y al cabo, Scott se pasaba el día pegado a Hadi desde que lo adoptó. Aunque «adoptar» igual no sea la palabra. Puede que la palabra sea «recoger», como si fuese la cría abandonada en una madriguera a la que nunca se vuelve. Ya hacía tiempo de esto, más de veinte años, cuando el Licaón pugnaba por controlar Madrid Sur. En una operación que se salió de madre, uno de los hombres de Hadi mató al padre de Scott. El chaval lo vio todo. En esos casos se eliminaba al testigo y asunto arreglado, pero el chaval echó a correr y nadie lo pilló. Lo estuvieron buscando toda la noche. Nada. Al día siguiente, cuando Hadi subió a su coche, Scott estaba sentado en el asiento del copiloto.

—Me da igual que hayas *matao* a mi padre, pero entonces ahora tú tienes que cuidar de mí. Si no, no haberlo *matao* hasta que cumpliera los dieciocho. ¿Te ha *quedao* claro?

A Hadi aquello lo paralizó. No por ver a un mocoso de ocho años exigiéndole responsabilidades, eso se la pelaba. Sino porque ante sí tenía a un niño con más cojones que muchos de sus hombres. Arrancó el coche y se lo llevó a cerrar un trato. El primero de muchos. El primero de todos los que vinieron desde entonces. Incluido el tema de Soumia.

Un día, hace unos meses, Scott abrió la puerta de casa y vio a Hadi tendido en el suelo. Llevaba ahí un par de horas cuando lo encontró.

—Otro desmayo. Y ahora esta fatiga. Joder, con lo que yo he sido y ahora no puedo ni levantarme. Scott, llama a Soumia, que ya no puedo esperar más.

—¿A Soumia? ¿Estás seguro?

—Sí, joder. ¿No me ves?

—Como encuentre a Oriana, te la trae, pero muerta.

—De eso me encargo yo. Tú llámala.

—A ver si va a ser peor el remedio que la enfermedad. Déjame que busque a alguien.

—Llama a Soumia. Que venga a verme. Del resto, me encargo yo.

—A Soumia... Joder, Hadi.

—Se me acaba el tiempo y no lo hemos conseguido. La necesitamos.

—Está bien. Yo la llamo. Pero se acabó la paz, lo sabes, ¿no?

—La paz es un puto mito, Scott. Llámala ya.

Y otra vez Soumia en sus vidas. Porque aquella panda de ineptos había sido incapaz de obtener el menor indicio del paradero de Oriana desde el bochornoso episodio de Riga. Ella lo vio claro: la necesitaba. La enfermedad se convirtió en su oportunidad de volver con él. Pero antes tenía que encontrarla. *Así me mirará de nuevo*. Pero nada, no aparecía. Ni teléfono ni tarjetas ni hoteles ni nada. *La muy puta sacó todo el dinero del banco y se ha debido de meter en una cueva*. Soumia era experta en el rastreo informático, tenía muchos medios y pocos escrúpulos. Sabía localizar móviles, colarse en las aplicaciones de los bancos y fisgar los movimientos, entrar en la intranet de Hacienda, de Servicios Sociales y de Salud, acceder a las cámaras de seguridad. En una hora podía averiguar hasta qué había cenado alguien la noche anterior. Pero en los últimos dos meses no hubo manera de hallar ni un solo rastro informático de Oriana. *Va a haber que encontrarla a la antigua usanza, preguntando y pagando a la gente*. Montaron el operativo de búsqueda por media Europa. *Qué pereza, por Dios*. Nada. Nadie sabía nada de Oriana desde hacía años. Hasta que, casi a punto de abandonar, Soumia va a comprarse un móvil y ve a Albert salir de la FNAC.

Esos andares, esas pintas de espagueti desgarbado... Lo sigue con la mirada, parece él. *Aunque igual son las ganas que tengo de encontrarla*. Se sienta en el ordenador, lo rastrea. *Cómo no se me ha ocurrido antes revisar al catalán, joder. Ya no está en Barcelona, trabaja para una farmacéutica en Madrid. Un barrio pijo. El teléfono de siempre. Una cuenta corriente. Nada, una vida aburrida. Ni rastro de Oriana*. Coge el teléfono.

—Scott, ¿te acuerdas del catalán con el que andaba Oriana de cría?

—¿El tirillas ese? Claro, cómo olvidar ese brío.

—Pues ha vuelto a Madrid. Seguidlo unos días y me contáis. A ver si por ahí damos con algo.

Soumia asume que no va a ser fácil. *Desde Riga ella sabe que estamos detrás, por eso no asoma*. Y cuando asome será con precaución y con peligro. El plan tiene que ser imprevisible y definitivo. Recuperar a Hadi y, después, si se puede quitarla de en medio, mejor. Soumia la odia desde siempre, desde aquella mañana de la cafetera. *De recuerdo tengo la cicatriz.* Pero sabe que la chavala es dura, indomable, implacable y muy inteligente. La única vez que lograron detenerla fue mediante chanchullos legales. Pero la muy burra aceptó la condena de tres años en una prisión israelí con tal de no ceder a la presión de su padre. *Luego salió al año, pero hay que reconocerle los ovarios.* El siguiente intento por traerla fue violento, aunque hay que decir que la mayor parte de la violencia la ejerció ella. Los hombres no eran los mejores ni tampoco los peores, eran lo suficiente para este tipo de trabajo. *Pero no éramos conscientes de lo que suponía enfrentarse a ella.* Exsoldado en zona de guerra, ex-GOE y exconvicta de Nerve Tirza. O sea, una superviviente con una habilidad y un entrenamiento excepcionales para cualquier tipo de combate.

Por eso hay que prepararlo bien, meterla en un marrón del que no pueda escapar. No es lo mismo liquidar sicarios que a nadie importan que lidiar con guardias civiles, policías nacionales o jueces. Ahí está la clave del asunto. *Nosotros no podemos cogerla, pero la Guardia Civil, la Policía Nacional y los jueces quizá sí. Al menos a esos no puede matarlos alegremente.* Pero Soumia duda. La chavala no tiene nada, no se está quieta, ¿cómo pillarla? Tiene que aparecer primero. *Si no, no tenemos nada. Luego hay que seguirla y ahí ver qué hacer. O amenazar con matar al mierda del catalán, porque esta imbécil prefiere sufrir antes que venir aquí. Hay que pensar algo que la obligue, que no tenga más remedio que ceder.*

Scott vuelve con información sobre Albert.

—El catalán trabaja de ocho a tres de lunes a viernes, va y vuelve en metro, sin pareja, algún amigo tan raro como él, familia escasa, su padre y la pareja de este viven en Barcelona, va mucho al cine, está en un club de lectura, mil movidas culturales. Hace bici con otros dos amigos y da de comer al gato de la vecina que se cuela en su terraza. Un coñazo de tío, jefa.

Soumia decide hacerle una visita, quizá así acelere el contacto con Oriana.

Albert lleva un año allí, malvendió el piso de su madre en el barrio y con ese dinero se paga el alquiler de un piso que no comparte en una calle más céntrica y bonita. Madrid no le gusta tanto como Barcelona, pero se ha hecho rápido a la capital. Al fin y al cabo, en Madrid siempre hay algo que hacer, un sitio adonde ir. Como esa tarde. A punto de entrar en una exposición de fotografía, a veinte metros de la puerta, una moto se le ha cruzado en la acera y le ha cortado el paso. Una mujer se quita el casco. Parecería modelo de un anuncio de champú, pero el hiyab chafa el efecto en el último momento.

—Hombre, cuánto tiempo.

—Sí, mucho.

—¿Qué haces aquí?

—Nada, pasando unos días en Madrid.

—Pues como turista dejas mucho que desear, sales a las siete y media todas las mañanas y vuelves a esta misma hora.

—Encontré trabajo y me quedaré aquí un tiempo.

—Qué bien, Alberto.

—Albert, me llamo Albert.

—Sí, sí, Albert, el catalán.

—Bueno, un placer verte. Me voy.

—No, no. Tú no te vas.

—Mira, Soumia, no tengo ganas de hablar contigo, la verdad.

—Mira, Albert, yo solo quiero que me digas si sabes algo de Oriana. Su padre está preocupado. No la ve desde que se fue al Ejército y tampoco es que Oriana diera señales de vida en aquella época, pero sabíamos dónde estaba y que estaba bien. Pero ahora... La echaron, ¿sabes? No sé en qué lío se metió. Tuvo que ser muy gordo, porque la expulsaron.

—¿Expulsaron a Oriana?

Soumia junta piezas: *Vale, Alberto, o sea que en los últimos dos años no has hablado con ella.*

—Sí. Yo tampoco doy crédito, pero desde entonces nadie la ha visto. Estamos preocupados.

—Pues no tenía ni idea, Soumia. Poco te puedo ayudar.

—Algún día querrá verte. Esa amistad que tenéis es muy importante para ella.

—Soumia, hace seis años que no la veo. No creo que me llame después de tanto tiempo sin hablar.

—Claro, Albert, pero si lo hace, dinos que está bien, anda; con eso nos conformamos.

Soumia lo mira como si fuera una madre resignada a sufrir las ocurrencias de una hija descarriada. Si Albert no la conociera bien, probablemente, se la hubiera colado. Albert le devuelve la mirada como si la creyera. Sabe que con esta señora es mejor hacerse el tonto que el listo.

—Si te llama, mándame un mensaje a este número. Nos dices que está bien y no te molestaremos más. Lo prometo.

Le extiende una tarjeta de visita hecha con sumo gusto. Albert la coge y lee antes de guardársela en el bolsillo:

Soumia Kamal
Abogada
Derecho mercantil y societario
666398675

Soumia se va. Albert no tiene ninguna intención de marcar ese número, pero se la quiere enseñar a Oriana para que vea la nueva faceta profesional de *esta hija de puta. Experta en derecho. Aquí, la defensora de la ley. Oriana se va a descojonar cuando lo vea. Si es que vuelvo a verla algún día.*

A orillas del Nela, el sol mana por encima de unos montes que parecen escudos inmensos hincados en la tierra. *Es bonito este lugar*. La piedra amarilla se pone naranja y el encinar gris verdea al contacto con el sol. Soumia enciende otro cigarro y mete humo con ansia hasta el fondo de los pulmones. No suele hacerlo, pero no puede evitar lamentarse. *Con lo bien que iba todo... Puto jabalí*. Tampoco puede evitar pensar que la operación está comprometida. ¿Y si se le escapa? *¿Otra vez?* Hadi llama para saber si todo va según lo previsto. Y no. Nada va según lo previsto. Sus palabras son como mazazos.

—La has cagado, Soumia, la has vuelto a perder.

—Lo tengo controlado, volverá.

—Claro, claro. ¿Y por qué iba a volver si has matado al chaval?

—Volverá.

—Era el único cebo.

—Yo me encargo.

—Ya. Tú te encargas.

—Sí.

—Ya.

Se quedan en silencio. Soumia siente que Hadi se aleja de nuevo. Y no puede remediarlo: siente un boquete en medio del estómago que cada vez se hace más grande. *Hadi, no*. No soporta la idea de perderlo. *No, por favor*. Detesta verse así, porque la invulnerabilidad es la mayor de sus fortalezas. Quién se lo iba a decir a ella, que sabe de sobra que solo gana el más fuerte. A ella, que aprendió a no tener apego por nada ni por nadie; que, desde los diecisiete, sabe bien lo que es cuidarse sola, cuando se dio cuenta de que el hombre con el que se había escapado a los quince era un mierda y decidió matarlo y quedarse con su negocio. A ella, que a los veintisiete controlaba un entramado millonario entre la Costa del Sol y Marruecos. Nadie la cuestionaba, ni siquiera al principio. Nadie en sus cabales, claro. Hubo un imbécil que esbozó media sonrisa cuando le dio una orden y no le dio tiempo a quitarla. Soumia ya le había rajado el cuello. *Qué bien iba todo en aquellos tiempos*. Hasta que se cruzó Hadi. Y, desde entonces, todo lo que tiene que ver con él le duele. Al principio, no. Al principio Hadi la buscaba. La llamaba. En parte porque el maldito Licaón necesitaba a su organización para expandirse a nuevos mercados, pero también porque la deseaba. Le permitía todo. Hasta las peleas con Oriana. Daba igual la sangre. Y eso le gustaba, porque Hadi la miraba como a una fiera salvaje: indomable, orgullosa, temible, admirable. Nada de eso se puede percibir ahora al otro lado del teléfono.

—Ya.

Hadi decide recurrir a otros y Soumia se hunde en la miseria.

—Estás fuera, Soumia.

—Espera, Hadi.

—No puedo depender de tus idas de olla.

—Dame una hora, ya verás cómo aparece.

—No tengo tiempo, Soumia.

—Por favor.

—Ya está hecho. Los Douglas están en camino.

—¿Los Douglas?

—Sí, los Douglas.

—Mierda, Hadi, no pueden hacerlo solos y lo sabes.

—Quítate de en medio, Soumia.

Soumia monta en el M5 y lo saca del camino de tierra. Tiene que rehacerse. Hace un par de llamadas. Cerca de Medina puede cambiar de vehículo. Fuma y acelera. *Se va a quitar de en medio tu putísima madre.*

Tres horas más tarde, entra en Villarcayo por la CL-628 una mujer morena con gafas de sol, hiyab y un Range Rover Defender. Las gafas, negras, de Prada. El hiyab, azul, del color de las paredes en Chauen. El Defender, verde oscuro y con parachoques tubulares de acero, por si aparece el heredero del rey de los jabalíes.

CAPÍTULO 20
SOLA NO

Brizuela
17 horas después de la muerte de Albert

Oriana ha dormido cinco horas en el chalé de Brizuela. Ha encontrado una sudadera oscura, camisetas y un pantalón de chándal que no le va mal; botes de legumbre cocida y latas de caballa: energía y nutrientes. Su cerebro funciona ya en modo militar: duerme lo que tienes que dormir y come lo que tienes que comer porque no sabes cuándo vas a volver a hacerlo. La batalla comienza ahora porque lo de Albert no deja espacio a la huida. Es demasiado grave. Solo queda luchar. ¿Sola? Sabe que no debería. Sola poco se puede hacer. Eso lo aprendió bien en el GOE. Cuando una va sola, lo más probable es que se tuerzan las cosas. Donde una no llega, llega el compañero. La seguridad de saber que tienes las espaldas cubiertas. Lo piensa un rato. Camina por diferentes opciones y todas van a parar al mismo punto donde confluyen la necesidad de no fallar esta vez y la ilusión del reencuentro. La inunda el recuerdo de lo que fue su hogar durante tres años. Ese sentirse en casa, casa que lo mismo estaba en Líbano, Kosovo, Irak o Alicante. La seguridad de tenerse los unos a los otros a pesar de los pesares. Y la inunda una morriña que duele más al pensar que ese hogar también se lo arrebataron. Igual que a su madre. Y a Albert. Cada vez que se siente en casa, su padre arrasa con ello y la destierra. Está a punto de llorar cuando se pone en pie porque *ya está bien, Oriana.*

Necesita un teléfono. El otro parece un lego estrellado contra el suelo. Rebusca por toda la casa. Una bicicleta valdría, pero tiene suerte: en el garaje encuentra una vieja Derbi Variant que arranca a la tercera. Con su casco. Y unos alicates. Son las seis de la tarde cuando deja Brizuela rumbo a Villarcayo. Tiene claro lo que busca. Ha visto uno en la entrada del pueblo. *Tendrá teléfono y una alarma de juguete.* En quince minutos está allí. Desierto. Deja la moto detrás, corta un par de cables del panel eléctrico y se cuela sin mucho esfuerzo. Los colegios tienen cerraduras sencillas, los servicios públicos no tienen dinero para ponerse exquisitos con la seguridad.

—¿Arija? Soy yo. ¿Estás en tu casa?

—¿Oriana? ¿Eres tú?

—Sí, sí. Pero contesta: ¿dónde andas?

—En el pueblo. Acabo de llegar de atender a las ovejas. Qué bueno, tía, me alegro de oírte, joder... Me he acordado mucho de ti, pensé que no me ibas a llamar nunca. No sabes la de veces que me he dicho «¿Y Oriana? ¿Qué será de ella?». Fíjate que pensé que igual... Pero ¿cuándo te han soltado?

—Arija —Oriana lo interrumpe—, cállate y ven a buscarme.

A Cristino Arija, antiguo compañero del GOE, se le ha arreglado el día, que empezó muy mal al descubrir que sus colmenas se habían ido a la mierda. La semana pasada se había empeñado en trasladarlas a un lugar más recogido, pero a las abejas les pareció que la nueva ubicación no era para ellas. La mayoría no había sabido volver. *Tanto curro para nada*. Con la llamada de Oriana, Arija permuta el autocabreo por la alegría de ver a viejos amigos, de esos que siempre se disfrutan. En condiciones normales, le hubiese jodido tener que coger la camioneta a media tarde para irse del pueblo, pero la perspectiva de reencontrarse con Oriana, de saber qué fue de ella y comprobar que está bien, lo llena de ilusión. *La cabrona esta. A ver cómo cojones se ha librado de la cárcel israelí.*

Desde Quintanilla del Rebollar hasta el colegio de educación infantil y primaria Princesa de España, en Villarcayo, habrá media hora larga. Arija tarda algo más, porque quiere llenar el depósito antes de recogerla. *Lo mismo tengo que llevarla a la China*. Cuando llega no hay nadie en las inmediaciones del colegio. Está en una zona apartada del centro, cerca del río. Arija apaga el motor de la Toyota Hilux y se baja de un salto en busca de Oriana. Escucha un golpe en la chapa, se vuelve y se la encuentra. Hace dos años que no la ve y ahora mismo está sucia, pálida, cansada y con ropa que le viene grande. Pero sigue teniendo esos ojos de pantera que desarman a cualquiera. Arija se queda mirándola como un pasmarote. Oriana le da con la mano en el hombro, como para que espabile. Arija se lanza a abrazarla con más fuerza de la debida.

—Venga, Arija, que hay que irse —dice Oriana mientras lo empuja como si fuera una novia agobiada.

—Joder, Oriana, que no te veo desde lo de Israel.

—Estoy en un lío. Necesitaré ayuda. ¿Tú a qué estás? ¿Sigues en la unidad?

—No, qué va, lo dejé cuando volvimos de Líbano. Estoy haciendo miel y crío cabras. Cogí las de mi padre por probar y ahora me sale un queso que te mueres. De vez en cuando hago alguna cosa de seguridad si no es muy lejos y pagan bien. Y con eso completo. De todos modos, aquí se gasta poco.

—Vale, Arija, no te voy a engañar. Me quieren joder y no me voy a dejar. Previsiblemente, serán varios y serán buenos. Quizá muy buenos. ¿Puedes o te dejo en paz y desaparezco?

—A ver, Oriana —responde Arija, que hace como que cuenta con los dedos—. Armas, tengo; tiempo, tengo; mala hostia, tengo; y sobre todo... —se detiene un segundo, entorna los ojos, esboza una sonrisa nostálgica y empieza a cantar—: «Si tú me dices ven, lo dejo todo». —La coge de las manos y la mueve bailando—: «Que no se te haga tarde y te encuentres en la calle, perdida, sin rumbo y en el lodo...».

Oriana sonríe, se deja llevar unos segundos y luego se suelta.

—Mira que eres bobo, Arija. Y moñas, muy moñas. Vámonos ya, joder, que no tengo tiempo. Y enséñame esas armas, anda.

Arija está eufórico. Se ríe todo el rato mientras conduce la camioneta con la que ya no va a ir a la China. Se le nota porque solo dice chorradas. A Oriana le hace gracia. Que si las abejas se me han largado, que si menos mal que las ovejas no, que si no echo nada de menos el Ejército, que me alegro tanto de que hayas vuelto, que es un flipe que te acuerdes de mi número... Llegan a Quintanilla y sentados a la mesa comen las cuatro cosas que Arija tiene en la nevera.

—Bueno, ahora cuéntame con quién hay que pegarse.

Oriana suspira.

—Es que no sé por dónde empezar...

—Es fácil, dime quiénes son los malos.

—Vale. Venga. Voy...

Oriana se detiene. Arija la mira en silencio. La voz de Oriana pierde fuerza.

—Voy a matar a mi padre —susurra mirando a la mesa.

Arija se queda dos segundos con la boca abierta y luego se ríe sin ganas.

—Venga, Oriana, ¿a tu padre? Pero ¿tú tienes familia? A ver, a ver, explícame.

Oriana levanta la mirada y la voz.

—Arija, es que es complicado. Tengo un padre que solo quiere joderme, pero joderme de verdad. Por eso desaparezco. Pero se acabó. Esta vez seré yo quien lo zanje de una vez por todas.

Él la sigue mirando.

—A ver, que yo me entere: ¿tu padre te persigue y has decidido cargártelo?

—He decidido que se acabó lo de huir. Han matado a Albert, que era mi amigo de siempre. ¡A Albert, joder! Pues ahora serán ellos los que huyan de mí.

—Vale, vale, Oriana. Tranquilízate y cuéntamelo despacio, que ya sabes que soy lento. Tu padre, ¿qué quiere? ¿Por qué te busca?

—No lo sé. Y tampoco me importa. Pero llevamos toda la vida así. Él viene, me putea y yo huyo. ¿Quién crees que me puso la coca en Israel?

—¿Cómo? ¿Tu padre fue el que te puso la trampa? ¿Para qué?

—Quería que asumiera el negocio familiar, me negué, me apretaron creyendo que cedería y no cedí. ¿Daños colaterales de la negociación? Me echaron del Ejército y me comí un añito en Nerve Tirza. Así se hacen las cosas en mi familia.

—Pero, pero... tu padre, ¿quién es? ¿Al Capone?

—No. ¿Has oído hablar del Licaón?

—Sí, claro, fue muy sonado. Lo encontraron muerto. Un capo de cojones.

—Pues mi padre trabajaba para él.

Arija se mesa el pelo, se incorpora, se deshace la coleta y se la vuelve a hacer.

—No me jodas. ¿Y quieres matarlo? ¿Tú te lo has pensado bien? A ver, yo entiendo que estés alterada, pero tenemos que ser listos. A ver si nos vamos a buscar la ruina.

—Te juro que he intentado millones de veces apartarme de su camino, pero es imposible. Ya estoy en la ruina.

Arija la mira y Oriana cree que lo hace como si fuera una niña pequeña molesta porque alguien la ha empujado. Tiene la sensación de que él no comprende nada de lo que le dice, como si estuviera exagerando porque está en medio de un ataque de ira que, en cuanto se tranquilice, se le pasará, seguro que se le pasará. *Qué vas a comprender si sabes muy poco de mí.* Inspira y retoma la conversación con la calma de una confesión.

—Mató a mi madre cuando yo tenía once años. Aguanté como pude en esa casa donde había armas y drogas por todos lados. En cuanto cumplí dieciocho, me fui al Ejército. Estuve unos años tranquila, hasta que, de repente, le dio por buscarme, encontrarme y, después del ultimátum que rechacé, me tendió la trampa. Aún no sé cómo salí viva de la cárcel. Al poco tiempo me mandan dos sicarios que casi me matan en Riga. Me deshice de todo, saqué mi dinero del banco, conseguí una bici y llevo casi un año yendo de un sitio a otro, durmiendo en una tienda de campaña. Pero, como soy gilipollas, me obcequé en que podía llamar a Albert y que no iba a pasar nada. Pero me encontraron a través de él, me escapé y lo mataron. Yo no puedo seguir así. O ellos o yo. No queda otra, Arija. Lo tengo decidido. Pero necesito a alguien con quien librar esta batalla. Tú eres mi equipo. No me queda nadie más. Pero si no lo ves, me voy ahora mismo sin ningún rencor. Te voy a querer igual, amigo.

Arija ve sus ojos acuosos y su nariz congestionada. Ahora entiende muchas cosas. Sus silencios. Su discreción desmesurada. Nunca contaba nada de su vida. *Todos intuíamos que había dolor en su pasado, pero ¿tanto?* La estupefacción no lo deja reaccionar. Siempre le ha pasado que se queda inmóvil ante el dolor. Parece que no le importe o que se quiera largar. Pero no es eso. Siempre piensa que lo que diga ahora ha de servir de consuelo y busca las palabras adecuadas, pero nunca llegan, lo que dice justo después nunca está a la altura. Oriana cree entender su silencio. *Ya no estamos en el GOE y esto es demasiado para cualquiera.* Se limpia la cara con la manga, se levanta lentamente y camina hacia la puerta. No quiere seguir poniendo a su compañero entre la espada y la pared. *Esas cosas no las hacen los amigos.* Su mano toca el picaporte de la puerta cuando Arija encuentra las palabras precisas.

—Pero, bueno, ¿adónde vas ahora? Con todo lo que hay que hacer. Tendremos que pensar un plan, ¿no?

Oriana se lanza a sus brazos, en los que se queda un buen rato para que Arija no la vea llorar. *Como si hiciera falta verlo.*

—Oriana, hija, que me estás calando el hombro. Deja ya la llorera, que voy a pensar que te gusto de verdad.

Vuelven a la mesa y Oriana le cuenta todo. La detención, la trampa de Soumia, la huida. Manejan las opciones que tienen.

—Pero no lo entiendo. ¿Por qué ese empeño en reclutarte si tú no quieres esa vida? Alguien que no quiere traficar no puede asumir esas historias sin reventarlas. No encaja, Oriana. Ahí hay algo más.

—Eso fue lo que me dijeron en Israel. Y encaje o no, me buscan y no pararán hasta llevarme a Madrid.

—¿Y denunciarlos?

—No lo veo. No tengo pruebas de nada. Y ya sabes que la poli no se mueve hasta que sea evidente.

—Pero no sabemos si Albert está muerto. Hay que hablar con ellos para confirmarlo.

—Está muerto, Arija. Lo sé.

—Si la tía esa está tan loca, lo mismo lo tiene desangrándose o secuestrado o vete tú a saber. Hay que encontrarlo y para eso la Guardia Civil nos sirve.

—No sé, Arija. La Guardia Civil..., no sé. Depende tanto de con quién des.

—Yo me refería a la inspectora de Madrid. Si han venido de Madrid, es que hay algo gordo en lo de Abelardo. Y tu padre y su novia están relacionados con él, ¿no? Podrías denunciar a tu padre. Si tiene un puesto gordo en una organización criminal europea, tal vez a la inspectora le convenga hacerte caso.

—No, Arija, no quiero involucrarme en investigaciones

oficiales, solo traen problemas y me van a terminar jodiendo a mí. Es mejor acabar con él.

—Pues, para acabar con él, ¡qué mejor que treinta años de cárcel! Enemigo localizado, neutralizado y encerrado. Tú, libre y sin tener que jugártela. Solo son ventajas.

—¿Y qué propones?

—Mira. Vas a verla y hablas con ella. Según lo que te diga, seguimos con el plan duro o no. Podemos decidirlo después de asegurarnos de que esa vía no funcionará. Y de paso aclaramos lo de Albert.

Oriana no está muy convencida, pero sabe que a estas alturas no discurre con claridad. También es verdad que no pierde nada por hablar con la inspectora Fonfría. Le pareció inteligente y decidida. *Quizá sea de las que se arriesgan*. Mira su reloj, se levanta.

—Vamos. Puede que tengamos suerte.

CAPÍTULO 21
LA OFERTA

Villarcayo
22 horas después de la muerte de Albert

Son más de las nueve cuando Luisa Fonfría sale, por fin, del cuartel. Hace una hora que ha mandado a Juan a picar algo y a descansar. Ha revisado rápidamente con Epifanio la autopsia del perro, aunque con Abelardo muerto a cuchilladas el perro de los vascos pasa a un segundo plano. No encuentran nada nuevo. Distinto cuchillo, está claro. *Otro callejón sin salida*. En ese momento, suena su teléfono. Se resiste a cogerlo, pero la inercia la empuja a mirar quién llama. Es Bonet, su amigo, el profe. *A ver si hay algo.*

—Luisa, ¿te pillo bien?

—Sí, molida pero bien. Dime.

—Mira, que estoy cenando con Antón, el jefe de estudios de San Cristóbal y se acuerda perfectamente de Oriana al Zarqaui. Te lo paso y así obtienes la información de primera mano.

—Gracias, amigo. Te debo unas cañas.

—Unas cañas y un rape, inspectora, no se me escaquee.

—Sin problema.

Fonfría oye cómo Bonet pasa el teléfono y una voz amable pero rotunda la saluda.

—¿Hola? La inspectora Fonfría, ¿verdad?

—Buenas noches, Antón. Antes de nada, le agradezco su colaboración. Necesitamos saber algo más de Oriana al Zarqaui y, francamente, es un milagro que hayamos encontrado este rastro.

—No me extraña que les cueste saber de ella. Estuvo seis años en el centro y poco puedo decirle con certeza. Salvo sus notas, el resto son impresiones.

—Cuénteme, por favor.

—Pues mire, en lo académico Oriana era un genio. Como ella tenemos una cada cinco años. Pero no es eso lo que le interesa, supongo.

—Todo lo que recuerde puede sernos útil. Continúe, por favor.

—De acuerdo, verá, pues tuvo también problemas de conducta. De vez en cuando se engarraba con alguien. Como soy jefe de estudios, todas las desavenencias pasan por mi despacho y recuerdo que casi siempre se defendía de algún abuso o insulto; hasta ahí dentro de lo normal, los humanos tenemos conflictos y no siempre sabemos gestionarlos sin violencia, bueno, qué le voy a contar a usted. La cuestión aquí es que su respuesta a la agresión era muchas veces desmedida.

—¿Cómo de desmedida?

—Le pongo un ejemplo. Una vez la llamaron «mora de mierda» o algo así. Esperó a la clase de tecnología, cogió una pistola de silicona aún caliente y, no me diga cómo, pero le marcó la frente al compañero que la insultó. ¿Sabe lo que le puso?

—¿Qué?

—*Kouwad.*

—No me fastidie.

—Ah, ¿sabe usted lo que significa?

—Sí, hablo árabe. Soy hija de marroquí.

—Pues eso, le escribió «cabrón» en la frente, que igual no es muy fuerte para nosotros, pero en árabe ya sabrá usted que es lo peor que te pueden llamar. Y en cualquier idioma llevar un insulto en la cara es humillante y más si vives en un barrio como San Cristóbal, donde hay cientos de árabes.

—Joder. ¿Y eso con cuántos años?

—En tercero de ESO, catorce o quince años, no más.

—¿Y la familia?

—Pues mire, recuerdo intentar hablar con su padre muchas veces y dar con él muy pocas. Mi impresión fue que era un hombre muy ocupado con sus cosas y muy poco de la niña.

—¿A qué se dedicaba el padre?

—Pues tenía un negocio de piel, vendía bolsos o algo así. El caso es que nunca vino al centro a interesarse por los estudios de su hija.

—¿Ni cuando tenía estas peleas?

—Nos atendía por teléfono, si había suerte. De alguna manera, nos venía a decir que era su hija la que tenía que asumir las consecuencias de sus actos y que él poco podía hacer. Era de esos padres que escondía su dejación tras la clásica justificación de que, a golpes, uno espabila y madura.

—¿Y su madre?

—Su madre murió siendo ella pequeña.

—O sea, que el ambiente familiar era durillo.

—«Durillo» no es la palabra. «Abandono familiar» sería

más exacto. Pasaban de la niña. Y eso que era brillante. Eso sí que es raro, que alguien saque esas notas si en casa no se lo reconocen. Si en casa ni la miran.

—¿Amor propio?

—Si me pregunta mi opinión, le diría que quizá era exceso de madurez, igual solo veía en las notas una salida de su casa. Y que la tía tenía una inteligencia excepcional. Pero no para el conocimiento, que también, sino para sobrevivir, quiero decir. No sé, pero si creces en una casa donde te ignoran, al final eres tú la que cuidas de ti misma. Y cada uno usa sus capacidades según sus objetivos. Oriana tenía pinta de saber que era lista y que esa era su baza.

—Rara es un rato.

—Pues si no es delincuente hoy por hoy, ya es mucho.

—¿No se acordará del nombre del padre?

—Sí. Lo he apuntado. Abdelhadi al Zarqaui.

—Muchas gracias, Antón. Me ha ayudado mucho.

—Las gracias se las tengo que dar yo a usted.

—¿Pues cómo?

—Pues porque ha hecho que Bonet me invite a cenar después de diez años sin vernos y eso no hay forma de pagarlo. Mucha suerte en su investigación.

Fonfría cuelga. La sonrisa persiste en su boca. *Qué buena gente son los buenos profesores*. Camina lentamente por las calles de Villarcayo. Está cansada. La jornada ha sido larga e intensa. Hay ambiente preveraniego. Cruza la plaza hasta el hotel pensando en llamar a Juan para contarle la adolescencia de Oriana, pero decide dejarlo para el día siguiente. Camina distraída los trescientos metros que hay desde la plaza hasta el hotel

Plati. No se da cuenta de que la siguen. Ni siquiera se le pasa por la cabeza. Como tampoco Oriana, que la observa sin ser vista, puede imaginarse por nada del mundo que Antón Ibáñez, el jefe de estudios que la recibía tan amablemente cada vez que la liaba, acaba de estar hablando con Fonfría sobre sus correrías en el instituto.

Fonfría entra en el hotel. Oriana espera cuarenta segundos a que se encienda la luz del primer piso, mano izquierda. Entra en la recepción. Hay un chaval de unos veinte años aburrido tras el mostrador. Lleva chaleco rojo, pajarita torcida y tiene pinta de ser el sobrino de la dueña. Oriana lo mira con seriedad e inicia el gesto de enseñar una placa.

—Buenas noches. Policía nacional, tengo un recado para la inspectora Fonfría, del sargento Epifanio.

—Eh...

—No se preocupe, que ya sé dónde es.

—Claro, suba.

Oriana sube y localiza la puerta. Espera escuchando cinco largos minutos a que Fonfría se pegue una ducha. *Está cansada y sudada de todo el día*. Hasta que, a punto de llegar al minuto seis, escucha las botas caer al suelo y el agua correr. Oriana suspira y saca una lámina de plástico de la sudadera. Parece un trozo de un bote de gel. *Del nutrido neceser de Arija*. Siete minutos después, cuando Fonfría sale del baño con la toalla en la cabeza, se encuentra a Oriana sentada en la butaca. *¡Joder, qué susto, por Dios!* Se da cuenta de que no tiene el arma a mano. Sin embargo, no se espanta. Lo que ha averiguado de Oriana hasta ahora le hace suponer que no es de las que matan a policías. Y, si quisiera matarla, ya lo habría hecho.

—Inspectora Fonfría, ¿ha oído hablar de un hombre al que llamaban Licaón?

La inspectora levanta las cejas con incredulidad primero y dos segundos después lanza una carcajada espontánea.

—Si me lo permites, me voy vistiendo. No quiero mantener esta conversación en pelotas.

Ay, Licaón. Se acuerda perfectamente. Los detalles le vienen a la mente mientras se pone unas bragas, el pantalón y una camiseta. Acababa de llegar a la UDYCO y no le tocó de modo directo, pero fue todo un acontecimiento. Una investigación urgente, aunque atascada durante meses. Medio departamento siguiendo pistas que daban los detenidos, desesperados por conseguir tratos de favor que los libraran de morir apuñalados en la cárcel. O eso les decían. Todo en balde hasta aquel tiroteo. Cuatro o cinco muertos, no sé cuántos detenidos, y un chivato que afirmaba poder identificarlo. Hasta que una semana después el verdadero Licaón apareció muerto en su piso de lujo entre cientos de kilos de coca. Un caso raro pero cerrado con éxito.

—Claro que he oído hablar de él. Está muerto. ¿A qué has venido, Oriana?

—Tengo información importante y no puedo compartirla con nadie más.

Fonfría termina de secarse el pelo con la toalla. La mira con distancia.

—La verdad, Oriana al Zarqaui, es que no sé quién eres. Ni tampoco sé si puedo fiarme de ti ni de tu palabra.

—La verdad, inspectora Fonfría, es que ahora mismo solo soy alguien que puede ayudarla a desmantelar la red de narcotráfico más poderosa de toda Europa occidental y del norte de África.

Fonfría la mira a los ojos y se pone seria, un pelín profunda. Coge un peine de su neceser.

—¿Y qué tiene que ver eso con el Licaón?

—Mi padre.

Fonfría deja de peinarse y observa a Oriana.

—¿Cómo que tu padre?

—Mi padre fue uno de los hombres de confianza del Licaón.

—La verdad es que eso explicaría por qué tienes una abogada tan cara defendiéndote.

—Soumia Kamal no ha venido a defenderme. Mi padre la ha enviado a buscarme y, como ya se imaginaban que me iba a negar a acompañarla, mi supuesta defensora me chantajeó para que accediera.

—Si eso es verdad, me lo tenías que haber dicho el otro día en el interrogatorio.

—El otro día Soumia Kamal me había amenazado con incriminarme en el asesinato de Abelardo si no me iba con ella. Tenía una jambiya idéntica a la mía, con la que lo mataron. Si accedía, se la harían llegar a usted y, si no, mi jambiya y yo seríamos sospechosas del homicidio, se presentarían testigos que dirían que me habían visto por la nave e incluso aparecería ropa mía con la sangre del muerto.

—Eso no es tan fácil de hacer. Una buena investigación desmonta esa peli.

—La señora Kamal, inspectora, es capaz de realizar el montaje del año y ustedes no se darían cuenta de nada. Ella ha matado a Abelardo.

—¿Por qué?

—Abelardo era uno de los muchos blanqueadores de la organización, a la que dejó de ser útil y por eso se lo han cargado. Y de paso me extorsiona para que vuelva con mi padre.

Fonfría, a medio peinar, se sienta en la cama. En su mente empiezan a encajar piezas: las cuentas de Abelardo, el envío de la jambiya homicida, la extraña relación entre abogada y defendida. En un instante, toma una decisión y busca sus zapatos.

—OK, Oriana. Vamos a dar por válido lo que me cuentas. Pero hay que ir al cuartelillo y poner la denuncia.

—No, inspectora —la interrumpe Oriana—. Yo vengo aquí a ofrecerle información privilegiada para su investigación. No puedo ir al cuartelillo con esto. Le estoy hablando de una organización criminal de talla mundial. Llevan años jodiéndome de formas que ni se imagina.

Fonfría deja los zapatos y la mira a los ojos. La cree, pero no puede darlo por cierto.

—A ver, Oriana. Vienes aquí a decirme que Abelardo blanqueaba dinero para la organización del Licaón, organización para la que trabaja o trabajaba tu padre, que quiere secuestrarte y ha mandado a Soumia Kamal a por ti después de matarlo. ¿Tienes pruebas de algo? ¿Tienes algo más que tu palabra?

—No. Solo lo que le he dicho y la certeza de que Soumia ha matado a mi amigo Albert Capdevila en algún monte cerca de aquí. Encuéntrelo, por favor. Y vaya a por ellos. Hadi al Zarqaui y Soumia Kamal.

—¿Por qué crees que lo ha matado?

—Porque me he escapado. Me secuestró, me fugué y ella

lo ha asesinado para vengarse o para que vuelva, yo qué sé. Por eso estoy aquí. Para que los atrape a todos y localice a Albert. El cuerpo de Albert.

—¿Cómo sabes que lo ha matado?

—Porque lo llamé al móvil y contestó ella.

—¿Cuándo?

—Hoy a las siete de la mañana.

—¿Aquí? ¿En Villarcayo? No hay constancia de ningún cadáver más.

—Eso significa que aún no lo han descubierto. Soumia puede sembrar de cadáveres todo el pueblo y largarse antes de que encuentren el primero. De verdad que no sabe de lo que son capaces.

—Ya.

Fonfría duda. No ve la forma de armar una historia verosímil. Sin denuncia, con datos inverificables, basándose en un testimonio que oficialmente no existe y que en parte contradice el trabajo policial. Baja la cabeza, junta las manos, y cuando la levanta su mirada se ha endurecido.

—Una teoría muy interesante. Si te parece, ahora, cuando te vayas, llamo al juez y le digo que una sospechosa se ha colado en mi habitación para ofrecerme esta información tan reveladora.

—Inspectora...

—Mira, Oriana —la interrumpe Fonfría—: Licaón está muerto y, según la información de la policía, su organización quedó desmantelada.

La decepción de Oriana se refleja en sus ojos. Fonfría lo advierte, pero ha decidido apretar. *Tienes que darme algo más, niña.*

—No es así, inspectora.

—Eso es lo que tú dices, y aun asumiendo que tuvieras más información que la Policía Nacional y la Guardia Civil juntas, cosa muy improbable, te diré que no soy la única que cree que el Licaón era una especie de leyenda que los narcos alimentaban para tener entretenidos a los polis.

Oriana se queda callada. El plan se agota. No ve el modo de convencerla, pero hace un último intento. *Joder, tienes que creerme.*

—Eso no es cierto, inspectora, lo crea o no. De verdad se lo pido; investigue bien, busque conexiones entre Abelardo, Abdelhadi al Zarqaui, Soumia Kamal y el Licaón, aunque esté muerto. Registre las naves de Abelardo, hable con su gente, haga su trabajo antes de echarme a los perros.

En ese momento, suena el móvil de Fonfría desde el bolsillo de su chaqueta. Le pide disculpas a Oriana mientras va a por él. Le dicen algo que le cambia el gesto. Oriana lo nota y se pone de pie. Oye palabras sueltas. *Maite. Casa. Esta noche. Cafetera.* No se quiere precipitar sacando conclusiones, pero empieza a ponerse nerviosa. Fonfría cuelga, coge su arma bajo la chaqueta y encañona a Oriana.

—Dime qué número de pie calzas, Oriana.

—No me joda, inspectora.

—Maite Ugarriza ha aparecido muerta en su casa. Le han reventado la cabeza a golpes con una cafetera.

—¿Con una cafetera?

Oriana se lleva las manos a la cara. *No puede ser.*

—Dime el número o te detengo ahora mismo.

—Cuarenta.

—Túmbate en el suelo, Oriana.

Las lágrimas caen por los pómulos de Oriana cuando contesta:

—Claro, inspectora.

Dos minutos después, con los ojos aún inundados, Oriana da las buenas noches al chaval de recepción y sale por la puerta del hotel. Mientras, la inspectora Fonfría se esmera en alcanzar el teléfono móvil con la punta del pie, tan estirada como puede, con la muñeca derecha esposada a la calefacción.

Oriana abandona el hotel, se quita la sudadera y camina a paso rápido alejándose de las calles principales. Hace un esfuerzo por controlar las lágrimas, las emociones. *Cíñete al plan, ya llorarás después*, pero la ira la invade. Calcula diez minutos más hasta que Fonfría dé la alarma y la Guardia Civil la busque activamente. Tiempo de sobra, pero no es capaz de quitarse la espantosa imagen de la cabeza. *¡Con la cafetera!* La oleada de furia le hace apretar los dientes. *Cálmate y piensa.* Segundo aviso. Primero Albert y ahora Maite; el mensaje no puede ser más claro: van a matar a todo aquel con quien establezca el menor vínculo. *Hasta encontrarme*. O hasta hacerla salir. *Eso es*. Por otro lado, Fonfría no es fiable. Para cuando se percate de la verdad y empiece a trabajar puede ser tarde. *En mala hora se me ocurrió hablar con ella. ¡Arija, me cago en tus putas ideas! Ahora soy sospechosa del asesinato de Maite. Ahora sí que me ponen en busca y captura*. El recuerdo la quema. La pobre Maite. Muerta por su culpa. *Joder, Maite. Y sus hijos. Y su marido. Y su casa. Y toda su vida a la mierda por invitarme.* Oriana para un minuto al abrigo de unos soportales e intenta tranquilizarse. Llora en silencio, hace unas respiraciones, se calma, logra aparcar el dolor. Cuando llega al punto de encuentro, Arija ya está allí. No le hace falta que le diga que la vía oficial no ha funcionado.

—¿Qué?

—Mal.

CAPÍTULO 22

MADEJA

Villarcayo
11 horas después de la muerte de Albert

Estado de Colorado, condado de Moctezuma, localidad de Dolores, en las estribaciones de la sierra de la Sangre de Cristo. Dolores se llamaban el pueblo, el río y también su madre. De pasaporte mejicano y corazón chiricahua, cruzar el río Bravo y el desierto de Sonora fue un paseo para ella, eso iba en los genes. Peor fue lo que vino después, durante los diez años de ilegal por todo el suroeste. Pero Dolores había nacido en una miseria que endurecía hasta el extremo y era una trabajadora nata. Pequeña, prieta y hermosa, conoció a John Douglas en el aparcamiento trasero de un Taco Bell de Alburquerque, donde fregaba platos. Cuatro encuentros y dos meses más tarde, estaba embarazada y la joven se mudó a Dolores, donde John poseía unas hectáreas de bosque y algo de ganado. Trabajo duro o muy duro para ganar lo justo, pero se compenetraron bien. Seguramente, porque ella era más fuerte que muchos hombres, infinitamente más hábil e imaginativa y, sobre todo, jamás se quejaba. Él era más bruto que una mula, pero con un fondo de nobleza. Contra todo pronóstico, funcionó.

Allí nacieron Thomas y Tobías. Inmenso como su padre,

el primero, y enjuto y ágil como su madre, el segundo. Sus aptitudes físicas naturales y el brutal condicionamiento que el trabajo de la granja y del bosque les impuso, hizo de ellos dos atletas precoces. Y así salieron de Dolores en la adolescencia. Seleccionados a los diecisiete y dieciséis años para el equipo nacional de halterofilia y de gimnasia, vivieron desde entonces en centros de alto rendimiento, obtuvieron educación y conocieron el país. Thomas llegó a formar parte del equipo olímpico de Estados Unidos en Pekín 2008 y se quedó a cuatro kilos de la final. Tobías no fue seleccionado por una lesión de menisco y la frustración lo devoró durante meses.

Hasta que el Ejército se cruzó en su camino y les ofreció entrenamiento de verdad para la vida de verdad. Así entraron en los Boinas Verdes y cambiaron las moquetas de los centros deportivos por las arenas de Afganistán, las anillas y pesas por las Glock 19 y los Mk12, la dura vida del deporte de élite por la rápida muerte de los enemigos de América. Seis años de servicio activo hasta que se aburrieron. Para cuando se licenciaron, eran tiradores de precisión y especialistas en camuflaje entre otras muchas cosas. Llegados a ese punto, ya tonteaban en la fina línea moral que separa a los soldados de los asesinos.

Entonces apareció el Circo del Sol y les abrió los ojos a otra realidad. Vieron un espectáculo en San Francisco, se fijaron en los números de acción física y seis meses después tenían lista una propuesta que presentar en la audición abierta en Quebec. Había mucho que pulir, les dijeron, pero también mucho potencial. Un año después estaban de gira mundial con *Volta*, el último *show* del Circo del Sol, con un espectáculo en el que combinaban acrobacia, *bodypainting* y lanzamiento de cuchillos. Parte del mismo consistía en pedir el silencio absoluto del público porque lograban realizar todo su número sin apenas producir un solo sonido. Además, sus cuerpos pintados se mimetizaban con el fondo de modo que sus movimientos dibujaban formas sugerentes contra el mismo. Y como colofón atlético, Tobías no tocaba el suelo en los catorce minutos que duraba el *show*, siempre sostenido por su hermano. El éxito fue instantáneo y los dos años de gira les enseñaron buena parte del mundo rico.

Pero no todo era arte y creación. Al salir del Ejército, hubo que pagar las facturas para poder entrenar y después el sueldo de saltimbanqui tampoco era para tirar cohetes. Así empezaron con pequeños trabajos de seguridad, muy mal remunerados, que evolucionaron a labores de seguimiento, exigentes en cuanto a horario, después a robos, a veces complejos e imprevisibles y, finalmente, al asesinato, que en general les resultaba bastante fácil, les dejaba mucho tiempo libre y unos márgenes de beneficio más que suficientes. En su gira europea pudieron, además, ampliar mercados y hacerse un nombre en el mundillo, todo ello con la tapadera perfecta del trabajo en el circo.

Así que cuando Scott logra localizarlos están en la cima de su carrera. No le lleva mucho tiempo porque ya han tenido relación en el pasado. Ahora la propaganda comercial dice de ellos que son quirúrgicamente precisos, absolutamente silenciosos, casi invisibles y muy profesionales.

—Y también sois carísimos, cabrones —murmura Scott tras cerrar el trato.

Esperando a los Douglas en Villarcayo está Tabanito. Acaba de llegar. Hadi lo necesita allí. Aunque le ha pedido a Soumia que se aparte, Hadi sabe que no lo hará. A él tampoco le conviene que se vaya. Ella conoce la zona, el operativo y sobre todo a Oriana. Podrá dirigir a los Douglas, pero tiene que tenerla vigilada. *Ya sabes cómo es Soumia. Si se le cruza el cable, lo puede joder todo. No la pierdas de vista, Tabanito; a la mínima me llamas.*

Soumia llega a Villarcayo impecable otra vez: traje, hiyab y coche nuevos. Tal como están las cosas con Hadi, no se extraña de que Tabanito aparezca en el apartamento. Tampoco le molesta. *Es canijo y feo como un piojo, pero eso no es culpa suya. Y, además, el tío obedece y cocina bien.* Cuando Tabanito la ve, avisa a Hadi, que la llama inmediatamente para dejarle claro que son los Douglas los encargados de la captura.

—Soumia, necesito que estés conmigo en esto, ¿vale?

—Que sí, no te preocupes.

—Tú coordinas el operativo, pero ellos hacen la captura y la entrega, ¿de acuerdo?

—Que sí, Hadi, joder...

Soumia cuelga con media sonrisa en la boca. La voz de Hadi ha sido cálida, casi cariñosa, nada que ver con el hielo de su última conversación, y le ha recordado momentos bonitos. Busca en su bolso, saca un cigarrillo y se acerca a la ventana. Cuando lo enciende, su rictus ha cambiado. Ojos fríos, párpados entornados, labios prietos. *¿Qué se ha creído? ¿Que no sé lo que hago? ¿Que estoy como una puta regadera?*

Tabanito entra en el salón y se acerca. Ella está de espaldas, envuelta en una nube de humo. Le dice que los Douglas vienen por su cuenta, que están al llegar y que ya saben lo que tienen que hacer. Ella no se vuelve para responderle.

—Llámalos. Tengo algo pensado.

—Está bien. Pero también llamo a Hadi. No quiero líos con el jefe.

Soumia se gira lentamente hasta encarar a Tabanito.

—Tabanito, creo que ha llegado el momento de sacarte de tu error. Te lo digo porque te aprecio y es uno de esos errores que te puede costar la vida...

—Pero Soumia...

—Tabanito, no me interrumpas.

—Vale.

—Aquí tu único jefe soy yo.

CAPÍTULO 23
HUELLAS

Villarcayo
2 horas después de la muerte de Maite

Cuando Fonfría oye la puerta de su habitación, sabe que es Juan. Claro, en cuanto se ha enterado de lo de Maite, ha telefoneado una docena de veces al móvil de Luisa, que sigue en el suelo a diez insalvables centímetros de su pie derecho. Hace rato que ha dejado de intentar alcanzarlo. Pero sabe que su compañero llamará a la puerta en cuestión de minutos. Luisa siempre le coge el teléfono, profesional o personal, no importa, forma parte de la relación que han desarrollado a lo largo de los años. Y si no lo coge, se mosqueará.

Juan abre la puerta y entra con el arma por delante. Intuye que su jefa está bien, pero no sabe si está sola. Al verla sentada en el suelo, esperando tranquila, respira aliviado. Ella lo ve y le suelta:

—Ya era hora, Juan.

Le quita las esposas, la ayuda a levantarse y comprueba en sus ojos azules que no ha habido daño.

—Vamos, jefa. Nos están esperando.

Cuando llegan a casa de Maite Ugarriza, ya está allí el

camión de la científica. A Fonfría aún le molesta la rozadura de la muñeca, aunque le duele más que Oriana la haya reducido sin apenas resistencia. *¿Y si ha sido ella y se me ha escapado delante de las narices?* Juan no le ha preguntado nada. Llevan media hora juntos, pero Luisa todavía no le ha explicado qué ha pasado, salvo que ha sido Oriana al Zarqaui quien la ha encadenado al radiador. Juan no insiste. Sabe que su jefa necesita un tiempo y él es un hombre al que no le come la impaciencia nunca. La mujer de la científica se acerca y le tiende la mano. Treinta y pocos. Morena, rizosa, con pecas. Cara de lista.

—Inspectora, mucho gusto. Soy Vázquez.

—Fonfría. ¿Qué tenemos?

—Tenemos huellas de un cuarenta junto al cadáver. Parece que el agresor entró sigilosamente, cogió la cafetera de la cocina, aún llena, y fue hasta el salón donde estaba la víctima. La ha golpeado hasta matarla. De momento, nada más.

La escena del crimen apenas se ha contaminado. Una suerte que Jose Irizábal, el marido de la víctima, fuera enfermero y viera rápidamente que ya nada se podía hacer para salvarla. Y una suerte mayor aún que decidiera dejar a los niños con los abuelos. Todo está lleno de sangre y de café. El cuerpo de Maite se ve tendido de lado, entre la mesa y el sofá, como si la hubiera pillado de espaldas y al girarse para saber qué pasaba ya hubiese caído muerta. Luisa y Juan salen de la casa y el relente de la noche los saluda.

00.15. Se apoyan en el capó del Alfa de la Guardia Civil y respiran el aire fresco del encinar, delicioso tras el hedor caliente y pegajoso de la sangre, el café y el cráneo abierto.

—Vale, parece que tenemos a dos personas. Hay pisadas de una bota militar, un cuarenta, y de otro pie algo más pequeño, un treinta y ocho.

—Oriana usa botas de montaña, un cuarenta. No se corresponde con ninguna.

—¿Se las pudo cambiar para matarla?

—Va en bici, no creo que lleve más que lo imprescindible. Y... ¿por qué iba a matar a Maite, Juan?

—Imagina que Maite se arrepiente de haberle encargado que matara a Abelardo. Una madre de familia, que jamás se ha metido en ningún lío, de repente, se ve en medio de un homicidio y no puede con ello. Le dice a Oriana que se va a entregar. Esta se lo impide con lo primero que pilla, la cafetera.

—Aquí hay ensañamiento, Juan. Le han dado más golpes de los necesarios. Con una fuerza brutal. Probablemente, ya estaba muerta al segundo o tercer golpe, pero han seguido.

Juan visualiza de nuevo el cadáver de Maite y no puede negar lo que apunta su jefa. Cráneo destrozado, sesos por el suelo, inmenso charco de sangre bajo su cabeza.

—Oriana puede matar sin montar este número. Aquí hay un mensaje, Juan. No sé cuál, pero lo hay. ¿Y Alvarito y su cuadrilla?

—Epifanio está comprobando coartadas, pero parece que están limpios. Al menos Álvaro García y Jesús López, el de la nariz rota.

—¿Habéis hablado con el marido?

—Sí, Epifanio me ha dicho que volvió de Bilbao porque

estaba preocupado. Un amigo lo llamó para contarle lo de Abelardo y enseguida llamó a Maite. Como esta no le cogía el teléfono, decidió volver sin esperar a mañana. Y el pobre se encontró con este panorama.

—¿Sabes si tiene alguna sospecha de alguien?

—El pobre está en *shock*. Dice que tenían problemas con Abelardo, pero nunca imaginó que pudiera pasar esto. No ha mencionado a nadie más.

—¿Dónde está ahora?

—Con Epifanio. Le he dicho que le tome declaración para que se pueda ir en cuanto acabe.

—Sí, mejor.

En ese momento, Vázquez sale de la finca. No hay mucho más. Dos huellas comunes de pisadas. Nada en el arma del crimen, el asesino usó guantes y no tocó a la víctima con las manos. No hay restos orgánicos en todo el salón. Nada en los pomos, nada en la encimera, nada en el sofá. Bueno, sí, han encontrado doscientos millones de pelos de la mascota de la víctima, pero, en principio, nada humano.

—En resumen, inspectora, ni un solo indicio significativo.

Fonfría resopla. Hace dos días de la muerte de Abelardo y no hay avances. Ahora cae una ciudadana aparentemente normal y siguen a cero. *Pinta mal.* Se acerca a la agente Vázquez, le sonríe con la cara curtida por el cansancio y «Permítame, Vázquez», le pasa el brazo por el hombro.

Juan, sorprendido, las ve alejarse unos metros. Se fija en que dan pasos lentos y cortos, al ritmo que marca Fonfría, dejando caer mucho la cadera. Juan sonríe: le recuerdan a una pareja de amigas algo borrachas. Pero nada más lejos de la realidad. Unos cuatro minutos después Luisa se gira, regresa a su lado y Vázquez sale a paso rápido de vuelta al chalé.

—¿Qué? —pregunta Juan.

—Nada. Bien.

—¿Cómo que bien? Bien, ¿qué?

—Bien, que van a peinar cada centímetro cuadrado de la entrada de la finca y del acceso a la casa hasta conseguirme una pista.

—Vaya mano tienes, inspectora... ¿Y qué le has dicho?

—Nada especial. Que aquí alguien se está cargando gente como Pedro por su casa y que no me importa si tiene que llenar de polvos todo el pueblo, pero que no podemos irnos sin un hilo.

—¿Solo eso?

—No. También le he dicho que sé que es la mejor, que sin ella ahora mismo no tenemos investigación y que confío a muerte en su trabajo.

—Ya decía yo... —Juan sonríe y se guarda la broma que se le ha ocurrido. No está el horno para bollos. Sabe leer la tensión y el inicio de la angustia en los ojos y en la boca de su jefa.

Cae la helada y hace frío, los vehículos ya están mojados. Hay que esperar, así que Luisa se mete en el coche a intentar dormir un poco. Necesita apagar su propio motor.

Juan va en busca de Vázquez y su equipo, y pasa un par de horas con ellos observando su trabajo: meticuloso, de precisión y paciencia infinitas.

3.00. Luisa nota una mano enorme sobre su hombro y despierta sobresaltada. Es Juan. Sonríe con sus grandes dientes blancos. Informa, literalmente, de que se les ha aparecido la Virgen María y una cuadrilla de santos en bañador. Fonfría tarda en salir del sueño y Juan disfruta de su incomprensión. *No me jodas, Juan.* Que han encontrado una huella parcial de otro pie en el acceso a la casa, entre dos losetas, una mala pisada de alguien precavido porque no hay más. La han reconstruido. Y es un cincuenta y uno.

—¿Un cincuenta y uno? Joder, deben de ser de un gigante.

Todos reciben la pista del cincuenta y uno con una sonrisa. Las rarezas son buenas para identificar asesinos. Fonfría felicita a Vázquez y llama a Epifanio. Son las tres de la mañana, pero no va a esperar a que sean horas de llamar. *Si hay alguien con semejante tamaño de pie en el pueblo, Epifanio sabrá decirnos.*

—Como no sea el guardaespaldas de Abelardo...

—¿Tenía guardaespaldas?

—A ver, era guardaespaldas, chófer, chico de los recados, un poco de todo.

—¿Cómo se llama?

—Buco.

—Buco, ¿qué más?

—Buco es su apodo. No sé de qué viene, ahora que lo pienso. Su nombre, Fabrizio algo. Es italiano. Vino aquí hace medio año, igual algo más.

—Epifanio, hágame un favor. Téngalo localizado. Es probable que haya que citarlo en el cuartelillo.

—Pues no sé si lo pillaremos, inspectora. Con Abelardo muerto, igual se ha largado.

—El entierro de Abelardo es hoy. Con un poco de suerte es de los que presenta sus respetos a la familia antes de irse.

De un fogonazo, Luisa se imagina a un hombre inmenso, con pies y manos como palas de canoa. *Podría ser*. Buco está vinculado con Abelardo y a través de él con Maite. *Sí, ¿por qué no?* Recuerda el informe del perro de Maite. Aparte de las cuchilladas, habían encontrado contusiones grandes en el lomo del animal. Se estimaba que, antes de que el perro perdiera el sentido del todo, el canicida comprobó si se había dormido dándole golpes. Cuando lo leyó, pensó en una pala o algo así. Ahora esa pala bien podría ser la suela inmensa de las botas de un gigante.

Fonfría siente un escalofrío en los riñones que le hace revisarse la parte de atrás de la camiseta. Se vuelve, mira a su compañero con urgencia:

—Juan, encuéntrame a este Buco, por Dios.

Este vuelve al cuartel a toda prisa. Busca en la base de datos de la Interpol. ¿Buco? Nada. Busca Fabrizio. 18 042 resultados. Busca Fabrizio y apuñalamiento. 1 319 resultados. Imposible afinar más: pone a Roberto, a Epifanio y a otros dos guardias a mirar fotos.

11.29 del día siguiente, sábado. Treinta y un minutos antes del funeral de Abelardo, lo encuentran. Para entonces, Fonfría ya está en el cementerio esperando que aparezca el señor Fabrizio Francabandiera, de treinta y seis años, condenado varias veces por agresiones y sospechoso del apuñalamiento en una pelea de Giuseppe Bellagio, otro figura, pero este muy vinculado a la mafia napolitana. Casi no mira la foto, no lo necesita. Sabrá reconocer a un gigante.

Buco se queda atrás y mete las manos en los bolsillos del pantalón de su traje. Fonfría lo enhebra por el brazo.

—Señor Buco, si es tan amable, acompáñeme al cuartelillo. Necesitamos su colaboración para encontrar al asesino de Abelardo García.

Buco mira hacia abajo y ve a una mujer de metro sesenta que no tiene ni media hostia. Hace diez años la hubiese empotrado en un nicho y hubiese salido corriendo, pero ha aprendido a ser más paciente. Y a mentir.

—Sí, claro. Lo que necesiten. Pero primero quiero presentar mis respetos a la familia de Abelardo.

—Lo acompaño.

—No me voy a escapar, *signora.*

Van hacia la familia y, justo cuando están a su lado, Buco saca un pañuelo del bolsillo para secarse el sudor que no tiene y *deshacerse di questa puttana che non si sa che cazzo vuole*. Le da el pésame a la viuda y se dirige a Alvarito, al que abraza como si fuera un peluche. Lo coge en volandas y lo suelta interponiéndolo entre Fonfría y él. Echa a correr, esquiva a medio pueblo entre empujones y saltos. Ve el camino despejado, se confía, mira hacia atrás, pero cuando vuelve la cara al frente choca con una especie de muro humano y cae de bruces. Juan, que aún no sabe si se ha dislocado el hombro, lo inmoviliza en el suelo.

—Fabrizio Francabandiera, queda usted detenido.

Fonfría sube al coche y se siente satisfecha con la gestión. Tienen al gigante bien cogido y cree que podrá apretarle, pero sabe de sobra que si no larga, poco más pueden hacer con él. De nada sirve tener un cincuenta y uno en el jardín si no descubres más huellas dentro. La científica sigue trabajando porque Vázquez no quiere darse por vencida, pero quince horas después parece casi imposible encontrar algo más.

—Que descansen ya, Juan, y en una hora vemos al amigo Buco.

CAPÍTULO 24

TOCANDO CON LOS DEDOS

Villarcayo

14 horas después de la muerte de Maite

—Fabrizio, dígame, por favor, por qué su huella está en el jardín de Maite Ugarriza.

—No voy a decir nada.

—Como quiera. Pero piénselo. Una colaboración le vendría bien.

—Sí, de puta madre me vendría.

Las erres le resbalan un poco y ocluye las tes algo más de la cuenta, pero maneja el castellano con la soltura de alguien que ya es más de aquí que de allí. Su postura, repantingado en una silla en la que apenas le cabe una nalga, es la de alguien que ni espera nada de la conversación ni tampoco está dispuesto a dar nada. Sus lealtades están muy claras. En su voz se aprecia, sin embargo, la rabia por haberse dejado sorprender por la bofia. No se explica cómo ha podido ser tan imprudente.

Fonfría sabe cómo funcionan estos hombres que sobreviven en la cuerda floja, siempre en precario equilibrio. Peones de rango bajo o medio se saben prescindibles en sus organizaciones, pero también suelen saber que traicionarlas se paga caro. *Cuidado, Luisa, no se te puede escapar.* Ha entrado sola a la sala de interrogatorios. A veces funciona con este tipo de gente. Se confían. Mientras Buco bosteza descaradamente dando a entender que está tan tranquilo, ella arroja sobre la mesa una carpeta voluminosa con su nombre. Ahora tiene su atención.

—No lo ha hecho nada mal, señor Francabandiera. Da la sensación de que llevaba usted una carrera muy prometedora en España hasta hace un par de días. Y hubiese seguido así, si no hubiese tenido la mala idea de dejar sus huellas en el jardín de Maite Ugarriza justo antes de matarla.

—Yo no he matado a nadie.

—Pues dígame dónde estaba usted la noche del viernes entre las nueve y las doce de la noche.

—Tocándome los cojones en mi casa.

—¿Y estaba usted solo cuando realizaba esa noble tarea?

—Estaba solo. Llorando la muerte de mi amigo Abelardo, que es lo que deberían estar investigando.

—No se preocupe, lo estamos haciendo. Pero, Fabrizio, está usted en un lío. Hay pruebas circunstanciales de su presencia esa noche en la casa de Maite, a la que han asesinado a golpes. Usted tiene fuerza para cometer un asesinato de esa manera, tiene antecedentes por agresiones, y su currículum profesional no soporta el más mínimo control de legalidad. Además, tiene usted un móvil muy válido, como es vengar la muerte de su amigo Abelardo. ¿Sabe lo que esto significa?

—No. Dígamelo.

—Fabrizio, es usted un excelente candidato a culpable de la muerte de Maite Ugarriza.

—Yo no he sido. Ya se lo he dicho. No intente acojonarme porque eso no funciona conmigo.

—Entonces, convénzame de que no ha sido usted.

Fabrizio levanta el brazo y da una palmada en la mesa, que retumba como si la hubieran golpeado con un mazo.

—¡Yo no tengo que convencerte de nada, zorra! —escupe levantando la voz.

Fonfría se queda callada. Sus ojos azules escrutan el rostro del italiano, que le sostiene la mirada unos segundos, burlón. Fonfría se levanta de la silla sin dejar de mirarlo, seria como una tumba, se inclina sobre la mesa y en dos movimientos abre la carpeta ante Buco. La primera palabra que el italiano lee es «Interpol», y en ese momento sabe que esta policía no es cualquier policía, y que este interrogatorio acaba de empezar.

—Fabrizio, voy a pasar por alto ese insulto por esta vez. Está usted nervioso y es comprensible, la situación es delicada. Empezamos de nuevo. Pero se lo advierto —Fonfría apoya las manos en la mesa y adelanta su cuerpo frágil y su cabeza hasta dejarla a pocos centímetros del rotundo cráneo de Buco—, vuelva usted a faltarme al respeto y dejaré de ser su amiga.

Fabrizio se echa hacia atrás. Se ha colado y lo sabe. Los ojos azules y fríos de esa *zorra canija* lo empujan con fuerza contra el respaldo. Sonríe como un crío travieso y levanta levemente las puntas de los dedos en señal de disculpa. Fonfría, sin dejar de mirarlo, asiente, vuelve a sentarse y continúa. *Ya vamos conociéndonos, Buco.*

—Creo que no le hace falta que le diga lo que contiene ese dosier. Colabore o no con nosotros, lo extraditarán y tendrá que cumplir condena en una cárcel italiana donde puede que alguien lo busque para pagar sus errores del pasado de una forma, digamos, menos civilizada. Si nos ayuda, podremos solicitar que cumpla la pena en una cárcel u otra. Ya sabe que no es lo mismo que se ocupen de usted en Nápoles o incluso en Roma, donde la mafia podría tocarle más fácilmente, que por ejemplo en Milán o Padua, en la que perderá años de libertad, pero ganará en garantía de vida. ¿He sido suficientemente clara?

Fabrizio suspira.

—Yo no he matado a esa mujer.

—Pues su huella estaba allí.

—Yo no la he matado. ¿Por qué iba a hacerlo?

—Para vengar a Abelardo. La señora Ugarriza lo había amenazado de muerte.

—¿En serio cree que la vasca mató a Abelardo? ¿La vasca? ¿A puñaladas?

—Puede que encargara a un profesional hacerlo.

—Sí, inspectora, seguro que si miran en sus contactos encuentran diez o doce sicarios. No me haga reír. Si la vasca fue capaz de matar así a Abelardo, yo soy monjita de la caridad. Y, aunque fuera así, ¿por qué iba yo a matar a Maite? ¿Para qué?

—Venganza.

—A ver, inspectora, Abelardo era mi jefe. Le cogí cariño, pero no me voy a manchar tanto las manos por él. No es sensato meterse en jaleos cuando la Interpol lo busca a uno.

—Veo que usted es un hombre inteligente. Si usted no la mató, no le importará colaborar con nosotros. Solo obtendría beneficios en la condena.

—Claro, inspectora, beneficios *in abbondanza*.

Fonfría sabe que se acerca el momento culminante del interrogatorio, cuando se va a decidir si sale de esa habitación con algún hilo que entregar a Penélope o con las manos vacías. *Trágate el farol, por Dios, Fabrizio.*

—Fabrizio, tenemos pruebas más que suficientes para acusarlo —afirma mirándolo a los ojos, pero sin darse importancia.

Buco duda y se queda callado. La mirada segura de Fonfría lo oprime. *Questa puttana mi fotterà.*

—Ya ve que no voy de farol. Solo quiero ayudarlo. Mire esto.

Fonfría levanta el dosier de la Interpol y deja ver unas fotos. El perro muerto.

—Sabemos que también lo mató usted. Es increíble lo que puede encontrar la policía científica, ¿verdad?

Buco mira la foto de Artzai. No ve salida. Si no colabora, le cargan el asesinato de Maite y lo mandan a Italia con cargos suficientes como para no salir en treinta años. Puede aguantar una pena de años, pero no de décadas. Está unos segundos callado hasta que decide que siempre será mejor confesar que ha matado un perro, lo que explica sus huellas en el jardín, a que le endosen un asesinato con saña. Su tono de voz cae.

—Me lo pidió Abelardo.

Bingo. Fonfría oculta una sonrisa. *Ya te tengo.*

—¿El qué?

—Lo del perro.

—¿Y lo hizo?

—Sí. Quería convencer a la vasca para que pagara. Pero yo no maté a esa mujer.

—Bien, vamos por partes. Primero el perro, ¿por qué lo hizo? ¿Por dinero?

Buco sonríe con un gesto que delata la ternura de un niño pillado en falta.

—¿Dinero? Si Abelardo no tenía un euro.

—Entonces, ¿qué ganaba usted matándole el perro a Maite?

—Nada. Lo hice por amistad.

—¿Eran amigos?

—Mire, cuando uno está solo mucho tiempo, valora mucho más los gestos amables de las personas que lo rodean. Comí muchas veces con Abelardo, hablé mucho con él y siempre me trató bien. Así que le puedo decir que sí, era mi amigo. Y si un amigo me pide un favor, no puedo negarme.

—Entonces, mató usted al perro de Maite Ugarriza la madrugada del miércoles y por eso, según usted, sus huellas seguían allí la noche del viernes.

—Sí.

—¿Por qué Abelardo no tenía un euro?

—Ya no construía tanto.

—Fabrizio, colabore, por favor. Díganos lo que sabe.

—Tuvo más gastos de la cuenta. Debía dinero. Y tenía que pagar ya.

—¿A quién debía dinero?

—No lo sé. Pero había recibido amenazas, estaba cagado. Por eso necesitaba el dinero de la vasca.

—¿Amenazas de quién?

—No lo sé.

—Fabrizio, no me está diciendo la verdad. ¿Cómo mató al perro?

—Le metí un somnífero en una chuleta, esperé, salté la valla y ya.

—¿Y luego?

—Volví a saltar y me fui a mi casa.

—Ya.

Fonfría lo mira fríamente a los ojos. El gigante ha perdido fuerza y orgullo. No da información relevante, pero tampoco oculta la información accesoria. *¿Saltaste la valla?* Duda un segundo. ¿Por qué habría de mentir en ese detalle?

—Volvamos a Maite.

—No tengo nada que ver con eso —la interrumpe Buco, otra vez con aplomo—. ¿El perro? Sí, lo acepto, pero de la vasca no sé nada. Estuve en mi casa esa noche. Solo. De alguna forma podrán comprobarlo.

Fonfría nota que la grieta se cierra. Hace un último intento.

—Hábleme de la organización para la que trabaja.

—No trabajo para nadie. Me contrató Abelardo.

—Hábleme de esos a los que Abelardo debía dinero.

—No los conozco. Eso era cosa de Abelardo.

—Fabrizio...

—¡No, inspectora! —exclama Buco—. Es muy fácil, quiero seguir vivo; lo entiende usted, ¿verdad?

Y sí, Fonfría lo entiende. Poco más pueden sacarle. Buco sabe que en su trabajo hay cosas que no se pueden contar a un policía. También sabe que en la cárcel española se libraría, quizá, de la mafia italiana, pero no de la suya propia. Tabanito nunca le ha parecido peligroso, pero ¿la mora? ¿los hombres que vinieron a por Abelardo? Esos son de otra pasta. Buco sabe que si colabora con la policía no duraría ni un día en la cárcel. Por eso no suelta prenda. No quiere morir. Cumplirá condena y luego se irá lejos. De nuevo. Buscará otro Tabanito y otro Abelardo y volverá a estar solo y tranquilo hasta que la suerte se le tuerza otra vez. Hace tiempo que asumió que ese era su destino. Y no le disgusta.

Fonfría sabe de sobra cuál es el siguiente paso. Hablar con la familia de Abelardo aclarará qué tipo de deudas había contraído en los últimos tiempos. Y, sobre todo, a quién podía deber tanto dinero como para que alguien decidiera sacrificarlo como a un cerdo. Pero antes hay que aclarar la coartada de Buco. Hay que ver qué pasa con esa huella.

14.03. Fonfría llama a Vázquez.

—Mire, tenemos al sospechoso del 51, que ha confesado haber matado al perro la madrugada del miércoles. Pero hay algo que no encaja. Afirma que saltó la valla para entrar y salir de la finca, por lo que la huella de la loseta no forma parte de su recorrido. Bien podría estar mintiendo, pero necesitamos saberlo. ¿Podemos fechar con exactitud la huella de la loseta?

—No, inspectora. Sin otra huella con la que comparar sería una pura suposición.

Fonfría se queda callada. La frustración le hace ahogar un juramento.

—Pero, inspectora —se adelanta Vázquez—, si el sospechoso saltó la valla y calza un 51, es muy probable que pese más de cien kilos...

—Ciento cuarenta, Vázquez —la interrumpe Fonfría.

—Entonces habrá dejado, al menos, las huellas de su aterrizaje en el jardín. Y esas sí podemos compararlas con la de la loseta.

—Bien, Vázquez, eso ya me gusta más.

—Nos ponemos ahora mismo a revisar el perímetro de la finca. En una hora la llamo.

—Cuanto antes, mejor.

Cuelga y, rápidamente, Fonfría llama a la familia de Abelardo. Su mujer no sabe nada de deudas. Su hijo calla. Lo cita en comisaría. En diez minutos está allí. Luisa recibe a un chaval alto, demasiado delgado, despeinado, con ojeras y desolado. No tiene más que invitarlo a sentarse para que empiece a hablar. *Lo mataron por mi culpa.* Cuenta que es ludópata, que lleva más de dos años perdiendo dinero. Que su padre lo descubrió e intentó ayudarlo, pero siempre recaía. *Sabía que mi padre tenía dinero en la nave. Mucho. Siempre lo sacaba de la caja fuerte. Pero antes de ayer me dijo que no, que no tenía, que él también debía a gente chunga. Yo no sé de dónde venía, seguro que algo ilegal por el cuidado con el que lo llevaba. Me dijo que debía mucho a quien no se puede deber y yo no lo creí.* Alvarito llora a lágrima viva. Fonfría lo despide intentando que el chaval deje de culpabilizarse. No sabe si lo logra. Cuando vuelve con Juan, reconstruye de nuevo.

—Juan, esto es lo que tenemos: Buco mata al perro de Maite para que pague la obra del chalé a Abelardo. No lo consiguen y la gente a la que Abelardo debe dinero lo mata.

—Buco sabe quién es esa gente —interrumpe Juan.

—Sí, pero no va a soltar prenda, déjame seguir. Acusan a Oriana. Misteriosamente, aparece el arma del crimen y Oriana queda libre. Se va con su abogada y lo siguiente que sabemos de ella es que se cuela en mi habitación para denunciar que su padre trabajó para la organización del Licaón, que ahora la busca y que ha mandado a Soumia Kamal para secuestrarla. Matan a Maite y Oriana huye.

—De momento, no podemos descartar a Buco como sospechoso. Ni a Oriana tampoco; pudo hacerlo antes de colarse en tu habitación.

—Sí, pero espera, también me dijo que tenemos el cadáver de su amigo Albert Capdevila en un monte cercano. Hay que comprobar a este Albert.

—Se lo paso a Epifanio, que lo mire.

—Vale, volvamos: ¿por qué la iba a matar? Buco, quiero decir.

—Imagina que Buco es sicario, que da el perfil perfectamente. Estaba en el jardín ayudando a matarla.

—Pero ¿para qué se va a meter en ese marrón con Abelardo muerto?

—No lo sé. ¿Y Oriana?

—Tampoco, Juan: la mata y diez minutos después se mete en mi cuarto a contarme aventuras de su familia. Ninguno de los dos tiene un móvil claro.

—Jefa, no es por nada, pero estamos en pañales en esta investigación. O son muy buenos o nos estamos volviendo torpes.

Suena el teléfono. Vázquez. Cincuenta y siete minutos después. Informa de que hay varias huellas claras del 51 junto a la valla. Ciento cuarenta kilos contra la tierra húmeda.

—Bien, ¿puedes decirme ahora si son el mismo pie que la huella de las losetas?

—Eso pensé al principio, pero realicé un estudio más exhaustivo de la pisada y resulta que la de la loseta pisa hacia la derecha, la de la valla hacia la izquierda.

—¿Y eso puede deberse al uso de distinto calzado?

—No, no, no. El pie pisa igual. Somos animales de costumbres.

Fonfría mira a Juan con los ojos muy abiertos. Este sigue como puede la conversación.

—Entonces, ¿usted cree que son dos personas distintas y las dos con un 51?

Vázquez no puede ocultar su satisfacción al responder:

—Estoy segura, inspectora. Y ahora sí puedo decirle cuál es más antigua. La de la valla es anterior, está mucho más seca. Hay, por lo menos, veinticuatro horas de diferencia.

Fonfría cuelga y mira a Juan con incredulidad y media sonrisa en la cara.

—Juan, hay dos malditos gigantes pululando por los jardines del pueblo. Tramita un estudio de la pisada para Fabrizio Francabandiera.

Juan toma nota.

—Si hay dos gigantes, se nos ha escapado el bueno.

—Y ahora existe la posibilidad de que Buco diga la verdad.

—En efecto.

—Cosa que no impide situarnos de nuevo en la casilla de salida.

Luisa suspira, cansada.

—Joder, Juan.

La mata esa manía de su compañero de relacionar las investigaciones con un juego de mesa, pero la sensación es exactamente esa: la de estar tocando con los dedos la meta y, en vez de caer en la oca, caer en la muerte. De nada sirve el camino andado. Hay que volver a empezar.

CAPÍTULO 25
¿QUIÉN ES ESTA GENTE?

Villarcayo
33 horas después de la muerte de Maite

7.00. Domingo. Fonfría y Juan revisan todo lo que tienen, empezando por el entorno de Abelardo y de Maite. No encuentran al segundo gigante. Investigan a todos: Abelardo, Soumia, Hadi, Oriana, Maite, Buco. Trabajan ya a ese ritmo que a veces ataca a los policías y que consiste en revisar todo otra vez muy despacito, para no saltarse nada, y a la vez a toda hostia, porque te puede caer otro muerto en el rato en que echas una cabezada —y con eso luego hay que vivir—. Miran cada dato con lupa. Luisa se acuerda del Licaón. Aunque no da un duro por esa historia, llama a Madrid.

—Agustín, soy Luisa, mandadme todo lo que tengáis del Licaón.

—Inspectora, que tenemos mucho lío, no me haga buscar en las cloacas.

—2006 o 2007. No más allá. Búscalo y mándamelo, por favor.

—Luisa, es que estamos hasta arriba con lo de Algeciras, te lo mando esta tarde...

—Mira, Agustín, esto aquí está muy feo. Ponte con ello ya.

Luisa cuelga sin despedirse. A veces no es agradable ser jefe, pero hoy no tiene tiempo para motivar al personal. Suele hacerlo, sabe que la gente necesita palabras que levanten los ánimos, que todos trabajamos mejor cuando se nos habla desde la emoción. Pero hoy no va a ser. Sobre todo, porque ella misma anda floja, cabreada, mientras da palos de ciego que igual no llevan a ningún puerto. Mira a Juan, que está revisando los papeles que se llevaron de la nave de Abelardo. Parecen albaranes, facturas. Juan está concentrado hasta que levanta la cabeza.

—Pero ¿tú de verdad crees que esto está relacionado con el caso Licaón, Luisa?

—No hago más que darle vueltas: Oriana ha corrido un riesgo al entrar en mi habitación. Y no pequeño. Podría haber desaparecido, ¿no? Y, sin embargo, vuelve. Nos ofrece algo porque nos necesita. Y también está lo de Albert Capdevila.

—Epifanio está con ello. Pero no creo que esté muerto, ya lo sabríamos.

—Pues dile a Epifanio que se espabile. Que revise todas las posibles zonas de acampada de la comarca y que contacte con la familia a ver si lo localizamos.

—OK, insisto.

—Algo se nos escapa.

—Lo sé, y de Oriana no tenemos gran cosa en la base de datos.

—Ella mencionó que la echaron del Ejército por culpa de su padre. Si ha estado en el Ejército, tiene que haber algo.

—Sí, de los primeros años; después, nada.

—¿Cómo que nada?

—Información clasificada.

—¿Tu colega del GOE?

—No me contesta.

—Joder, Juan, nos la están colando por todos lados, ¡hay que conseguir información ya!

Fonfría se desespera y cierra la tapa del portátil con violencia.

—¡Me cago en la puta! ¡Llámalo hasta que lo coja! Como si tienes que sacar de la cama al rey.

Juan se echa hacia atrás en su silla y la mira. Tarda unos segundos en contestar. Su tono es suave pero firme. Elige bien las palabras.

—Inspectora, estoy en ello, pero no puedo hacer tres cosas a la vez. Deme diez minutos, vaya a por un café y cuando vuelva quizá pueda decirle algo, ¿le parece?

Luisa advierte al instante que Juan Márquez, su subinspector, su compañero, su amigo, la trata de usted. No sabe qué la cabrea más, si perder las formas o que Juan se lo haga notar de esa manera. Asiente con la cabeza, se levanta y sale de la sala con el Ferrari de su mente desbocado por la carretera de la frustración.

Quince minutos después regresa con dos cafés y dos pinchos de tortilla.

—Perdona, Juan.

Él la mira sonriendo.

—¿Perdona por qué, jefa? —No espera a su respuesta—. A ver, te cuento, no he llegado muy lejos. El rey no me coge el teléfono. Tengo una duda y un dato. Elige.

—Primero la duda.

—Sigo sin ver qué pinta aquí Oriana.

—Según ella, su padre la busca. La obliga a volver con él. Lo que no sabemos es por qué. ¿Para qué necesita Hadi al Zarqaui a su hija, por la que nunca se ha preocupado?

—Se estará haciendo mayor, querrá retomar relaciones antes de morirse.

—¿Eso no es demasiado sentimental para un narco?

—Ay, chica, los padres somos así: nos damos cuenta tarde de muchas cosas.

—¿Vas a compararte ahora con esta gente...?

—Las preocupaciones humanas son iguales en todas partes, jefa.

—Vale, pero no me convence. A ver el dato.

—Bueno, pues estoy viendo que Abelardo recibía paquetes de un tal Francisco Pareja Quintana. Es un patrón que se repite cada dos o tres semanas. Acabo de comprobar si en el registro de llamadas de Abelardo aparecía algún número cuyo titular sea Francisco Pareja y... *voilà!* Abelardo no solo tenía su contacto, sino que recibía una llamada de este un día antes de que le llegara el paquete. O, al menos, ha sido así en los últimos diez meses.

—Pero igual es simplemente un cliente.

—Lo dudo, jefa, pero lo investigo.

—Sigue por ahí. Yo llamo al bufete de Soumia Kamal a ver si averiguo algo.

—Es domingo, jefa.

—Ya. Luego te lo cuento.

12.30. Juan y Luisa saben muchas más cosas, pero todo está tan deshilachado que parecen huesos dispersos de esqueletos distintos. Aunque no pueden dejar de pensar que todo forma parte del mismo embrollo.

—Bueno, he conseguido hablar con la directora de Recursos Humanos del bufete, que estaba en Jávea, en la playa. No ha sabido decirme en qué despacho está, qué número tiene ni qué días puedo encontrarla. De hecho, da la impresión de que apenas la conoce. Ha tardado media hora en pasarme el número de un abogado sénior que sabía qué funciones tiene esta señora en el bufete. Después de apretarle las tuercas dice que Soumia Kamal es una accionista, pero que no ejerce como abogada. Al preguntarle por el caso de Oriana al Zarqaui, lo comprueba y me lo confirma. Es el único caso que ha llevado en el último año.

—Pero ¿qué hace una accionista de Hernández & Malta Asociados metida en esta movida de Oriana al Zarqaui?

—No lo sé, pero es raro de cojones. Según Oriana, esa señora tiene un pie en el bufete y otro en el narco. Afirma sin contemplaciones que ha matado a Abelardo y al chaval catalán y que su misión es llevarla con su padre, el tal Abdelhadi al Zarqaui. Vamos, que lo de abogada es una pura tapadera. ¿Y tú? ¿Qué tienes?

—Pareja Quintana es conocido como Tabanito. Treinta años. Historial delictivo de poca monta: con doce años ya pasaba droga; lo detuvieron un par de veces; de los dieciséis a los dieciocho años estuvo en un centro de menores, del que se escapaba con bastante frecuencia. Toxicómano media vida, lleva años limpio y trabaja en una empresa de alquiler de caravanas. Lo he llamado varias veces, pero su móvil no da señal. Apagado o fuera de cobertura.

—Casi la misma edad que Oriana.

—Mismo barrio.

—¿Mismo barrio? ¿Tabanito es de San Cristóbal?

—Sí.

—¿Estás seguro?

—Sí.

En ese momento, llaman al móvil de Fonfría.

—Agustín, dime.

—Jefa, le acabo de mandar lo que he encontrado en el archivo sobre el caso Licaón.

—Oye, gracias, y perdona por lo de antes; estamos a tope y se me ha ido la mano, discúlpame.

—Claro, inspectora, no se preocupe, me faltan dos años para jubilarme y tengo ya el culo pelado, si me permite la expresión. Ahí le he mandado el tocho.

—¿Lo has mirado?

—Pues no, la verdad. Ya lo miré lo suficiente hace doce años. Pero si le sirve la opinión de un viejo, tiene usted por delante setenta páginas del peor trabajo policial que he visto en toda mi carrera.

—Joder, Agustín, no me fastidies. Se supone que es el mayor éxito de la Unidad en Madrid.

—Ya lo siento, inspectora; si quiere saber mi opinión se la cuento, y si no quiere, pues no se la cuento. Aquí también estamos a tope.

Luisa suspira, mira a Juan, posa el móvil en la mesa y activa el altavoz.

—Agustín, el subinspector Márquez y yo le escuchamos.

Y así, en el pequeño despacho del puesto de la Guardia Civil de Villarcayo, la voz aguardentosa de Agustín Tuñón revive la leyenda del Licaón.

13.12. Lo primero que dice el viejo policía, al que sus remotos estudios de biblioteconomía, la diabetes y un amor peligroso por la ginebra habían convertido en archivero de la Unidad, es *Lycaon pictus*, el nombre científico de un bicho africano. Lo segundo es que, vulgarmente, se lo conoce como perro salvaje africano, lobo pintado, perro hiena o simplemente licaón. Lo tercero es que es el carnívoro africano con mayor porcentaje de éxito en sus cacerías. Lo cuarto, que dicho éxito se basa en una extraordinaria inteligencia para trabajar en equipo. Lo quinto, que la palabra «licaón» y la palabra «licántropo», es decir, hombre lobo, tienen la misma raíz. Lo sexto, que ninguno de los datos anteriores es superfluo y que hasta ahí la zoología.

Juan mira a Fonfría con ojos de asombro y hace círculos con el índice junto a su sien. Luisa le pide que espere con un gesto de las manos. Agustín continúa.

Ahora toca un poco de literatura carcelaria: lo que contaban los presos en sordina, sin decir nombres, fechas ni datos que pudieran derivar en un punzón entre dos vértebras. En definitiva, la narración oral, que ofrecía múltiples versiones de esta historia.

Algunos afirmaban que lo llamaban Licaón por sus grandes orejas redondas, de soplillo. Otros, que por su piel, teñida de manchas blanquecinas por el sol y los hongos. Unos decían de él que era árabe —mediterráneo, argelino o tunecino—; otros, que era negro y que había venido de Mali, de Mauritania o de Sudán. Todos coincidían en que no había tenido padre ni madre y que siempre había vivido en la calle, que lo había criado una vieja prostituta —para unos, su tía; para otros, rotundamente no—, que la calle había sido su casa y su reino, y que en la calle había creado su manada.

Decían de él que dormía en el suelo, que parecía un mendigo, que apenas comía, que hablaba cinco idiomas, que no tenía rival con el cuchillo, que poseía varias caras, que había muerto varias veces, que cuidaba de los suyos como una madre de sus cachorros, que no perdonaba nunca y jamás olvidaba, que mataba sin placer pero sin culpa, que no tenía límites ni fin ni admitía ley alguna, que perseguía y devoraba a todo aquel que se le oponía.

—Luisa —susurra Juan—, ¿qué dice este tío? Si parece un cuentacuentos. Córtalo ya.

—Calla, calla —susurra a su vez Fonfría—. Él estuvo en esa investigación, no perdemos nada.

Agustín sigue con su retahíla de testimonios carcelarios.

—Unos decían de él que estaba siempre escondido, que vivía en las cloacas, en el mar de chabolas, que era un pobre más y por eso los policías no podíamos encontrarlo. Otros, que entraba a la luz del día en los juzgados, en las comisarías, en los palcos ricos del Bernabéu, en los grandes hoteles, en los salones donde unos pocos dirigen el mundo, y que por eso nosotros no nos atrevíamos a tocarlo. Otros, que vivía en la cárcel desde siempre y que éramos gilipollas, por eso no lo encontrábamos fuera.

Agustín se detiene. Juan resopla y mira a Luisa, que sigue escuchando.

—También hubo presos viejos que contaron el relato de sus orígenes. Y así se dijo que había llegado a Madrid siendo casi un niño, una rata de albañal, sin haber pisado una escuela, pero con un doctorado en supervivencia. Contaron que había empezado pegando el palo a los camellos más flojos de su zona y vendiendo esa mercancía en barrios lejanos. «En cuanto te vuelvan a ver te van a matar, chaval», le dijeron. Y tenían razón. Por eso dejó Madrid y se convirtió en nómada. Robaba aquí, viajaba en autobús, vendía allá, cambiaba de ciudad, buscaba la ocasión: el mendigo y el vagabundo tienen todo el tiempo del mundo para observar la calle. Cada cierto tiempo, escondía el dinero. En efectivo. En el campo. Y dicen que así fue como entró en el negocio y que el sistema le funcionó. Hasta que eligió mal el comprador y le robaron. Cinco hombres hechos y derechos y una pistola. O tres hombres enormes, rumanos, armados con recortadas. O dos yonquis enloquecidos y, también, una pistola. La pistola aparece en casi todas las versiones. «Esto no va a quedar así», dicen que les advirtió mirando hacia arriba, pues no les llegaba más allá del pecho. «¿Y qué vas a hacer, niño?», respondieron los hombres hechos y derechos, los rumanos o los yonquis. El niño sonrió, como si la pregunta fuera una broma: «Yo, nada, hijo de la gran puta. Pero voy a llamar al Licaón, y él os va a romper las piernas por cuatro sitios distintos». Los hombres rieron. Mucho. Hasta que un día, quizá un mes después, o dos, de repente, en un hospital, dicen que de Valladolid, o de Zaragoza o de Palencia —esto debe depender del lugar de origen del preso en cuestión—, los traumatólogos les dijeron a esos mismos hombres —ya fueran cinco, tres o dos, es lo de menos— que las operaciones habían sido un éxito, que habían logrado salvarles la vida, cosa que no estaba nada clara unas horas antes, pero que era probable que no pudieran volver a caminar.

»Muchos presos se detienen y te miran a los ojos, levantan las cejas en este momento del relato y asienten como diciendo «Me entiendes, ¿no?». Y si no asientes, te insisten: «¿Sabes de lo que te hablo, joder?». Y eso es porque creen que ese es el punto culminante del relato. Ahí está la enseñanza, ahí se explica todo. Y, en este punto, los hay que tardan un rato en retomar el hilo, porque se quedan ahí, mirando al horizonte desde la cima del cuento. Pero cuando arrancan, es como si se tiraran en caída libre. Ese vuelo lo liquidan más o menos así: «Y aquel niño —porque era un niño, tío—, con una barra de hierro —¿sabes lo que te digo?—, ¡con una puta barra de hierro puso los cimientos de un imperio! Con dos cojones. Nada que envidiar al Jeff *Brezos* ese de Amazon, que seguro que fue a la universidad. No te jode, así cualquiera».

»Hasta aquí la leyenda —remacha Agustín—. Como veis es un cuento precioso. Lleva veinte años vivo y sigue cambiando, aportando nuevos matices al personaje y a su historia. ¿Dudas?

Juan, con los ojos como platos, está a punto de soltar una carcajada. Fonfría le recrimina con la mirada como diciendo *ni se te ocurra.*

—No, Agustín, ninguna —responde la inspectora.

—Vale, pues ahora el trabajo policial, que se resume en cuatro puntos clave y así os ahorráis las setenta páginas.

Luisa y Juan no lo ven, pero al otro lado del teléfono Agustín levanta un dedo:

—Uno: 2007. La Policía Nacional y la Guardia Civil llevaban seis meses constatando cómo en sus narices la Comunidad se inundaba de droga de una forma que jamás habían visto. Aumento exponencial del consumo, aumento exponencial de los delitos derivados, aumento exponencial de las detenciones de pequeños camellos que no llevaban al pez grande. Y un nombre: el Licaón, apenas murmurado. Ni una pista.

»Dos: en mitad de la incapacidad para desarticular una red de envergadura, un tiroteo entre bandas acaba con varios muertos, heridos y dos docenas de detenidos. Algo nunca visto en Madrid ni en ningún otro lugar de España. Las calles como zona de guerra para los delincuentes. Entre los detenidos aparece —puro milagro— un chivato, un tipo llamado Alfonso González Trápaga, perteneciente al clan de los Hermanos, que dice que puede identificar al Licaón. La noticia es de tal envergadura que hasta reforzamos nuestro precario equipo de protección de testigos. Se identifica entonces a uno de los detenidos, Abdelhadi al Zarqaui, ciudadano español de procedencia marroquí, viudo y con una hija, sin antecedentes, dueño de una fábrica de bolsos, que niega absolutamente la acusación y que afirma que se encontraba en el lugar del tiroteo por casualidad. El resto de detenidos declara no conocerlo de nada. Todo suena a omertá, ley del silencio. El tal Alfonso es, hasta cierto punto, fiable. Simplemente, porque es un enemigo evidente del Licaón.

»Tres: pasan ocho días sin cambios, a la espera de juicio. Y entonces aparece el gran alijo: setecientos cuarenta y nueve kilos y novecientos noventa gramos de coca pura en un ático del barrio Salamanca, junto a un arsenal de armas automáticas. Los diez gramos que faltan de uno de los fardos aparecen en la sangre de un sujeto caucásico de unos cuarenta años cuya identidad es imposible determinar. Ni huellas ni nombre ni hostias: un fantasma. Con diez gramos de coca dentro, está más muerto que un sapo en mitad de la M-30. Varios de los detenidos del tiroteo lo identifican como el Licaón, el líder de su organización. No se lo cree ni su puta madre, pero...

»Cuatro: nuestros mandos no necesitan más. La palabra «éxito» relumbra mucho más que la palabra «verdad». Cierre de la investigación. Puesta en libertad de los sospechosos. «Desarticulación completa» de la banda del Licaón. El líder, «muerto». El peligro, «conjurado». La ciudad, «de nuevo en paz, limpia del exceso de droga».

»Y ahora las preguntas. ¿Hubo identificación del cadáver del Licaón? No, enterramos a un fantasma. ¿Hubo una desarticulación real de su entramado de distribución? No, quince detenidos que fueron saliendo a la calle a los pocos meses. Nunca supimos cómo llegaba la droga, dónde iba el dinero, nada. ¿Hubo detenciones de cuadros medios y altos de la organización? No, cuatro camellos de porro y esquina. ¿Hubo un seguimiento e incautación de sus activos económicos? No, ¿cómo íbamos a hacer un seguimiento si no teníamos ni puta idea de su funcionamiento? ¿Qué es entonces lo que teníamos? Un récord, setecientos cincuenta kilos de coca y unas armas. Y paz en las calles. El clan de los Hermanos se volatilizó de Madrid norte, con lo que alguien tuvo que ocupar ese espacio.

Agustín calla al fin. Al otro lado de la línea, Fonfría y Juan llevan varios minutos escuchando absortos. Juan ha dejado de reírse y tiene una página llena de notas.

—¿Siguen ahí? —pregunta Agustín.

—Sí, sí, claro, estamos intentando procesar la info y relacionarla con el caso de aquí.

—Bien, pues una última idea y ustedes siguen con lo suyo y yo, a lo de Algeciras. Si me permiten, volvamos ahora un momento a la leyenda: el Licaón tiene muchas caras, el Licaón ha muerto muchas veces, el Licaón cuida de su manada y su manada cuida de él. Usted dirá, inspectora, qué le merece más credibilidad: ¿el trabajo policial o el cantar de gesta carcelario?

Fonfría no sabe qué responderle, se despiden, cuelgan. Fonfría y Juan se miran.

—Joder con el Agustín —murmura Juan.

CUARTA PARTE
LA PAZ

Sí, sois vosotras, hijas de la ira,
frenéticas raíces
que penetráis, que herís,
que hozáis con vuestros secos brazos...

Dámaso Alonso
(*Hijos de la ira*, 1944)

CAPÍTULO 26
RENCILLAS

Villarcayo
38 horas después de la muerte de Maite

Tabanito se aburre en Villarcayo. No hay novedades. Los Douglas se creen que es su chófer. Anoche lo tuvieron esperando en el coche una eternidad. Ha dormido tres horas. Mal. No pudo cenar y ahora tiene hambre. No hay nada en la nevera. *Esta Soumia es la leche, como ella come como un pájaro, los demás nos jodemos. Ni un café puedo tomarme*. Decide salir. *Compro algo en la tienda y vuelvo en veinte minutos*. Sale del portal y dobla la esquina. Tiene la misma pinta de siempre, esas greñas que le tapan la cara. Oriana lo reconoce al instante. *Hombre, Tabanito, tenías que ser tú: ojalá se te caiga el pelo y se vea escrito lo mierda que eres*. Oriana observa el entorno unos instantes y se levanta. Segundos después, Tabanito nota un choque y que alguien lo detiene en una especie de abrazo. Se dispone a quitárselo de encima cuando siente una presión punzante en un costado: Oriana le pasa el brazo por la espalda como una novia apasionada, rodeándole la cintura por detrás y metiendo la mano bajo su chaqueta; empuña un agudo punzón de nueve centímetros. *Arija tiene de todo*. Ideal para trinchar un riñón con un leve gesto.

—Pero ¿qué coño...?

—Calla y anda, que vamos a hablar un rato tú y yo.

Tabanito está acojonado. Con Oriana nunca se sabe. Cuando la conoció, pensó que era inofensiva. Tanto, que la eligió como blanco de sus chistes malos. A los quince años ya lo llamaban Tabanito y apuntaba maneras. Era de esos chavales que no paran quietos, que van de un grupo a otro haciéndose el gracioso a costa del más débil; ligeramente pesado, pero con cierto tino para caer simpático sin serlo. Era la segunda vez que hacía 3.º de ESO y en esa clase de enanos escogió a la mora para hacerse valer como el gallo del corral. Siempre tuvo mala puntería, el pobre.

—Eh, tú, chavalita, déjame un boli.

Oriana lo miró como si le perdonara la vida e ignoró su solicitud. Tabanito no sabía qué le había molestado más, si la mirada de desprecio o su indiferencia. El resto de la clase tomaba nota.

—¿No me oyes, sorda? ¡Que me dejes un boli!

Oriana ni lo miró. Siguió a lo suyo. Tabanito sentía tal rabia que no la vio afilar el lápiz y se levantó, fue a su mesa y cogió uno de sus bolis. Se lo esgrimió y le gritó:

—¡A ver, mora de mierda, si te digo que me dejes un boli, me lo dejas! ¿Lo has entendido?

La profesora lo expulsó inmediatamente del aula. Por fortuna para él, porque a Oriana le faltaron unos pocos segundos para clavarle el lápiz recién afilado en la cara. Otra se hubiera dado por satisfecha con el castigo de la profesora, que vino a preguntarle si estaba bien después de que Tabanito se fuera. Otra se hubiera tranquilizado al ver que sus compañeros se habían interesado por ella después del altercado. Otra se hubiera centrado en aprovechar esas primeras conversaciones del curso para hacer los amigos que no tenía. Pero Oriana no. A Oriana le quemaba por dentro una furia incontrolable, una miseria vengativa. Ya tragaba bastante mierda en casa como para que ahora el imbécil de turno la insultara. *Pero ¿qué se ha creído este gilipollas?* ¿Que podía amenazarla así como así? Oriana esperó. Quinta hora. Tecnología. Cogió una pistola de silicona, la enchufó y, cuando estuvo caliente, aprovechó el caos que genera en el aula trabajar en grupo, fue a por Tabanito y lo tiró al suelo de una zancadilla. Antes de que él se diera cuenta, Oriana estaba sentada sobre su torso inmovilizándole los brazos y, con una fuerza que nadie le adivinaba, sujetó la cabeza de Tabanito entre las rodillas y lo quemó. Cuando se levantó, la furia había desaparecido como el sudor que se limpia con una ducha. Le abrieron un expediente disciplinario y la expulsaron un mes y medio. Y ella no lo sabe, pero de no haber sido por Antón Ibáñez, jefe de estudios que se empeñó en defender la posibilidad de que la niña se encarrilara, la expulsión habría sido definitiva.

—¿Cómo me has encontrado? —gruñe Tabanito.

Por toda respuesta, Oriana aprieta el punzón hasta clavarlo un poco. Tabanito se calla y acelera el paso. No hay necesidad de contarle cómo se monta un operativo de inteligencia, pero lo cierto es que en Quintanilla del Rebollar llevan desde las seis de la mañana trabajando. En la opción A trabajan sobre los coches, en la B sobre los inmuebles recientemente alquilados. A.1: los que la buscaban la siguen buscando. A.2: cuanto más tardan en encontrarla, más gente mandan. A.3: necesitan un lugar, un piso en Villarcayo o un chalé en los pueblos de alrededor. A.4: han venido en vehículos propios, posiblemente caros. A.5: en Villarcayo no hay aparcamientos subterráneos. A.6: hay plazas de garaje, pero si tienes que salir rápido, no conviene perder un tiempo precioso maniobrando. A.7: antes del amanecer todo el parque móvil del pueblo está aparcado. A.8: si están en Villarcayo, hay que mirar ahora.

El resto de opciones, después. *Si no funciona A, pasamos a B.*

Por eso Arija empieza su ronda a las ocho de la mañana. Conoce bien el pueblo porque se ha criado en la comarca y, aun así, le lleva tiempo peinar las calles una a una. Hasta que una hora más tarde, detrás de la iglesia de Santa Marina, en pleno centro, da con una inverosímil alineación: dos Q7, un Touareg y un Defender. Bingo. Aparca la furgoneta y compra comida, ropa deportiva para Oriana y dos teléfonos.

Así que a eso de las doce, cuando el estómago saca a Tabanito de su escondite, Oriana ya lleva una hora y media sentada en el bar Nevada, leyendo una novela de Lorenzo Silva que tenía Arija por casa, con el pelo corto, teñida de rubio y una alegría que nunca pensó que pudiera sentir al ver aparecer a ese sarnoso.

—¿Adónde me llevas, joder?

—Mira, eso sí te lo voy a decir. Vamos a ir un minuto por esta calle y después otro minuto por la carretera de Quintanilla. Hasta una zona boscosa y apartada donde me lo vas a contar todo, ¿cómo lo ves?

En esos dos minutos se cruzan a más de veinte personas, pero el aguijón que Oriana aprieta contra el riñón derecho de Tabanito, lo disuade de cualquier intento de llamar la atención. También la marca que lleva en la frente lo ayuda a obedecer; si con quince años no se andaba con hostias..., no quiere ni pensar ahora. Llegan al abrigo de los árboles, fuera de la vista. Oriana lo saca del camino y se interna en la espesura.

—Intimidad, justo lo que necesitábamos.

Lo empuja y Tabanito cae al suelo. El punzón revolotea entre los dedos de Oriana y Tabanito empieza a perder el color. Se acerca a él.

—Cuéntame todo lo que sepas o te dejo como un colador —le susurra.

Tabanito la mira y sabe que no va de farol, así que canta hasta *La traviata*. Que Hadi le ha mandado venir para vigilar a Soumia, que han llamado a los Douglas.

—¿Los Douglas? ¿Quiénes son esos?

—Sicarios. Unos bestias. Los mejores.

—¿Están aquí?

—Sí. Llegaron ayer. Solo responden ante Hadi. Soumia está fuera.

—Soumia está fuera, ¿eh?

Maite y la cafetera le vienen a la mente en un segundo, su brazo salta como una víbora y le clava el punzón en el hueco debajo de la clavícula. Hasta el mango. Al tiempo, su mano izquierda le aprieta la garganta y ahoga en un gorgorito roto el alarido de dolor de Tabanito.

—Atiende —murmura en su oído—, no me calientes más. Si me vuelves a dar información imprecisa te apuñalo en la cara, ¿me entiendes?

Tabanito responde que sí, que sí, que lo ha entendido.

—Vale, pues cuéntame con pelos y señales qué pasó anoche en el chalé 51. Y no te olvides de la cafetera.

—Soumia estaba fuera, te lo juro, pero se ha hecho con el control. Convenció a los Douglas de que fueran con ella a buscar a alguien con quien podías haber contactado.

—¿La chica del chalé 51?

—Sí. Los Douglas preferían ir solos, pero ella insistió. Ya la conoces, se empeña en algo... Quería ir y hacerlo ella. Cuando volvió tenía sangre hasta en el pañuelo ese de la cabeza.

—¿Y por qué la mató?

—No nos lo dijo. Pero estaba rabiosa.

Tabanito no puede dar más detalles porque no sabe más. No puede ni imaginarse la ira fosfórica, sulfúrica, que prende y devora a Soumia cuando entra al chalé 51 dispuesta a dejar claro quién manda aquí. El pequeño de los Douglas entra con ella. Al gigante lo deja en la puerta vigilando. A esas alturas del partido, Soumia está muy harta de que se le tuerzan las cosas. No tiene ganas de andar con cuidado. Irá a cañón. Sin reparos ni sutilezas, que nunca fueron su fuerte. *Y si a Hadi no le gusta, que se joda*. Entra decidida, unos veinte minutos después de que Maite saliera a hablar con los guardias que Epifanio se había empeñado en poner en su puerta.

—Chicos, venga, largaos a casa. Estoy bien y aquí no ha venido nadie en toda la tarde.

—Maite, no podemos.

—Llama a Epifanio, dile que aquí no hay nadie.

El guardia, que la conoce porque su prima Carmen paraba de chavala con ella, sabe que Maite tiene razón, pero no se atreve a coger el móvil y reconsiderar una orden del sargento. Es su compañero quien marca el número del cuartel, que después de siete horas de vigilancia encerrados en un coche tiene ganas de irse a su casa, pegarse una ducha y dormir con su novia, que ha venido a pasar el finde con él después de un mes sin verse.

—Dice que acaba de estar con Álvaro y que ya lo ve más calmado. Que nos vayamos siempre y cuando usted, señora, prometa avisarnos a la mínima.

—Sí, claro, yo aviso si viene alguien. Buenas noches, chicos.

Al entrar, Maite deja abierta la puerta de la cocina para refrescar la casa y pone la cafetera al fuego. Piensa tomar un sorbito que la despeje y dejar el resto para el desayuno. *Ahora tomo el café y llamo a Jose.* Va al salón y se sienta en el sofá a terminar la serie que está viendo. Repara con tristeza en que Artzai no está porque, siempre que se sentaba, el perro le buscaba la mano. Enseguida cabecea. Se nota medio dormida. Oye cómo silba la cafetera y hace un gran esfuerzo para levantarse del sofá. Se pone las zapatillas y cuando se gira para ir a la cocina, apenas ve el destello de un haz de plata ardiente, suena un chasquido y cae como una mosca aplastada.

Ya en el suelo, Soumia le golpea una y otra vez la cabeza con la cafetera. Cada golpe con más furia que el anterior. Soumia no ve a Maite, sino a una mocosa de catorce años mirándola con desprecio. Ve a una niñata que no sabe con quién habla. Y, sobre todo, que no sabe que a ella no se le niega nada. Golpea a Maite con el recuerdo de Oriana. No puede parar. Una y otra vez. Diez, doce, quince golpes. Una voz la llama, pero no hay manera de que Soumia vuelva en sí y vea que no pueden estar allí mucho más tiempo. Huele el café, la sangre, su propio sudor. Maite hace un par de minutos que está muerta. Pero Soumia sigue. La furia la empuja. Y la rabia. Y el dolor de quedar siempre por debajo. Y el miedo a perder a Hadi, y su desprecio, le provocan una ira que la quema por dentro. Veinte. Ya casi no puede sostener la cafetera, exhausta. Veintidós, veintitrés. Sigue hasta que nota una mano en su hombro:

—Pero para ya, chiquita, que nos va a pillar el sol.

Soumia vuelve en sí y suelta la cafetera. Sale. Con la certeza de que Oriana ya no tiene amigos a quien recurrir. *Ya solo te queda la familia*, *Orianita*.

Tumbado en el matorral, sangrando por el hombro, los ojos tan abiertos como en sus mejores años de pastillero, Tabanito está desatado. Le cuenta todo a Oriana. Siempre fue un bocazas, sobre todo si está nervioso. Y ahora está desquiciado de miedo. Habla sin parar, da detalles. Parece un locutor de radio acelerado. Oriana se entera de que Abelardo empezó siendo un testaferro más y acabó formando parte del entramado logístico. Transporte, almacén, distribución. Pero les empezó a deber dinero y decidieron prescindir de sus servicios después de diez años de colaboraciones.

—Joder, Tabanito, ¡cómo hablas!: «prescindir de sus servicios»... Matarlo, hostia. Sé preciso.

—Yo no lo maté.

—¿Quién lo mató?

—¿Tú quién crees?

Tabanito no lo dice, pero confirma las sospechas de Oriana. Todo lo que tenga que ver con hacerle daño a ella lo hace personalmente Soumia. Tabanito continúa su relato.

—¿Por qué me busca?

—Tu padre lleva tiempo empeñado en que vuelvas.

—Pero ¿por qué?

—Pues porque eres su hija, te quiere, yo qué sé.

—Mira, Tabanito, no me vengas con cuentos de princesas, que no cuelan. ¿Qué quiere el viejo?

—Pues lo de siempre, que se haga lo que él dice. Y dice que tienes que volver.

—¿Y manda a Soumia a buscarme?

—Pues es que después de lo que les hiciste a los letones...

—Mira, Tabanito, me estoy empezando a mosquear contigo, así que busca en esa cabeza de animal que tienes y dime algo coherente pero ya.

Oriana le acerca el puño a la cara y Tabanito retrocede.

—¡No!, ¡déjame!, te he dicho lo que sé, joder, no sé más. Lo único distinto es que se le ve poco... y que está más flaco..., pero no hay nada más, nada raro, te lo juro.

—Te repito la pregunta: ¿para qué me busca?

—¡Que no lo sé! —exclama Tabanito—. ¿Para que no te vayas de rositas? Te piraste al Ejército sin contar con él. Después de todo lo que había hecho por ti. ¿Te parece a ti eso de buena hija?

Oriana le vuelve la cara de un tortazo.

—Tabanito, no te pases de listo, que los dos sabemos que nunca te va bien cuando lo haces.

A él le pica tanto la cara que no logra disimular la rabia de verse otra vez ninguneado por la *mora de mierda esta*. Oriana le sonríe.

—Bueno, Tabanito, al final lo has contado todo, ¿eh?

—Sí. Te he contado todo, joder; déjame ya.

—Claro, una última cosa, ¿Adónde ibas?

—A la tienda, a por pan y café.

—Te pierde el estómago.

—¿Qué vas a hacer conmigo?

Oriana le quita el móvil y la cartera. Repara en que hay unos contenedores de basura a pocos metros, junto a la carretera, y lo empuja hacia ellos.

—Pues de momento te vas a quedar aquí un buen rato.

Lo tumba boca abajo y le ata pies y manos a la espalda con bridas.

—Da gracias que no te deje dentro.

Tabanito se revuelve. La humillación lo reactiva.

—Vete a la mierda, zorra —se crece—. A los quince eras una puta tarada y ahora ya te sales del baremo.

Oriana no se lo piensa: le da una patada en la cara, lo coge, pisa la palanca que abre la tapa del contenedor de residuos orgánicos, lo levanta en vilo y lo tira dentro. Antes de cerrar la tapa, sonríe al ver que la cara de él ha caído justo sobre una bolsa de basura abierta. Desaparece.

Tabanito consigue medio tumbarse sin que su boca toque nada en descomposición. El olor le revuelve las tripas. Allí pasa unas dos horas, hasta que un grupo de chavales, de camino a las pozas del río, oyen sus gritos, abren la tapa y lo ven. Lo ayudan a salir entre risas y estupefacción. Entre todos lo ayudan a quitarse las bridas. Tabanito sale corriendo. Duda por un momento si volver al apartamento o fugarse. Pero ¿adónde va a ir? Sin dinero. No puede irse. Lo encontrarían igual. Dará la cara. Eso siempre cuenta a favor del reo. Cuando Soumia le abre la puerta, el olor a basura inunda la entrada.

—¿Qué ha pasado?

—Oriana.

—¿Dónde está?

—No sé, pero se ha llevado mi móvil. Rastréalo.

Soumia va al portátil, aunque sabe que de nada servirá. Se lo ha llevado para ganar tiempo.

—Nada. No hay señal.

—Está cerca, Soumia. Me ha preguntado qué hacemos aquí, dónde estás tú, dónde está Hadi, qué pensamos hacer.

—¿Se lo has contado todo?

Tabanito calla y Soumia entiende que sí.

—Joder, Tabanito...

17.00. Suena la llamada en el teléfono que la UDYCO tiene habilitado en el cuartel de la Guardia Civil. Juan lo coge. No se oye lo que habla, pero, sin colgar, ya se ha levantado de la silla. Fonfría se lo huele. Mala señal. Juan cuelga.

—Luisa, otro cadáver.

—No... A ver si todos los putos muertos van a ser nuestros...

—Este sí. No lo dudes.

—¿Albert? ¿Dónde?

—Aquí, en Villarcayo, junto al río. Pero no es Albert.

—¿Cómo lo sabes?

La inspectora se mesa los cabellos.

—Porque es Tabanito.

Van para allá. Heroína. Sobredosis.

—Pues no tiene aspecto de yonqui.

—¿Una recaída?

—¿Aquí? ¿Al lado del río? ¿En Villarcayo? Si estuviésemos en San Cristóbal me pegaría más.

—¿Qué hacía este tío en Villarcayo?

—Igual le tocaba entregar un paquete a Abelardo y, al encontrarlo muerto...

—Al encontrarlo muerto, ¿qué? ¿Se puso tan triste que recayó en la droga?

—Joder. Aquí no encaja nada.

La científica está trabajando sobre el cadáver. A Fonfría normalmente le gusta observarlos. Son precisos, silenciosos y mesurados. Ve cómo recogen huellas, hacen fotos de todo, del cuerpo, de la zona. Son capaces de reconstruir el pasado de cualquiera a partir de las señales que nos labramos en el cuerpo a lo largo de años. De repente, recuerda la llamada de anoche, Antón, el jefe de estudios amigo de Bonet. *La quemadura.* Se da la vuelta a toda velocidad y busca a Vázquez con la mirada.

—¿Tiene alguna marca en la frente?

Esta está ocupada examinando el brazo donde Tabanito tiene aún clavada la aguja, levanta la cabeza hacia Fonfría y advierte su ansiedad.

—Ahora mismo se lo digo, inspectora. —Levanta la mano y aparta con suavidad la espesa greña que cubre la frente del cadáver. Se sorprende. Mucho.

—Ya me dirá cómo averigua usted estas cosas, inspectora

—sonríe—. Es una cicatriz. Como si le hubieran escrito algo con un objeto ardiente. Pero no es de ahora. Eso tiene años.

—¡Juan! Ven a ver esto.

Cómo no me he acordado antes. Estoy tonta. Ambos se inclinan sobre la cara del cadáver. No se aprecia muy bien, pero se adivinan algunas letras que podrían encajar con la palabra «kouwad».

—Es mucha casualidad que Tabanito sea el chaval al que Oriana quemó la frente en el instituto.

—Están conectados.

—No sé, Luisa. Mucho embrollo veo yo aquí. Tenemos a una ex-GOE que quemó la frente a un figura a los quince años, que ahora está muerto y de alguna manera están vinculados. Yo creo que hay que ponerla en busca y captura. Tiene que declarar ya. Si tiene algo que ver, dejará de colocarnos un cadáver al día. Y si no, pues la soltaremos en breve.

—Aunque lo mismo no funciona. Se habrá largado ya. A ver quién la pilla ahora. ¿Y su abogada? Otra que estará lejos.

—Inspectora —interrumpe Vázquez—, mire esto: el cadáver presenta una herida extraña bajo la clavícula. Una única punzada, no mortal, claro, pero seguro que muy dolorosa. Lo curioso es que la herida se produjo unas horas antes de la muerte. También tiene hematomas en la cara.

—¿Le dieron una paliza?

—Tengo que comprobarlo, pero eso me temo.

—Joder, Juan, aquí nada es casual.

—Luisa, llama al juez.

Hay un momento de euforia, pero enseguida se dan cuenta de que siguen sin nada. Solo una madeja de relaciones sin definir, posibles, probables; cero evidencias. Fonfría no ve salida, pero, a la vez, no puede evitar preguntarse una y otra vez lo mismo. *¿Quién es esta gente? Y, sobre todo, ¿cuántos putos cadáveres más nos quedan por encontrar en Villarcayo?*

CAPÍTULO 27

LA SIEMBRA

5 kilómetros al norte de Quintanilla del Rebollar
35 minutos después de la muerte de Tabanito

Los tres mastines miran aburridos desde la parte de atrás de la Toyota Hilux cómo su dueño se pelea con la encina centenaria. A Arija le duele derribarla, pero la guerra tiene estas cosas *y otras peores*. La motosierra suelta un último bramido y la gigantesca copa cae sobre la pista. *Vale, aquí los desmontamos. Que suden y se pinchen para llegar arriba.*

Arija vuelve a su camioneta, acaricia a Bomba, la mayor de los tres enormes mastines españoles, arranca y sigue ascendiendo por la pista que lleva a su cabaña, en una ladera desarbolada. Allí pace y ramonea su rebaño de cabras. Allí sube Arija a diario para atenderlas y dar de comer a los perros. Sin ellos no quedaría una viva. Los lobos se acercan cada vez con más descaro a las ganaderías. Por eso los pocos pastores que quedan han vuelto al uso tradicional del mastín. Y la verdad es que desde que los tiene no ha habido ataques.

—Mírala —le dice a Oriana—. Si tú fueras un lobo, ¿te atreverías con esta bestia?

—Pues no sé, Arija, igual no. A ver, enséñame qué has traído.

Arija saca de la camioneta una funda alargada, el brillante estuche de un sistema de comunicación, cuatro pistolas HK en sus fundas, munición abundante y una bolsa del Aldi llena de granadas defensivas Alhambra. A eso le suma una mochila militar y otra de Decathlon, un juego de cuchillos de varios tamaños, dos dispositivos de visión nocturna y un paquete de bridas. Por último, un par de cajas de barritas energéticas y dos botellas de agua de litro y medio. Oriana no da crédito.

—Joder, tío, pero ¿tú cómo tienes este arsenal en casa?

—No lo tengo en casa. A ver, Oriana, que ya te dije que hacía alguna cosita de seguridad. Y yo, si trabajo en algo más peligroso que la miel y los quesos, no me juego la vida con armas de mierda. Así que tengo lo que hay que tener: armas cortas, armas largas, comunicaciones, algo de explosivo, algo para por la noche, algún caprichito y ya.

—¿Sabes qué, Arija? —dice Oriana sopesando los cuchillos.

—¿Qué?

—Que te quiero, tío.

Arija la mira, como tanteando el doblez de sus palabras, sonríe y finalmente se arranca a cantar y a dar palmas.

—Te quiero, vida mía, te quiero noche y día, no he querido nunca así...

—Vale, vale, vale, Arija, por favor. Que a la mínima me montas un karaoke.

—Porque en dos horas reciben el mensaje y en tres empieza la fiesta, que si no, te la canto entera.

Soumia no está del todo contenta con el desarrollo de los acontecimientos. Lleva desde las cuatro, cuando quedó resuelto el tema de Tabanito, esperando información que no llega. Por un lado, tiene ya a dieciocho hombres peinando Villarcayo y las carreteras de alrededor, sin éxito. Por otro, la Guardia Civil está de los nervios con los muertos recientes y eso puede complicarle las cosas. En tercer lugar, tiene a los Douglas en la habitación de al lado, *tocándose los huevos a dos manos porque Oriana no aparece*. Por último, tiene que llamar a Hadi para decirle que aún no ha encontrado a su hija y que lamenta profundamente la desafortunada pérdida de Tabanito.

La llamada puede esperar, lo urgente es lo de Oriana. Y no se explica cómo ha podido escabullirse esta vez. Sola, sin dinero ni vehículo. *No ha podido huir a pie, joder, no es un puto apache*. En las dos horas previas, Soumia ha accedido a todas las cámaras que pueden jaquearse en Villarcayo, para nada. Así que en este instante se prepara un café, se sienta junto a la ventana, se enciende un cigarro y cambia de estrategia.

—Todos a casa —ordena por teléfono—. No la vais a encontrar. Comed y descansad. Atentos a mi llamada.

Soumia se acomoda en la butaca y entrecierra los ojos. No se relaja. En cuatro caladas devora el cigarro. Busca unos minutos de descanso, pero su cerebro no obedece. Hay demasiadas variables sueltas. *Esta no va a arriesgarse a hacerlo entre civiles. Una cosa menos*.

—Soy yo. Tened listos a los perros. Va a ser en el monte.

A las ocho en punto el ordenador lanza un aviso. El teléfono de Tabanito da señal.

Llaman a la puerta. Tres golpes rápidos y fuertes con los nudillos y dos segundos pulsando el timbre. Soumia abre los ojos, pero no se sobresalta. Se incorpora lentamente en la butaca. Casi se había dormido. Escucha el ruido que alguien hace al bajar corriendo por las escaleras. *Ya es la hora.* Se asoma a la ventana y ve a un chaval cruzar corriendo. *Vale, otra cosa menos: si tiene a alguien que nos traiga el recado es que ha conseguido ayuda. Ahora toca averiguar cuánta.*

—¡Douglas! —grita—. Mirad a ver qué hay en la puerta. *—A ver si hacéis algo, joder.*

Tobías vuelve con un papel escrito a mano.

43°05'17.2"N 3°37'24.0"W

Bueno, piensa Soumia ante la pantalla del ordenador, *dieciocho kilómetros; por lo menos no está lejos.*

Se fija en el nombre de la localidad más cercana. *Tócate los cojones: Quintanilla del Rebollar. Esta niña tiene cada cosa...* Coge el teléfono y hace la llamada.

—Todos para allá, os mando información por el camino. Si aparece la Guardia Civil, sois cazadores. Llevad a los perros, os ayudarán a encontrarla. —Se vuelve hacia los hermanos—. Vosotros también, Douglas. Y tened cuidado con ella. Juega en casa. No vaya a ser este vuestro último número.

Thomas la mira desde sus dos metros de altura. Empieza a estar cansado de la mora con aires de grandeza que no es la jefa, pero actúa como tal. Los desprecios se han ido acumulando en las cuarenta y ocho horas que llevan juntos.

—Soumia, no te hagas pendeja, que bastante tuvimos anoche con verte madrear la pinche cafetera. Déjanos tranquilos o vamos a tener pedo.

Soumia lanza una carcajada y sigue riéndose mientras ellos salen.

—¡Buena suerte, manitos! —grita entre risas.

Son las nueve y media de la noche cuando los cuatro vehículos se topan con la encina caída que impide el paso. La pista es estrecha y tiene entre un quince y un veinte por ciento de desnivel. No es posible maniobrar sin descender doscientos metros, pero Tobías, que por carácter y destreza es quien dirige el comando, no quiere complicaciones para salir. Ordena retroceder y dejar los coches mirando hacia abajo. Sacan a los perros del remolque. La jauría ladra enloquecida ante la inminencia de la caza.

Para entonces, ya tienen fotos vía satélite del terreno: la pista atraviesa un espeso encinar, con algunos ejemplares centenarios como el que, por accidente, bloquea el paso. A unos quinientos metros ascendiendo en línea recta se llega a una pradera con una cabaña, punto exacto de las coordenadas. Más arriba queda un lugar llamado Mirador de Carrascosa, que corona el monte y se abre a la otra vertiente. También tienen ya, previo pago de un pastón, permiso de caza en el coto colindante, saben que un tal Cristino Arija es propietario de la cabaña y que, casualmente, fue compañero de Oriana en el GOE Valencia III. Soumia es buena en lo suyo. Muy buena.

—Son por lo menos dos. Muy peligrosos. A él podéis despellejarlo. Oriana, viva.

Debería bastar. Soumia fuma ante la ventana del salón mirando la plaza de Villarcayo. Dieciocho hombres dirigidos por los Douglas deberían ser suficientes para hacer una batida eficaz, levantar la liebre y cercarla hasta la cima.

Teclea en el móvil: «Localizada». Doble *check*. «En ello». Doble *check*. «Mañana a estas horas volveremos a ser los mismos». Doble *check*. Parte izquierda del chat en blanco. Ya no está en línea. Última vez hoy a las 21.56. Soumia no puede evitar pensar que hace mucho más que Hadi y ella no conectan. Pone *Wicked Game* en Spotify y fuma, canta y llora sin ruido, como aprendió a hacer de niña.

Arija da el parte por radio.

—Son muchos. Veinte. Con ocho o nueve perros de caza.

—Arija, un escuadrón de sicarios no es una unidad del ejército, ¿eh? Si fueran talibanes o del ISIS todavía, pero estos son escoria echada a perder. Estos están la mitad acojonados y la otra mitad, sin saber por qué están aquí.

—Si tú lo dices...

—No, si tú lo dices, no. Acuérdate: en nuestra unidad algunos luchaban por nuestro país, otros por la justicia o por la democracia, y el que no, por el honor del grupo. Y el que no luchaba por nada de eso, como yo, luchaba porque se lo debía a cada compañero. Y estaba dispuesta a jugarme la vida por cada uno de ellos, incluidos los imbéciles, que también los había. Y estos no son compañeros, Arija, ni de lejos. Aquí los únicos que tienen algo que defender son los Douglas.

—Vale, vale, general. Joder cómo te pones... A ver, te cuento: veinte, todos con ropa de cazador, uno de ellos es gigante, fusiles de asalto M16 o similares, visión nocturna, los perros y poco más.

—OK, nos ceñimos al plan. Que suban.

La luz se repliega por el oeste. Los perros huelen algo porque salen disparados monte arriba. Tobías observa el bosque y da la orden. Los hombres se despliegan y cubren unos doscientos metros de terreno. Inician el ascenso. El ladrido de los perros se ha acallado. Solo se oye el roce de las botas contra la dura vegetación. Así pasan seis minutos. Hasta que se vuelve a oír a los perros. Bingo. Tobías manda acelerar. Han encontrado algo. En cuatro minutos más superan la línea boscosa y acceden a la pradera. La cabaña se intuye entre la oscuridad, en lo alto. La jauría ladra, gruñe y chilla enloquecida. *La van a matar.* Tobías se coloca las gafas de visión nocturna, preocupado, y acelera el paso, a tiempo para ver una sombra verde descender como una exhalación. El animal se detiene gimiendo junto a uno de sus hombres.

—Joder, le falta una oreja —escucha Tobías por su auricular.

¡Hija de la chingada! ¿Qué cojones hay ahí arriba?

—¡Arriba, vamos, rodead la cabaña!

Los hombres corren, dispersos, hacia el objetivo.

—Tú dirás, reina mora, me quedan setenta metros de visión —susurra Arija.

Rodeado de ramas, está tumbado sobre una plataforma de madera en la copa de la encina que domina el bosque, la pradera y la cabaña. Más de tres horas de trabajo para acondicionar su posición y camuflarla. Entre sus manos, un McMillan

Tac-50, fabricado en Phoenix, Arizona, el fusil de francotirador más preciso del mundo, montado con una mira de visión nocturna, de alta calidad, pero con distancia limitada a trescientos metros.

Oriana lleva casi una hora parapetada tras un tronco, dos docenas de metros más arriba del cercado donde han guardado a las cabras. A su lado, como terneras buscando a su madre, Bomba, Tiro y Shere Khan pugnan por recibir sus caricias, llenándola de babas. En el inicio de la noche, se oían los mochuelos, los cencerros durmientes de las cabras y el crepitar del bosque. Después se oyó a la jauría y los mastines se levantaron de golpe, subiendo los hocicos al aire. Oriana logró retenerlos un minuto más, hasta que sintieron la presencia de los intrusos en sus dominios y salieron galopando torpemente con sus enormes patas, entregados a su trabajo.

Cuando Oriana escucha la voz de Arija, ya ha visto a los mastines despedazar a tres de los perros de caza. Los más valientes. Los lobos huyen si no pueden ganar, los perros no. Ante lo que creen un ataque a su rebaño, los mastines se desempeñan con una fiereza y una brutalidad atroz. Su espeso pelaje y sus carlancas, collares de pinchos para defenderlos de los lobos, los hacen casi invulnerables a las acometidas de la jauría.

—¿Oriana? —Arija se impacienta—. Cincuenta metros de visión.

—Adelante. Dales plomo.

En ese momento, la canción de la noche cambia por completo. En intervalos de tres segundos se oye una detonación apagada. Tobías y Thomas, soldados experimentados, se tiran al suelo de inmediato, no así el resto de los hombres, que intentan alcanzar la cabaña. Con las gafas de visión nocturna, los hermanos pueden ver el pequeño surtidor verde que brota de los cuerpos un instante antes de caer al suelo. Uno, dos, tres, cuatro.

—¡Al suelo, al suelo!

Un impacto a pocos centímetros del cuerpo de Tobías le hace perder la cuenta. Ocho, nueve, diez. Tres hombres alcanzan la cabaña. Once, doce. Otro hombre alcanza la cabaña. Otro se vuelve y dispara en automático contra el bosque. Los Douglas aprovechan la afortunada cobertura y corren hacia la fronda. Trece.

—Oriana, han pasado cinco. Los Douglas en el bosque.

—OK, yo me... —Una ráfaga disparada a corta distancia opaca la voz de Oriana.

Se oye el quejido de un perro y el grito de terror de un hombre. Tiro no logra levantarse. Debajo de sus noventa kilos yace un cuerpo con el cráneo roto por sus mandíbulas. Catorce. Oriana, con las gafas de visión nocturna, controla los dos costados de la casa. Aún no ha revelado su posición. Espera. Aparece uno por cada lado. Los deja alejarse del muro, asoma la HK y dispara, primero a la derecha, después a la izquierda. Dieciséis. Una ráfaga la obliga a meterse bajo el tronco. La madera rota por las balas salta por encima de su cabeza. *Cambiar de posición*. Repta a lo largo del tronco, arrastra su mochila. Seis, siete metros. Oye un silbido agudo que traspasa el aire y los ladridos roncos de Shere Khan y Bomba alejándose. Otra ráfaga taladra el tronco varios metros a su izquierda. Saca una Alhambra de la mochila, quita el seguro y la lanza hacia la derecha de la cabaña. Cuatro segundos después se ve el fogonazo, después el estampido y finalmente la explosión levanta un manto de tierra. El tirador se gira hacia la explosión. Oriana saca la cabeza, apunta, lo abate. Diecisiete. No hay dieciocho. Ha tirado el fusil y corre ladera abajo.

—Arija, todo bien aquí.

—OK, estoy tras los Douglas —susurra Arija.

—Cuidado. Sigo tu posición por el móvil.

Oriana se pone la mochila y echa a correr hacia el punto rojo que identifica a Arija, atravesando la pradera hacia su izquierda. Corre rápido, muy rápido, pero se obliga a acelerar más. *No llevas diez meses pedaleando como una perra para flaquear ahora.* Salta piedras, troncos, se desliza por un terraplén, sus piernas son de acero, sus pulsaciones se mantienen constantes, controladas. Su mente trabaja al mismo tiempo. Mira el móvil. Si Arija no ha perdido el rastro, huyen hacia los coches. Desvía su trayectoria y se tira a tumba abierta bosque abajo.

—Arija, voy a recortar.

Sabe que se juega los tobillos, las rodillas, quizá más, pero tiene a Maite en la cabeza, a Albert, y vuela saltando y derrapando. Se siente fuerte y la ira la lleva en volandas bajo la luz verde de la visión nocturna. Nota la potencia de un cuerpo humano al máximo de su rendimiento, haciendo aquello para lo que la evolución lo preparó durante millones de años: cazar. Sin importar el tamaño, la fuerza o los dientes de la presa.

Entonces lo ve y ralentiza el paso. La presa avanza cien metros por delante de ella, monte abajo. Tobías, ligero como un corzo, cruza el encinar de este a oeste descendiendo hacia la pista y hacia los vehículos, hasta que el grito de Oriana lo detiene en seco y le hace volverse. Tobías duda. Su hermano ya está abajo. El coche se encuentra a doscientos metros. Quizá pueda alcanzarlo.

—Oriana, no, ¡espérame! —La voz de Arija suena agitada, pero Oriana no escucha. Camina hacia Tobías.

—¡Eh, cabrón! ¿Adónde vas?

Su voz resuena en el bosque callado y el ex boina verde siente como si todo el universo estuviera mirándolo. Cada árbol, testigo de su huida ante esa mujer que no le duraría medio asalto. No puede dejarlo pasar. Será un minuto. Quizá incluso aún pueda enderezar este desastre de trabajo. Así que afianza los pies, baja el fusil, que queda en reposo en su correa, sonríe y abre los brazos hacia Oriana.

—Aquí estoy, pendeja.

Hombres, mira que sois gilipollas, piensa Oriana mientras desciende y avanza hacia él, se quita las gafas de visión nocturna y las tira. Sus labios se repliegan en una sonrisa feroz y sus dientes brillan en la oscuridad. A tres metros de Tobías se detiene. Él se deshace del fusil y lo lanza al matorral; sigue sonriendo. El terreno es abrupto y Oriana está en la parte alta de la ladera. Razonamiento rápido. Uno: *asume que sea más fuerte que tú; que no te agarre*. Dos: *asume que sea más rápido que tú; que no te golpee*. Tres: *asume que tenga un entrenamiento tan bueno como el tuyo; que no te intuya*. Cuatro: *busca la sorpresa*. Cinco: *provócalo, aprovecha su inercia*. Seis: *la ladera te propulsa; objetivos bajos, tobillos, rodillas, testículos*. Siete: *se sabe superior; empezará flojo*. Ocho: *pega primero y rompe cuanto puedas, ahí está tu ventaja*. Nueve: *no falles porque no habrá segundo intento.*

—Vamos, cabrón, ¿vas a esperar a que venga la Guardia Civil o qué?

Y entonces Tobías se lanza hacia arriba en dos grandes saltos. Le cuesta coger velocidad porque el terreno es muy escarpado y tiene que poner mucho peso en cada zancada. Oriana lo espera hasta casi tenerlo encima, se agacha y se propulsa.

Lo que sucede después tiene más que ver con la inteligencia que con la fuerza, más con la velocidad mental que con la aplicación física, más con la creatividad que con la repetición. Cuando dos personas con destrezas, aptitudes, entrenamiento y experiencia similares se enfrentan en una lucha a muerte, de noche, en un encinar inclinado, no existen normas, como en un *ring* o en un *dojo*, ni tiempos, ni descanso. Por eso, normalmente, vence aquel capaz de pensamiento fulgurante, estratégico y divergente. Vence el imprevisible, el sorpresivo, el que logra desbordar los automatismos del oponente. Pero cuando te juegas la vida, tu corazón late a doscientas pulsaciones por minuto y tu amígdala controla tus reacciones. Tu neocórtex está más inhibido que el de una pulga. Si te preguntaran, en esos momentos no sabrías decir ni tu nombre.

Por eso Oriana se hace una lista. Por eso ordena y define toda la información posible antes de avanzar. Por eso, porque ya sabe que la lucha va a estar muy igualada, fija en su cerebro el punto ocho: *pega primero y rompe cuanto puedas.* Y hazlo de forma inesperada, hacia un punto inesperado, con una fuerza inesperada. Ese punto, hacia el que Oriana arremete con sus sesenta y cuatro kilos de peso, la velocidad de su salida y la ayuda de la gravedad no es otro que la pierna de apoyo de Tobías. Teoría básica del placaje: cuanto más abajo golpeas, más descolocas el centro de gravedad del contrario, más lo desequilibras y, si el punto de apoyo soporta los setenta y cinco kilos de Tobías, más daño haces.

El hombro izquierdo de Oriana impacta contra la parte baja del fémur izquierdo de Tobías. Se oye un clac. El fémur resiste el impacto sin quebrarse, pero la rodilla cede. Es lo que pasa: las estructuras complejas suelen ser más débiles que las simples. Tobías suelta un alarido de dolor y se desploma sobre sí mismo, como sin sostén. Oriana sigue agarrada al cuádriceps del hombre, y ataca lo que más a mano le queda: le clava el codo con todas sus fuerzas en los genitales, una, dos, tres veces. Tobías está fuera de combate. En contadas ocasiones había perdido una pelea. Nunca así.

Oriana está a punto de levantarse cuando una ráfaga de fusil barre el suelo a pocos centímetros de ella. Thomas dispara desde los vehículos intentando dar un respiro a su hermano. Oriana salta detrás de un árbol, protegiéndose de la línea de fuego.

—Arija, estoy atrapada. Me dispara desde los coches.

No hay tiempo para responder. Oriana oye acercarse los roncos ladridos y, aunque no las ve, se imagina las dos sombras que galopan bamboleándose contra el tirador. Thomas dispara de nuevo y una de ellas cae. La otra se le echa encima, pero el gigante logra esquivarla saltando sobre el capó del Q7. El mastín da la vuelta al coche, pero Thomas ya está dentro, arranca y desciende por la pista a toda velocidad. Cuatro tiros de gran calibre impactan contra el coche y rompen las lunas, pero este sigue su rumbo y se pierde pista abajo.

Arija aparece detrás de un árbol.

—¿Oriana? —grita.

—Sí. Estoy aquí.

Entonces la ve salir a la pista con el cuchillo en la mano.

—¿Y el otro?

—No creo que lo cuente.

—Hay que irse ya. La Guardia Civil vendrá enseguida.

Arija se fija en que su amiga lleva unas botas militares al cuello.

—¿Qué llevas ahí? ¿Para qué quieres esas botas?

—No son para mí.

Las deja sobre el capó de uno de los coches.

—Ahí tiene el 40 que busca, inspectora.

—Joder, ¿ahora hablas sola o qué?

—Ya ves.

CAPÍTULO 28

MUERTOS Y BOTAS

5 kilómetros al norte de Quintanilla del Rebollar
20 minutos después de la muerte de Tobías

De camino a la escena del crimen, Fonfría no puede dejar de pensar que todo se le escapa. Dieciocho años trabajando en homicidios y ahora en una semana le llueven los muertos sin saber de dónde viene la lluvia. De repente, se siente como si acabara de aprobar la oposición y la hubieran plantado por primera vez en la comisaría. Esos primeros días, en los que hasta hacer una fotocopia le parecía una tarea complicadísima. No quiere dejarse llevar por esa sensación de inseguridad, sabe que sentirse tonta no la ayudará a hacer bien su trabajo. Pero cuando dan el aviso de que hay varios cadáveres a veinte kilómetros de Villarcayo, la balanza de su autoestima va apuntando cada vez más abajo. Juan la saca del hoyo al llegar al monte.

—Hostia, jefa, las botas.

—¿Qué?

—Encima del capó.

Fonfría ve unas botas militares colocadas como si estuvieran en el expositor de una tienda. Juan se pone los guantes y las mete en una bolsa de plástico. No hace falta decir que es un 40. El 40 que estaban buscando.

—¿Y el dueño de las botas?

Se adentran en la espesura. Llevan cinco minutos andando cuando alguien encuentra un cadáver descalzo, con la rodilla hecha trizas y un tajo de lado a lado del cuello.

—Hay que identificar a este hombre cuanto antes.

—A este y a los otros diez que han matado en el monte —apunta uno de los agentes.

—¿¡Diez!? —Fonfría no da crédito.

—Quizá más. Por ahora hemos encontrado diez, pero falta una zona por rastrear. Es como si estuvieran desplegados como un escuadrón y los hubieran matado a distancia como a conejos.

—Inspectora —añade Epifanio—, la encina no se ha caído sola, la han derribado a propósito sobre la pista.

—¿Una emboscada? Madre de Dios...

En ese momento, suena el móvil de Juan. Mira la pantalla, se aparta y descuelga. Habla bajito, como queriendo ser discreto, pero el silencio del monte le boicotea la intención y Fonfría escucha la conversación sin apenas esfuerzo.

—Sí, eso es, Oriana al Zarqaui... Estuvo en el GOE un par de años. ¿Qué me puedes contar de ella?... Pero ¿por qué la expulsaron?... ¿Y cómo coño acabó en la cárcel de Israel?... Pero ella tiene nacionalidad española... Si pudieras mandarme el informe, nos harías un gran favor... Sí... Muchas gracias, nos has sido de gran ayuda.

Fonfría se acerca antes de que Juan cuelgue.

—Jefa, no hay más que sombras.

—¿Qué te han dicho?

—Que fue la primera mujer en entrar en un GOE. Expediente impecable. Trayectoria brillante. Especialista en tres o cuatro disciplinas. Todo muy bien hasta que hace dos años, estando de misión en la frontera entre Líbano e Israel, el ejército israelí le intercepta unos gramos de coca en un control, se la juzga allí mismo y se chupa un año de cárcel en Tel Aviv, en Nerve Tirza o algo así. Expulsión inmediata del Ejército, claro.

—¿Cocaína? Puede ser la trampa que Oriana dijo que le había tendido su padre.

—Eso me ha parecido a mí. Mi colega no ha logrado averiguar por qué no se la juzgó aquí, por qué la embajada española ni siquiera lo solicitó. Vale que en Israel el tema sea jodido, pero ¿tanto como para no mojarse por una agente del GOE que es la leche?, ¿como para ni siquiera intentarlo?

—¿Y qué informe te va a mandar?

—Por lo visto, ha podido acceder al informe de su detención en la frontera. Me lo envía en un rato.

Todo parece apuntar a Oriana. No hay pruebas de que haya sido ella, pero quién si no. Y desde luego es imposible que ella sola haya abatido a dieciocho hombres armados. ¿O no es imposible? Intensifican el operativo de búsqueda cerrando el perímetro del monte, todas las salidas controladas, pero, evidentemente, ya es muy tarde. No encuentran nada. Nada más que tres todoterrenos de alta gama y dieciocho humanos, seis perros de caza, dos mastines y tres cabras, todos muertos a tiros. Los seis perros de caza y tres de los humanos presentan también mordeduras que les pueden haber causado la muerte. El juez deniega la orden de búsqueda y captura contra Oriana que Fonfría le pide.

—Inspectora, está usted acusando a una mujer que está en

libertad sin cargos, por el mero hecho de que tiene habilidades para llevar a cabo esta masacre, pero no hay nada en firme. No puedo emitir esa orden.

Fonfría lo sabe y lo asume sin rechistar. Está muy cabreada. O frustrada. A veces no distingue un estado de otro. Iría a dormir, pero sabe que no podrá. Va al cuartelillo con Juan. Son las dos de la mañana. Está sacando un café de la máquina cuando ve por la ventana que Epifanio está aparcando y sale. *Juraría que antes lo he mandado para casa.*

—Epifanio, ¿qué hace aquí?

—Me acaba de llamar el marido de Maite Ugarriza. Dice que alguien ha llamado al timbre hace un rato y que, cuando bajó a abrir, solo había un paquete para usted. Vengo a buscarla antes de ir para allá.

Fonfría sale dejando el café en la máquina y a Juan en el baño. *Luego se lo explico.* Cuando llegan, les abre Jose. Epifanio se asusta un poco al verlo. Parece que le hubieran caído diez años en un solo día. Pálido y con ojeras, el dolor se ha cebado con su cuerpo, que nunca fue gran cosa. Delgado, con greñas y canas, ahora parece un jesucristo venido a menos.

—Jose, ¿qué ha pasado?

—Han llamado y, cuando he bajado, esto estaba en el felpudo. Lo he cogido con guantes, por si hubiera huellas.

—Ha hecho usted muy bien —interviene Fonfría—. ¿Ha visto a alguien?

—A nadie.

Fonfría y Epifanio se van con el paquete metido en una bolsa de plástico, después de pedirle a Jose que mañana se pase por el cuartelillo a prestar declaración. Se marchan rápido, con la urgencia de ver el interior del paquete mezclada con la inmensa piedad que les despierta el dolor que Jose emana esa noche. Por el camino, Fonfría observa la etiqueta con su nombre: «Para la inspectora Fonfría». *Arial 12. Lo más aséptico del mundo.*

Fonfría manipula el paquete, ya con guantes, aunque sabe de sobra qué va a pasar. Como con la jambiya. Ni huellas ni rastro del remitente. *Estos no dejan miguitas de pan por el camino.* Lo abre. Un USB.

—Juan, enchufa esto. A ver qué nos mandan ahí.

Un audio de cuatro minutos y veintitrés segundos. La voz de un hombre. Nervioso. Habla sobre el transporte de droga en caravana. Las naves de Abelardo como punto de conexión con otras ciudades europeas. Abelardo blanqueaba. El audio se corta abruptamente, como a mitad de conversación.

—Es Tabanito.

—¿Y por qué se corta a la mitad?

—No querrán que sepamos más.

Juan empieza a sacar papeles, declaraciones, albaranes, registros de actividad, de llamadas. De una empresa de caravanas.

—Tabanito trabajaba aquí. Mira, viajes continuos. Con las mismas paradas, el mismo destino, siempre la primera semana de cada mes. No hay nombres de clientes en ninguna factura.

—Y el paquete que recibía Abelardo, ¿es en esa semana?

—Lo tendría que mirar bien, pero si coincide con el final de cada viaje...

—Transportan droga en caravanas. Tiene que haber más empresas de estas. Busca todas las empresas de caravanas de

Madrid. Hay que seleccionar las que tengan una contabilidad irregular o que no cuadren ingresos con volumen de trabajo. Llama a Madrid y que pregunten en todas. Esta gente tenía un sistema.

—Pero, Luisa, ¿tú sabes cuántas empresas de estas hay en Madrid?

—Ni idea, pero ahí está la clave.

Juan resopla y se pone a trabajar. En dos horas tienen un listado de quince empresas sospechosas. Ninguna de ellas es muy grande, tienen entre diez y veinte caravanas y un volumen de negocio que no se ajusta a sus ingresos.

—Si cada caravana mueve diez kilos al mes en tres viajes, eso supone más de doscientos kilos al mes en total. Si cuentan con, pongamos, diez caravanas, salen veinticuatro toneladas al año. Una sola empresa. Ojo con la broma.

—Pero, Luisa, eso son suposiciones. Hay que probarlo.

—Es lo primero que cuadra en cinco días.

—¿Y Oriana?

—Oriana nos acaba de avisar. Me apuesto lo que quieras a que el USB con la declaración es suyo.

—Sí, sí, pero ella, ¿qué pinta en todo esto?

—No lo sé, pero voy a llamar al juez para pedir la orden de registro en la empresa de caravanas de Tabanito.

Cuarenta minutos después, el juez Velasco ha accedido a registrar las instalaciones de Van Caravanas S. L. El operativo estará dispuesto en una hora. Hay que esperar. Fonfría lo sabe, pero la cabeza le bulle con datos, ideas, declaraciones, informes, todo se mezcla y debe parar y volver a empezar. La inspectora se aleja de la pizarra y se sienta sobre la mesa. Está en ese momento en el que faltan piezas, pero se puede intuir la silueta si encuentra la manera de mirarlo bien. Hay que colocarlo. Y ya decía su abuela que la buena costurera piensa antes de colocar y coloca antes de hilvanar. *Piensa. Coloca. Hilvana.*

—Oriana, por alguna razón, se ve envuelta en el asunto de Abelardo y lo del perro la obliga a quedarse en Villarcayo. Maite podría haberla contratado, pero tiene abogados y reforma a la vez, no tiene dinero ni apariencia; no hay más que ver a su marido. Es más probable que Maite se haya visto metida en el fuego cruzado de la droga. Abelardo y Oriana están conectados por ahí. Tabanito, también. La droga. Hadi al Zarqaui, padre de Oriana, trabajó para el Licaón. La droga, otra vez.

Vamos, Luisa, piensa más grande. Llaman. Lo coge Juan. Han identificado al 40 de las botas. Tobías Douglas Valcázar. Juan resume:

—Ex boina verde norteamericano. Exatleta de élite. Se pasó a la delincuencia: robos, asesinatos... Experto en camuflaje. Tiene un hermano con la misma trayectoria. Una detención. ¿Sabes quién los defendió la única vez que los pillaron? Hernández & Malta Asociados.

—¿Soumia Kamal?

—No lo pone.

—¿Y el hermano de Douglas? ¿Está entre los cadáveres del monte?

—Parece que no.

—Mira. —Juan gira la pantalla y muestra una foto de dos hombres en mallas con el torso desnudo. El pequeño es Tobías. Se sostiene de puntillas sobre la cabeza del otro, enorme, con el que tiene cierto parecido físico—. Trabajaron en el Circo del Sol.

Fonfría lo mira.

—El 51.

—¿Qué?

—El 51 que encontramos en el jardín de Maite. La mataron estos dos.

—¿Y el ensañamiento? ¿Qué iban a tener estos dos en contra de Maite?

—Nos falta el tercero. El 38. Puede que ese sea el que tenga motivos. Estos dos son sicarios.

—¿Quién iba a querer matar a Maite? Abelardo ya estaba muerto.

—Pues alguien que quería mandar un mensaje a Oriana.

—¿Su padre?

—Supón que Oriana pretende entregar a su padre porque este quiere pillarla. Oriana viene y me lo ofrece. Al fin y al cabo, es un hombre cercano al Licaón. ¿Qué poli se va a negar a ir a por un capo de esa magnitud? Pero, en ese momento, alguien asesina a Maite para avisar a Oriana de que no lo haga. Oriana desaparece. Tal vez decide que ella puede acelerar la captura de su padre haciendo que Tabanito delate a la red. Justo después aparece muerto.

—Lo ha podido matar ella.

—O los suyos. Por chivato. O igual es una guerra: tú matas, yo te delato, mando a un ejército a buscarte al monte y tú te escapas.

—Oriana contra la mafia.

—No. Oriana contra su padre. La cuestión aquí es por qué el padre quiere atrapar a la hija.

—No pueden ser simples rencillas familiares. Su padre está utilizando los recursos de la organización criminal del Licaón, que tiene pinta de no haber sido desarticulada nunca.

—Lo que decía Agustín.

—Encaja.

—Entonces, ¿ella sabe cosas y los va a delatar?

—Pero ¿por qué los delata ahora?

—Venganza.

—No creo que sea solo venganza. Tiene que haber algo más. Piensa: ¿para qué necesita uno de los hombres del Licaón a Oriana?

—No sé. Lo único que está claro es que la necesitan.

—¿Qué van a necesitar de Oriana con tanta urgencia como para ir matando gente sin parar en Villarcayo?

Juan y Luisa están mirando la pizarra como iguanas pasmadas cuando suena una notificación en el portátil. El informe de la detención de Oriana en Israel.

—Nada que no sepamos, jefa. La embajada española pone a la detenida a disposición de la justicia israelí y le ofrece los servicios de un abogado.

Fonfría mira el informe.

—¿Qué abogado?

—No viene. Pero dice que la acusada rechazó los servicios de S. K. después de su visita y que no necesitó de un traductor.

—Tiene que ser Soumia Kamal.

—Llama al bufete y que te lo confirmen, Juan.

En ese instante, telefonean de Madrid. A gritos. Han encontrado dos mil kilos de cocaína y dos empleados de la empresa están contándolo todo. Transportaban la droga en caravanas conducidas por padres de familia, parejas con niños que llevan bicis y neveras de *camping*. Nunca los paraban en ningún lado, y, si lo hacían, ni siquiera sospechaban. Tienen conexiones con varias empresas de Madrid. Van a registrar todas.

—Eso está muy bien, Luisa, pero ¿y los asesinatos? ¿Por qué matar a tantos?

Epifanio interrumpe. La profundidad de sus ojeras alcanza más abajo de la nariz.

—Otro cadáver.

—¿Otro?

Epifanio informa. Un chaval de treinta años. Lleva ya un par de días muerto. Cuatro tiros en el pecho. Lo han hallado en una tienda de campaña, a orillas del Nela, a menos de diez kilómetros.

—Igual no es nuestro este muerto. —Juan siempre tiene esa esperanza.

—Es el chaval ese que buscábamos. Albert Capdevila García.

—Nada, no he dicho nada. —Juan se levanta de la silla.

Fonfría no puede creerse que Oriana tuviera razón. Todo sucede ahora a una velocidad de vértigo. Epifanio lo confirma: la familia del chico asegura que Albert y Oriana eran amigos, su padre habló con él por última vez el viernes de la semana anterior. En el depósito de cadáveres echan un vistazo a sus cosas. Hay cargador, pero no móvil. *Se lo habrán quitado*. En el momento de la muerte tenía la cartera en el bolsillo del forro polar que debió de usar para taparse mientras dormía. Una de las balas que lo mataron la atravesó. Fonfría la examina. Es una de esas carteras de cuero, vieja, dada de sí. La forense ha sacado todos los papelitos, horadados por el paso ardiente de la bala de nueve milímetros. Nada raro: entradas, resguardos, un par de billetes de cincuenta, tarjetas de crédito, de la biblioteca, de sitios bonitos. Un par de restaurantes. Un fontanero. Una moneda de dos euros y tres de veinte céntimos mordidas por la bala.

—Mira, Juan.

—¿Qué?

—Esta tarjeta.

—No se ve casi.

La bala ha quemado las letras centrales. Hay una especie de logo que tampoco se lee. Algo azul. Buen gramaje.

—Hay una ese. ¿Y esto? Podría ser una ele. ¡Joder, Juan! ¿No te recuerda al logo de Hernández & Malta? ¿Pone Soumia Kamal?

—Pues el logo encajaría, sí. Y el inicio y final del nombre también.

—¿Qué hace este pobre con una tarjeta de Soumia Kamal?

Las empresas de caravanas están siendo intervenidas: laboratorios clandestinos, almacenes descubiertos, decenas de detenciones.

Soumia Kamal, en busca y captura.

Abdelhadi al Zarqaui, desaparecido.

Esta es la primera vez que los nombres de Soumia Kamal y Abdelhadi al Zarqaui aparecen juntos en un informe policial. La realidad es que llevan más de diez años asociados. Dieciséis, para ser precisos. Veintiséis tenía Soumia cuando subió a aquel cuarto piso de San Cristóbal a negociar con el Licaón y se encontró con Hadi.

—Mira, Hadi, le dices a tu jefe que esto no funciona así. Que yo no hablo con el secretario de nadie, por muy bueno que esté y mucha confianza que el jefe deposite en él. O viene a verme o conmigo que no cuente.

—Deme unos días y veo lo que puedo hacer. Pero, señora Kamal, no se confunda: el Licaón no acepta un no por respuesta. Y tampoco ve a nadie si no quiere. Por muy buena que esté la señora en cuestión.

Dos semanas y un tiroteo con helicóptero incluido después, eran amantes y Soumia dio cobertura a la organización del Licaón en el riquísimo sureste de la península a cambio de beneficios ingentes. Los meses que siguieron fueron buenos en lo económico y también en lo amoroso, pero la cita con el Licaón nunca se produjo. Cada cierto tiempo ella insistía y Hadi hacía gestiones que al final se truncaban. Soumia se cagaba en sus muertos, Hadi lo defendía y vuelta a empezar. Hasta el día que lo cambió todo. Hasta aquel estúpido tiroteo con el clan de los Hermanos.

Cuando Hadi salió de Valdemoro tras ocho días en prisión preventiva, Soumia lo esperaba. Él ya sabía que aquella mujer volcánica había perdido casi una tonelada de coca para sacarlo de allí. El precio de semejante alijo era incalculable. El riesgo ante los proveedores, inmenso. Todo su capital, todo su prestigio profesional y, si algún mínimo cálculo fallaba, incluso su vida, estaban en riesgo. Por él. Por su alianza. Por su amor.

Se abrazaron y entraron en el Porsche 911 de Soumia, que

arrancó el motor y lo llevó como una exhalación hasta San Lorenzo de El Escorial, sin decir palabra, concentrada en la conducción que tanto la relajaba. En la habitación del hotel Las Rozuelas hicieron el amor hasta la noche. Cayeron rendidos, relajados, felices de estar libres otra vez y juntos. Hasta que Hadi despertó, sobre las seis de la mañana, con algo frío y metálico sobre la frente. Lo primero que vio fue el cañón de una pistola apoyado un centímetro por encima de sus ojos. Lo segundo, a Soumia, desnuda, sentada junto a él, con un cigarrillo humeante entre sus densos labios.

—Vamos a ver, secretario —le dijo—, llevas ocho meses dándome largas con lo del Licaón. Y hasta aquí lo he llevado bien. Bueno, más o menos, ya me conoces. Pero a partir de ahora todo es distinto. Si el Licaón no cubre esta operación, yo estoy muerta y tú, conmigo, así que más vale que tu jefe te tenga en más aprecio que al alijo que he invertido en sacarte de la trena.

Hadi fue a decir algo. Soumia negó con la cabeza y apretó la pistola contra su cráneo.

—¡Shhh! Me quedan dos cosas por decirte, así que no me interrumpas. La primera es que quiero una cita con el Licaón ya, esta es la fácil; la conciertas y punto. La segunda es más complicada porque me parece que te quiero, secretario, me has enamorado como a una idiota. Lo que pasa es que yo puedo ser muchas cosas, pero tonta, no, así que si no estás conmigo, dímelo ahora porque tengo decisiones importantes que tomar al respecto.

Hadi fijó los ojos en los suyos, esperó un segundo, inició una sonrisa y lentamente levantó la mano hasta quitarle el cigarro de entre los labios. Se lo llevó a los suyos y dio una calada profunda. La ceniza le cayó sobre el pecho.

—Mañana cogemos un vuelo, mi reina. Confía en mí. Hasta donde yo sé, el Licaón siempre ha cuidado de su manada.

—Ya. —Soumia respondió seca, seria, sin ceder a la suavidad de Hadi—. Esa mierda de los lobos ya la he oído más veces.

—No —afirmó Hadi, que, sosteniéndole la mirada, apartó el cañón de la pistola con la mano derecha y rodeó con su mano izquierda el pecho erguido y suave de la mujer morena—. Esta vez es diferente, Soumia. Esta vez el Licaón sabrá que estás con él a muerte.

CAPÍTULO 29

HUIDAS

San Cristóbal, Madrid
7 días y 13 horas después de la muerte de Tobías

Han pasado seis días del golpe policial. Soumia lleva veinte minutos recorriendo San Cristóbal en un viejo Ford Focus, atenta a cada mínima señal de alarma en el barrio. A treinta metros del portal aparece un hueco que le permite aparcar, cosa que hace en dos precisas maniobras. No para el motor. Vuelve a observar usando los espejos del coche y espera cinco minutos más, vigilando mientras simula hablar por el móvil. Nada raro. Hace tanto calor que apenas hay nadie por la calle. Así que se baja, llega al portal, que abre con su llave, y sube al cuarto. Por las escaleras. El olor le trae recuerdos, aunque ahora mismo no sabe si son alegres o tristes. Llega a la puerta, respira, mete la llave y entra. Huele raro. Mal. ¿Sudor? No. Demasiado denso. Huele a cerrado, a sopa de sobre y a orín. A enfermo y a desesperanza. Soumia avanza por el pasillo. Está alterada, pero intenta controlarse porque no quiere que Hadi le note la rabia. Llega a la habitación, que tiene la puerta abierta y lo observa. Él está tumbado. Como un palo seco sobre sábanas húmedas. Ha adelgazado tanto desde la última vez que lo vio que las cuencas de sus ojos quieren romper la piel de su rostro, como si fuera papel. Se incorpora al verla. Despacio. Se levanta de la cama y va hacia ella. Soumia lo observa y no lo reconoce del todo. El ascua de sus ojos aún brilla, aunque el resto del cuerpo ya no lo acompañe. Lo toma de las manos suavemente y le susurra:

—Hadi, vámonos.

—¿Adónde voy a ir? ¿No me ves?

—Hay que irse, están deteniendo a todo el mundo, es cuestión de horas que den con nosotros.

Él la suelta.

—Ay, Soumia, no solo no me la traes, sino que encima lo jodes todo.

—Hadi, ya lo arreglaremos. Ahora hay que irse.

—No. Ya no puedo. No has entendido nada.

—Vámonos, Hadi. Te juro que, cuando estemos a salvo, la encontraré y te la traeré.

—No tengo tiempo, Soumia.

—Claro que lo tienes.

—¡No me mientas, Soumia! —grita Hadi, la mirada turbia como un cristal mojado—. No lo aguanto.

Soumia se acerca a él de nuevo. Le coge la cara con las manos. Lo obliga a mirarla. A un palmo de su rostro, casi le susurra:

—Hadi, hoy no, pero te juro que mañana volverás a aullar. Ahora tenemos que irnos.

Él la mira, baja la cabeza, suelta un quejido de rabia o de impotencia y cede. Se deja caer en un sillón. Soumia mete cuatro cosas en una mochila, treinta mil euros y las llaves del coche.

—¿Dónde está Scott? No debería dejarte solo.

—Ahora vendrá.

Hadi está a punto de iniciar el penoso esfuerzo de levantarse cuando suena su móvil. Lo descuelga mientras Soumia termina de hacer la mochila.

—Mátala.

—¿Oriana?

—No me creo que no reconozcas mi voz.

—...

—Si quieres que vuelva, mátala. Ahora mismo. Acepta la videollamada, que quiero ver cómo matas a esa hija de puta. Si no, desaparezco.

—...

Hadi duda. Está débil, lento. *Se nos escapa y ahora me llama.* Mira a su alrededor y ve la pistola en la mesita, junto a él. No es consciente de decidir nada, pero el arma está en su mano y la videollamada activa. Soumia no sabe qué pasa. *Nada bueno si está metida Oriana.* De repente, se ve encañonada.

—¿Qué haces?

Hadi apunta hacia ella y sus ojos no parecen reconocerla. Se agacha por instinto un segundo antes de que suene el disparo, que le pasa tan cerca de la cabeza que nota la quemadura en la sien. Desde el suelo se abalanza sobre él y le clava las uñas en el brazo que sujeta el arma. Suena un segundo disparo que revienta el techo de escayola. Una nube de polvo blanco los envuelve mientras Soumia intenta arrebatársela.

—¡Hadi, para, por favor!

Ambos caen al suelo. Ruedan aferrados a la pistola. Soumia no puede creer que él imagine tan siquiera que puede hacerle daño en ese estado. Pelean. Hadi, por sobrevivir; Soumia, por evitar herirlo. La furia los posee hasta el punto de que no se dan cuenta de que Oriana ha colgado. *Al menos uno de ellos me dejará en paz*. Scott irrumpe en la habitación.

—Pero ¿qué hacéis? ¿Estáis locos?

Miran el móvil y Hadi se derrumba, a punto del colapso. Se tumba y unos segundos después es capaz de hablar.

—De acuerdo —jadea—. Tienes razón, lo haremos como tú dices...

Respira como una rata herida y tarda aún medio minuto en meter oxígeno suficiente para incorporarse. Cuando sus ojos de muerto barren sin precisión la estancia, hace mucho que Soumia ya no está.

—Joder, Scott, ¿qué he hecho?

En el portal de al lado, una punki de pelo corto y amarillo come pipas enfrascada en lo que sea que sucede en su móvil. Cuero, botas, camiseta vieja de los Sex Pistols, gorra con calaveras doradas. Soumia ni la ve cuando sale como un vendaval en busca del Ford Focus blanco, familiar y sucio en el que ha llegado veinte minutos antes. La punki levanta la cabeza lo suficiente para ver a Soumia, con el hiyab descompuesto, salir derrapando. *Jodida debes estar si andas por ahí en un Ford Focus.* Oriana se quita la gorra y piensa en seguirla, pero lo desecha. Si aún está vivo, quiere ver al viejo.

Marca en el móvil.

—Dime.

—Arija, el viejo está aquí. Soumia acaba de salir. Voy a subir. Ven a por mí en quince.

—Recibido. Oriana... Ten cuidado.

Oriana se levanta. Lleva una semana vigilando el maldito piso de San Cristóbal donde vivió hasta los dieciocho y hoy tiene los labios en carne viva de tanto comer pipas. Tabanito le confirmó que su padre permanecía allí la mayoría del tiempo, pero ella no lo ha visto ni en la ventana. Scott sale y entra al menos dos veces al día. *Así que tiene que estar ahí. A no ser que se haya llevado él los tiros que acaban de sonar, claro*. Oriana se pone de nuevo la gorra de calaveras y está a punto de avanzar hacia el portal cuando alguien abre desde dentro. Scott sale sosteniendo como puede el cuerpo de un hombre mayor, cuyos miembros apenas se adivinan bajo la ropa. *¿Es él?* Le cuesta reconocerlo. Han pasado once años desde la última vez que lo vio y parece que le haya pasado por encima una apisonadora. Oriana siente una punzada de lástima al constatar que de aquella temible fiera solo queda el pellejo.

CAPÍTULO 30

A NO SER YO LA MUERTA

El Puche, Almería
23 días después de la muerte de Tobías

La cortina ondea en la ventana. La habitación, amarilla, es un horno. En la cama, el despojo de lo que fuera un lobo. Apenas puede moverse. Le duele todo. Está racionando la morfina y prefiere aguantar la mañana como pueda. La tarde irá mejor. Oye el teléfono a lo lejos. Voces en árabe. Pasos que se acercan. Fátima le acerca el teléfono y se lo coloca al oído.

—Tu hija —le dice con compasión, como si fuese la llamada que un moribundo espera para poder irse en paz.

Él no tiene fuerzas para negarse.

—A buenas horas te acuerdas de tu padre, Oriana.

—¿Padre? Tú no sabes lo que es eso.

—Sí lo sé, hija. ¿O qué te crees?, ¿que no pienso en ti como un padre?

—Claro que sí... Eres el tipo de padre que deja a su hija adolescente sola para que se críe como pueda. El que encierra a su hija adulta e independiente en una cárcel porque no hace lo que él quiere, el que le manda unos sicarios para traerla, el que consigue acusarla de un homicidio que ha cometido la loca de su novia... No debe haber en el mundo un padre mejor que tú.

—No entiendes nada, Oriana. Soumia era la única capaz de traerte a mí.

—Ya has visto que no. No ha sido capaz. ¿Ya has conseguido librarte de esa hija de puta?

—Se ha largado, sí.

El silencio se instala unos segundos. Hadi piensa por primera vez en que quizá se equivocó de camino. Quizá tenía que haber hablado con ella. Quizá tenía que habérselo pedido.

—¿Para qué me llamas?

—Para que me cuentes la verdad.

—¿Qué quieres saber?

—¿Por qué me buscabas?

Silencio. A través del altavoz se oye la respiración tosca de Hadi.

—Necesitaba que vinieras.

—¿Para qué?

Otra vez silencio. La voz de Hadi pierde fuerza.

—Para no irme tan pronto.

—Pero ¿qué dices? No te entiendo.

—Para poder salvar mi vida, hija... Necesitaba que me donaras médula. Pero ya es tarde.

Ahora es Oriana quien se queda callada. Nunca había visto a su padre enfermo y ahora, de repente, la leucemia se lo estaba comiendo. No esperaba algo tan simple. Todo lo que imaginó era mucho menos humano.

—¿Qué? ¿No me dices nada? Si has llamado, será que algo te importa.

—No.

—Ay, Oriana, lo hicimos todo mal. Nunca me miraste bien, nunca me dejaste enseñarte nada.

—Algo sí me enseñaste.

—¿El qué?

—A no ser yo la muerta.

—Sí, eso lo aprendiste bien. No creas que en estos momentos no deja de ser un consuelo...

Ambos intuyen que este es el último silencio.

—Adiós, papá.

Oriana cuelga.

—Adiós, hija.

Aunque no lo ve, imagina a su padre en su refugio de Almería. Derrotado. Solo. Respira hondo y siente una pena antigua y profunda que le humedece los ojos. Pero sigue respirando y también siente que, por fin, le llega el aire al lugar de su cuerpo donde el oxígeno alimenta la vida.

Mientras, en el despacho de la inspectora Luisa Fonfría, se produce de nuevo una conversación varias veces repetida:

—No puede ser que se lo haya tragado la tierra.

—Estará en un agujero y no va a salir de allí mientras lo busquemos. Estamos en punto muerto, Luisa.

—Tenemos su nombre, sus direcciones, su empresa y sus cuentas bloqueadas... No puede aguantar mucho así. ¿Y si...?

Una semana después, Luisa y Juan han revisado todos los contratos de los empleados de Bolsos Zarqa. Todo en orden. Treinta y cinco contratos impolutos. Nada ilegal. Solo una cosa chirría:

—Mira, Juan: Fátima Saadi. Contratada hace seis años como dependienta. No habría nada raro salvo que tenía sesenta y cuatro años.

—¿Quién contrata a una señora de sesenta y cuatro años como dependienta de una tienda de doscientos metros cuadrados?

Hablan con los empleados. Merche, la encargada de Bolsos Zarqa, relata con cierto desparpajo, y bastante más resquemor, que la señora se quedaba toda la mañana en el cuartito de atrás viendo culebrones en su idioma.

—Ni papa de español. Allí se pasó año y pico hasta que la jubilaron. Ni una caja abrió en todo ese tiempo. Por lo visto, era una amiga de la familia y el jefe la ayudaba así a conseguir el permiso de residencia.

Ya en la oficina, dedican media hora a investigar a Fátima.

—Lo tengo, Juan, la señora vive actualmente en Almería. Barrio El Puche.

—Vamos.

—Nos van a poner verdes en la Unidad.

—Y eso, ¿por qué?

—Porque nos llevamos el Q3.

—Joé, Luisa, ya era hora de que me dieras una alegría.

El Puche es de esos barrios que parecen islas en medio de la nada. Casas blancas, pequeñas, desconchadas, puestas así como si alguien las hubiese colocado una sobre otra para después tirarlas de un manotazo. Están lejos del mundo y casi de la vida. Huele a marihuana. Unas farolas tintinean hasta que ya desisten. Chavales sin horizonte miran tristes y enfadados a cualquiera que modifique su paisaje mientras comen pipas y lanzan las cáscaras al suelo. Otros, sentados en el bordillo de un portal, fuman mientras escuchan reguetón en un altavoz que regalaban con el colacao. Llega uno más con una guitarra y le reciben con palmas y bromas. En la ventana, una señora *destiende* ropa de muchos colores y tres de su misma edad le chillan, sentadas ya en la mesa descascarillada de la terraza del bar Raíces, que deje eso ya, que la están esperando para jugar la partida. En la pista, otro grupo de chiquillos inicia un partido de fútbol y la alegría de sus gritos llena el ambiente. Juan aparca el Q3 entre un Celica sin ruedas sostenido por ladrillos y un viejo Seat Córdoba con alerón deportivo y, por primera vez en todo el viaje, se arrepiente de haber traído ese coche. *Vaya cantazo vamos a dar*.

—Es aquí, en el número 2.

Luisa y Juan llaman. Nadie responde, pero una cabeza se asoma por la ventana.

—Señora, ábrame, por favor, necesitamos hablar con usted.

La señora no tiene pinta de querer hacer amigos. Desaparece tras la cortina amarillenta. Abre la puerta con la cadena puesta y dice algo en árabe. Después, justo antes de cerrar la puerta, oye cómo Fonfría le habla en su idioma.

—Necesito encontrar a Hadi al Zarqaui, señora. Sé que usted es muy importante para él. Por favor, ayúdeme.

La señora abre. Es pequeña, delgada y encorvada. La ropa le viene grande, como si hubiese encogido de repente.

—Él se queda fuera.

Fonfría le traduce la instrucción a Juan, que se queda en

la puerta admirando el paisaje. Casi parece un portero de discoteca venida a menos.

La vieja le pide que la siga a una salita oscura y sucia. Arrastra tanto los pies que parece que en cualquier momento se va a caer. Huele a geriátrico de mala muerte.

—¿Qué quieres? —le pregunta mientras le ofrece té.

—Necesito información sobre Hadi al Zarqaui. Cualquier cosa que pueda ser útil para encontrarlo.

—Eres policía, ¿no?

Fonfría asiente. La vieja la mira de reojo y casi se ríe. Como si hubiese preguntado una tontería. De pronto, comprende que de nada sirve mantener la guardia, ya no hay nada que esconder ni nadie a quien proteger. *Ahora ya, qué más da. Ya nadie va a atrapar a Hadi al Zarqaui.*

—Llegas tarde, mujer.

—¿Dónde está?

—Lejos. Donde nadie más que Alá puede alcanzarlo.

Fonfría mira a la vieja harapienta, dura y arisca como una roca, muy semejante al recuerdo de tantas mujeres que conoció de niña en sus veranos en Tarbat n'Tirsal. Puede intuir la biografía de la anciana, pero siente una curiosidad enorme por oír su historia. Sabe que no le conviene apresurarse. Le sonríe mientras extiende su mano para tocar la suya.

—Fátima, cuénteme: ¿cuándo conoció a Hadi al Zarqaui?

La anciana cierra los ojos un segundo mientras la imagen se actualiza en su memoria.

—Hace muchos años. En Chauen. Era un niño de la calle. Uno de tantos.

La vieja empieza a hablar, casi como si estuviera hablando sola. Cuenta que le conocía de vista. En su calle había una bandada de chiquillos, de esos que se dedicaban a camelar turistas, a perseguirlos hasta que soltaran alguna moneda. Ella siempre los echaba porque le ponían la calle perdida. «Ya sabe, los niños no paran, lo pisan todo», le tiraban las telas que intentaba vender a la puerta de casa. Y luego estaba lo de que a veces se iban con señores turbios. «A saber qué barbaridades hacían esos con los críos por cuatro monedas». Hadi era uno más. Hasta que una vez Fátima tuvo un problema con un francés y él la ayudó. Le había vendido una colcha por un precio, el francés había entendido que eran dos en lugar de una. «O eso decía. Empezó a gritarme que iba a llamar a la policía, que yo lo había engañado, que iba a ir a la cárcel por ladrona». Fátima se puso muy nerviosa, le dijo que tomara las colchas que quisiera, pero que callara, por Alá. Pero seguía gritando. En ese momento, Hadi, «¿qué tendría, seis años, siete?», fue corriendo hacia él, le quitó la cartera de la mano y siguió corriendo. El francés se fue detrás de él. Hadi lo hizo correr escaleras arriba y luego abajo y luego arriba hasta que se cansó y tiró su cartera al suelo sin dejar de correr. El tiempo suficiente para que Fátima pudiera recogerlo todo y meterse en casa. Cuando cerró la puerta, pudo ver desde la ventana cómo llegaba la policía a la calle desierta.

A partir de ese día, cuando lo veía, siempre le daba algo. Una naranja, un trozo de pan, un poco de té. Él, a veces, la ayudaba a recoger las telas que le tiraban los otros críos. Tampoco encajaba muy bien con ellos. «Se metían con él, ¿sabe? Lo llamaban fénec. ¿Sabe qué es un fénec? Es un pequeño zorro del desierto con orejas muy grandes, casi parecen palmas abiertas». Un día Fátima oyó cómo se lo llamaban.

—¿Por qué te llaman eso?

—Porque tengo las orejas grandes y soy feo como un fénec.

—Tú no eres un fénec.

—Un poco sí.

—No. Tú no eres un animal. Y si lo fueras, no serías un fénec.

—¿Qué sería entonces?

—Un licaón.

Él se rio, como si fuera imposible ser una fiera con ese cuerpecillo del que se escurrían los pantalones. Entonces Fátima lo miró y le dijo muy seria:

—Eres un licaón. ¿No ves tus manchas? Eres salvaje, rápido, listo y cuidas de los tuyos. Solo te falta aullar en la noche.

El niño sonrió y se puso a aullar a las nubes, como si fuera el telonero de los verdaderos lobos pintados.

Fátima calla un momento y llora sin hacer ruido. Solo lágrimas y un par de suspiros hondos. No incomoda. Solo da una ternura infinita. Casi parece una abuela recordando sus mejores años de crianza.

—Fátima, ¿sabe quién es el Licaón?

La anciana mira hacia arriba, parpadea varias veces y retoma su relato. No desoye a Fonfría, simplemente no recuerda que esté allí, en la salita de su cochambrosa casa, escuchando su pena.

—Licaón. Le gustó tanto lo que le dije que años después me contó que trabajaba para un tal Licaón. Que él mismo le propuso el nombre con el mismo argumento que yo le di cuando era niño.

Fátima casi no lo reconoció el día que volvió hecho un hombre. Se había marchado con trece años a cruzar el Estrecho y no supo nada de él hasta una tarde de mayo que apareció en su puerta, en un cuerpo de veintitantos años y con la cartera llena de dírhams. Lo creía tocado y hundido en medio de la nada sin alcanzar la orilla soñada, o explotado por las mafias, o durmiendo en cartones revenidos en la calle más mugrienta de cualquier ciudad del primer mundo. Había imaginado todos los futuros posibles y ninguno era bueno.

Lo había imaginado todo menos que él volviera guapo y rico. Le ofreció té, pero Hadi lo rechazó: venía a llevarla al mejor restaurante de Chauen. Ella se negó: «Con lo que cuesta una comida allí me mantengo yo durante meses». Le dio dinero como para vivir bien hasta la primavera siguiente e insistió en lo de comer en el restaurante. Ella se negó, no quería pasar vergüenza, que la gente la mirara con pena o desprecio por estar en un sitio que no era el suyo. Entonces, él pareció comprenderlo, se tomó el té y se fue.

Al rato volvió con la comida y un camarero. «Comimos en mi casa. Estaba delicioso». Hadi estaba exultante, le contó que tenía un negocio, una mujer y una hija. Que quería que su hija conociera sus raíces, su idioma y a ella. Fátima le preguntó por qué no la había traído consigo. «Quería verte primero». En realidad, quería saber si seguía viva, seguro. Acordaron que la traería los veranos, que Fátima la cuidaría y le enseñaría árabe.

La niña tendría cuatro o cinco años cuando cerraron el trato. No vino hasta los once. Su madre no quería despegarse de ella. «Una histérica. Como todas las europeas». Luego esa mujer murió y la niña empezó a venir todos los años. Era silenciosa, arisca y desconfiada. Apenas la oyó hablar durante los seis o siete veranos que siguieron al primero. Su padre la dejaba el veintitantos de junio y se la llevaba a principios de septiembre. Eso al principio. Luego venía sola. Siempre de mal humor. Se traía libros, casi no hacía otra cosa. «Una desagradecida, la Orianita. Eso es lo que era». Dejó de venir. Y su padre también hasta que un día apareció sin avisar y la vio vieja, enferma y desvalida. Se empeñó en llevarla a España. «Le dije que no, que solo iría a España si entraba legalmente. Era una forma de decirle que me dejara en paz como otra cualquiera». Se fue y a las pocas semanas volvió con un contrato de trabajo; el permiso de residencia y el seguro médico vendrían después. Le compró este chamizo en El Puche. Hadi sabía de sobra que no iba a aceptar algo mejor. Y tampoco le venía mal a él tener una madriguera como aquella.

—Hace quince días me lo trajeron. Pellejo y ojos. Solo quedaba eso de él.

—Fátima, ¿sabe quién era Licaón?

—Claro que sí. Era el niño que me ayudó desde que tenía seis años.

—Pero ¿sabe que también era el narcotraficante más poderoso del país?

—No, Hadi no era narcotraficante, tenía un almacén de bolsos. Bolsos Zarqa. Yo trabajé allí. Le aseguro que se vendían bolsos.

—Pero ¿Hadi era Licaón?

La anciana la mira a los ojos, cansada de su insistencia.

—Mire, señora policía, quizá lo confunda usted con otro hombre apodado Licaón.

—Pero entonces...

—Entonces, nada. Esto es lo que yo sé y ninguna chiquilla va a venir a confundirme a estas alturas sobre quién fue Hadi al Zarqaui. Hadi era un buen hombre. Un hombre que se hizo a sí mismo y que lo consiguió todo a base de empeño. Salió de la calle más pobre de Chauen y no paró hasta ser alguien respetado. Siempre cumplió con su deber. Sé que a veces se metía en líos con la policía o con quien no debía. O ¿qué cree?, ¿que no sé que aquí se escondía cuando las cosas no iban bien? Ha venido unas cuantas veces, y no siempre en buenas condiciones. Este era su refugio cuando todo se volvía en su contra. Se recomponía y se iba. Hasta el otro día, que vino a morir aquí. A su guarida.

La anciana se seca otra lágrima y baja la cabeza. Fonfría la mira con ternura.

—Claro, señora. Tiene usted razón. Gracias por el té y por su hospitalidad.

Fátima se queda allí, sentada, con la sensación de haber limpiado el nombre de Hadi. Fonfría se va con la certeza de haber asistido a un relato que engrandece aún más la leyenda.

—No me va a creer nadie. Solo Agustín —murmura.

Y se ríe mientras camina hacia el Q3, donde Juan la espera.

CAPÍTULO 31

Espinosa de los Monteros
5 meses después de la muerte de Hadi

Llega al mercadillo. Nunca hubiese creído que a finales de octubre pudiera hacer este calor en Espinosa de los Monteros. Es martes. Fonfría se ha pillado un moscoso y ha cogido el coche bien temprano. A las doce y media de la mañana anda de puesto en puesto buscando un buen queso de cabra.

—¿Es casero?

—Sí, señora, los hago yo mismo.

—¿Tendrá usted el permiso de manipulación de alimentos?

—Tengo de todo.

—Hasta permiso de armas, ¿no?

Arija, que hasta ahora colocaba quesos en su puesto, para y mira a esa señora de ciudad un momento. La reconoce perfectamente pese a la visera y las gafas de sol. Hace unos meses lo interrogó por la escabechina del monte. La pobre le puso ganas, pero no logró relacionarlo con aquella historia. Ni un arma a su nombre ni una huella. Con coartada, encima. Su hermana dijo que esa noche había cenado en su casa, en Bocos. Tortos con huevos. A cambio, tuvo que quedarse unos días con sus sobrinos. *Vaya semana que me dieron las criaturas*. Así la Pauli y su cuñado pudieron irse de gira con su grupo de teatro. Arija recuerda que la inspectora le cayó bien entonces. Y ahora, en el mercadillo, lo corrobora. *Permiso de armas, dice. Tiene gracia, la tía.*

—Ese caducó hace mucho. Buenos días, inspectora Fonfría. Espero que no me esté vigilando para ver si me da por hacer de francotirador en el monte.

—No, no vengo por eso, subteniente.

Luisa le tiende la mano. Arija suelta el queso y la saluda.

—Usted dirá, inspectora.

—Busco a Oriana al Zarqaui. Tal vez usted me pueda ayudar, Cristino.

—Inspectora, sé que es muy buena rastreando. De hecho, me ha encontrado aquí. Así que, por eso mismo, sabrá que Oriana no está mucho tiempo en ningún sitio.

—Sí, también sé que no tiene móvil, que es ilocalizable a no ser que ella quiera.

—Pues ya sabe usted lo mismo que yo.

—Una pena. Solo quería saludarla.

—Ya siento no poder ayudarla. ¿No querrá un buen queso? El ahumado está exquisito. ¿Quiere probarlo antes de decidirse?

Arija busca un cuchillo en la mesa, pero antes de que lo coja, Fonfría hace un movimiento rápido y le enseña la jambiya de Oriana.

—Si quiere, le presto este.

El quesero se queda mirando un instante el puñal y asiente.

—Venga a las dos. Ya habré recogido y podré atenderla mejor.

Fonfría lo guarda, sonríe y se va. *Has picado el anzuelo, Cristino.*

A las dos en punto se planta de nuevo en el mercadillo, pero el quesero ya no está. *Este cabrón se ha ido...* Los demás vendedores están recogiendo su puesto. *Joder, me he quedado sin queso y sin Oriana.*

Una camioneta pita desde la carretera.

—Venga, inspectora, que estoy en pie desde las seis de la mañana y a estas horas tengo un hambre...

—Creía que se había ido sin mí.

—Iba a hacerlo, pero luego pensé que alguien que viene un martes hasta aquí merece al menos ser recibido en condiciones.

Tardan poco más de media hora en llegar a un pueblo que si no está abandonado, lo disimula muy bien.

—¿Usted vive aquí ahora?

—Sí. Mi padre tenía aquí una cabaña medio en ruinas, que estoy reformando poco a poco.

—Pero aquí... ¿no vive nadie más? ¿Está usted solo en el pueblo?

—No, pero como si lo estuviera. Somos cuatro y pueden pasar meses sin vernos.

Suben cien metros por la ladera. Los reciben las cabras y un mastín inmenso.

—Quieta, Bomba. Venga por aquí, inspectora.

Rodean la casa y encuentran una mesa de madera. Lista para comer. Tres platos y tres vasos. Botella de agua, pan y varios quesos.

—Siéntese. Va usted a catar los mejores quesos del mundo. ¿Sabe por qué son los mejores?

—¿Por qué?

—Porque son los míos.

Fonfría sonríe. Mira hacia la casa, pero no ve a nadie.

—¿Aquí vive alguien más?

—Las cabras y yo.

—¿Por qué ha puesto tres platos? ¿Espera a alguien?

Arija suelta una carcajada.

—Mire, ahí viene la cabra que falta.

Fonfría mira de nuevo hacia la casa y esta vez ve a una chica. En vaqueros y camiseta. El sol la ciega y no la distingue bien. La chica deja la desbrozadora en el suelo, se quita los guantes y coge unas cervezas de una nevera pequeña.

—Inspectora, ¿qué tal está?

—Bien. ¿Y tú, Oriana?

—La verdad es que la vida en el campo me ha venido muy bien. Espero que no venga con malas noticias.

—No, vengo en son de paz. Pero tutéame, por favor.

—Pues muchas gracias. Dudaba si, después de encadenarte a la calefacción, me dejarías hacerlo.

—Si me llegas a pillar aquel día, no. Pero, después de un tiempo encajando las piezas del puzle, creo que yo, en tu lugar, también me hubiese encadenado.

Arija se sienta y empieza a partir quesos. Enseguida se da cuenta de que falta el vino.

—Hostia, que nos falta el vino. Voy a por él.

Se aleja.

—Inspectora, si Arija te ofrece vino, no lo pruebes. Lo hace un paisano de aquí que está empezando y aún no ha conseguido que sea digerible. Arija lo bebe porque puede con todo y hasta lo disfruta, pero no se lo recomiendo.

—Oriana, te diré que no he venido aquí por el vino. Ni siquiera por el queso. Y eso que está buenísimo.

—Si quieres convencerme de que declare, ya te digo que estás perdiendo el tiempo.

Fonfría saca de su bolsa algo envuelto en un pañuelo. Se lo da a Oriana.

—He venido a devolvértelo.

Oriana lo coge, aparta el pañuelo con cuidado y descubre su jambiya. Se sorprende. Parece un niño recuperando el juguete al que lloró un tiempo cuando no aparecía por ningún lado. Se emociona.

—Gracias, inspectora. No sé bien por qué esta jambiya significa tanto para mí, pero la verdad es que me alegra mucho recuperarla.

—He investigado un poco sobre estos cuchillos ¿sabes? En Yemen, la jambiya representa el orgullo de hacerse a sí mismo. Antiguas leyendas cuentan que un joven que era maltratado por su padre, un día, reunió el valor para irse de casa y atravesar las tierras que separaban su aldea de la ciudad. El Tihamad, que es así como se llama esa zona llena de suelos pantanosos y dunas de arenas, estaba llena de peligros, pero el joven estaba decidido a irse. Salvó mil obstáculos: serpientes, mosquitos palúdicos, hambre, sed... Superó todo hasta que, apenas a unas leguas de su destino, se vio sorprendido por un rinoceronte. No le quedó más remedio que luchar a muerte con él. Después de horas peleando, lo venció. El joven, exhausto, se tumbó al lado del rinoceronte sin vida. En ese momento, sin que el joven hiciera nada, el cuerno del rinoceronte cayó sobre su mano. Él llevó su mano izquierda hacia la derecha y encajó el cuerno en el cuchillo con el que lo había matado. Desde entonces, los padres dan a sus hijos una jambiya para que se hagan a sí mismos.

—No conocía esa historia.

—Es una leyenda. Te he contado la versión más extendida por el Atlas, pero hay mil versiones. De hecho, mi abuela, que era de Tarbat n'Tirsal, me contó una parecida que a mí me gusta más. Habla de una mujer huérfana que, cansada de los palos de sus hermanos, atraviesa el Tihamad. Años después vuelve, con su ejército, a lomos de un rinoceronte. Su hermano mayor, el que más la humilló, se arrodilla ante ella y le da la jambiya de su padre. ¿Sabes cómo se llamaba la joven?

—No.

—Oriana.

—Eso te lo has inventado, inspectora.

—Solo esa parte. Lo otro no. No dicen cómo se llamaba. Pero estoy segura de que llevaba tu nombre.

Arija vuelve con la botella de vino y una sonrisa que no le cabe en la cara.

—Estamos de suerte, señoras. Aún queda media botella.

—Uy, qué pena, ya hemos abierto las cervezas. Tendrás que bebértelo tú solo, compañero.

—¿No lo quiere probar, inspectora?

—Prefiero el queso, la verdad.

—Pues, para ser ustedes unas aguerridas guerreras, se me están poniendo muy exquisitas con el vino.

17.42. Fonfría se sube al coche y llama a Juan.

—¿Qué? ¿Qué tal tu día libre, inspectora?

—Nada. No sueltan prenda. No sé cómo vamos a demostrar su implicación.

—¿Y saben algo de la abogada?

—Sí, lo que sabemos todos: que es un peligro público y que, si quiere desaparecer, desaparece. Son profesionales, Juan, mucha sonrisa, mucho queso y mucho vino, pero nada más. Salvo el acojono de verme de nuevo, claro. Deberías haberles visto las caras.

—Pues lo dicho, Luisa, hay que pasar página ya. Esto es un pozo seco y estamos desatendiendo otros asuntos.

—Que sí, joder, que ya lo sé. Pero aquí tenemos veintidós cadáveres, Juan. Puerto Hurraco al lado de esto parece cosa menor.

—Ya oíste a la jueza: ajuste de cuentas entre bandas criminales.

—Sí, pero Maite y Albert no pertenecían a ninguna banda criminal.

—Daños colaterales...

Juan lo suelta rápido, como si lo dijera con indiferencia, pero la rabia y la frustración se notan en su voz. Fonfría compensa:

—Por lo menos se acabó el Licaón.

—Eso sí, hasta que aparezca el sustituto. Y con Soumia, ¿qué hacemos entonces? Ese cabo nos queda muy suelto.

—Soumia se ha librado, pero obligada a esconderse como una cucaracha. En Europa, la Interpol la mantendrá agobiada; fuera, ya es otra película. Pero la pillaremos, Juan, acabará pagando, ya lo verás. Un fallo, un poco de mala suerte, un accidente imprevisible, algo le pasará y entonces caerá y no volverá a salir.

Luisa lo dice con seguridad, como hay que decir las cosas que no nos convencen del todo. *A ver si, a fuerza de decirlas, una se las cree o se hacen realidad.* Sabe que la gente como Soumia tiene medios, recursos, dinero, conexiones y, sobre todo, juega sin reglas, para ellos vale todo. Así es más fácil ganar.

—¿Tú crees, Luisa?

—Yo solo creo que en cualquier momento las cosas pueden cambiar. Solo hay que estar ahí, vigilando. Y en eso, Juan, nosotros somos cojonudos.

17.42. Oriana guarda la desbrozadora y saca la bicicleta del cobertizo. Se mueve rápido. Arija la observa desde la mesa y se acerca.

—¿Tan pronto?

—Igual tú también deberías marcharte.

—No tienen nada, Oriana, ni lo van a tener. Además, yo no puedo dejar esto de un día para otro, ¿qué hago con los animales?

—Ya has visto a Fonfría. ¿Qué te crees?, ¿que te ha encontrado de casualidad? No, Arija, alguien tiene que explicar el montón de muertos y nosotros somos los únicos que estamos a tiro. Esto no ha sido una visita de cortesía. Lo de devolverme la jambiya era el señuelo. Esto ha sido una advertencia.

Cristino la mira con pena. Llevan cinco meses conviviendo en una cabaña a medio reformar, en un pueblo donde apenas vive nadie salvo ellos y sus animales. *Cinco meses cojonudos.* Sabe que la va a echar de menos, pero no intenta convencerla; se va por lo cómico.

—¿Y qué vas a hacer tú sola por ahí después de haber conocido al marido de tus sueños, el mismísimo Cristino Arija?

Oriana sonríe, le da un fuerte puñetazo en el hombro y después lo abraza. Se emociona y le cuesta hablar.

—Joder, Arija, con lo bien que estábamos.

—La próxima vez que te metas en líos, me vuelves a llamar sin falta, ¿vale?

—Claro.

La enorme cabeza de Bomba se acerca en ese instante a olisquear el abrazo y los mancha de babas. *Hay que irse ya.*

En treinta y siete minutos, Oriana ha preparado la bici y las alforjas, ha colocado la jambiya en la bolsa de su manillar, ha llenado su bidón de agua, ha envuelto en tres hojas de periódico el enorme queso que su compañero se ha empeñado en que se lleve y ha vuelto a abrazar a Arija y a Bomba.

—¿Adónde irás?

—Lejos. Al norte. No lo sé —miente Oriana.

—Adiós, reina mora, cuídate mucho.

Entonces monta en la bici y emprende el descenso por la pista. Suave los primeros metros, más rápido después. Llena los pulmones, respira, siente. *Otra vez el viento en la cara.* En la curva frena un poco y mira hacia atrás. Allá arriba ve la mano levantada de su amigo y, a su lado, la mole sedente del inmenso mastín español. *Gracias a los dos estoy viva*, piensa mientras mete el plato grande y coge velocidad.

—Cuídate tú también, soldado.

En pocos minutos alcanzará la BU-570, que tomará en dirección norte. Tiene por delante cuatro mil setecientos kilómetros hasta Nordkapp, Noruega, el punto más septentrional de Europa: bosques inmensos, fiordos intrincados, hielos casi permanentes, luces en el cielo, el mar de Barents. Ese es su único plan. Y por el camino, miles de horas de sudor y de pedaleo para destilar a través del esfuerzo, como si del más preciado de los licores se tratara, el propósito de una nueva vida.

Porque algo nuevo empieza aquí. Porque todo está abierto. *Y porque tienes la inmensa fortuna de seguir viva, ¿verdad, Oriana?*

17.42. Defne Oztürk se sienta en el palco del Lanxess Arena, justo antes de que le traigan la cerveza de rigor y una bolsa de pistachos iraníes. El camarero imberbe que la atiende sabe que a esa mujer de pelo afro y aros en las orejas hay que tenerla contenta. Eso le dijo el jefe el primer día. No sabe exactamente por qué. Imagina que es la mujer de alguien importante, de algún directivo, de algún jugador o puede que de algún patrocinador. *Sí, de algún pez gordo del balonmano, porque solo viene cuando hay partido de balonmano.* Hoy, en quince minutos, se disputa el VfL Gummersbach contra el HSV Hamburg. La señora Oztürk habla un alemán decente con un acento que el joven colonés no sabe identificar.

—Tú, chaval, ¿de qué equipo eres?

—Del Gummer.

—Pues vas apañado. Este año no pasamos de mitad de tabla.

El camarero se va, pensando que si esta señora sabe eso es que se ha tenido que tragar muchos partidos de balonmano. No se imagina ni por asomo que la tal Defne Oztürk apenas lleva seis meses en Alemania, ni que en agosto invirtió una suma importante, aunque no llamativa, en las arcas del Gummer. Joshua ignora también a qué se dedica realmente. Solo ve que cuando faltan tres minutos para que comience el partido, la mujer se concentra en la pantalla de su teléfono, «Segundo pago recibido, perfecto», y que un momento después hace una llamada.

—Todo en orden, retira efectivos y vuelve.

—De acuerdo, jefa.

Cuelga. *Qué fácil, piensa.* Ya han capturado y recluido a las cuatro chicas españolas, y han entregado los datos de localización al cliente. La mecánica del negocio es compleja pero eficaz, reduce riesgos y, sobre todo, es muy lucrativa. Se secuestra por encargo, se cobra la primera mitad y se planifica el momento y lugar de extracción. Después se ejecuta la intervención y se pone a buen recaudo a la víctima. En este punto, se cobra el segundo pago y se envían las coordenadas del lugar de retención. A partir de aquí, la empresa de Defne se retira y el cliente gestiona la negociación. Cómo se resuelva el asunto y los riesgos derivados son competencia exclusiva del cliente. Todas las comunicaciones se realizan a través de la *dark web*. Nadie ve a nadie, nadie conoce a nadie. No queda rastro. Tanto si la víctima sobrevive como si no.

Después de media vida haciendo carrera en el narcotráfico, Defne no se explica cómo ha podido estar tan ciega a las ventajas de las nuevas líneas de negocio. *La mercancía apenas está unas horas en tus manos y no hay sangre.* Mucho más limpio. Solo hay que tener un buen equipo y promocionarse bien en la zona oscura. *La mitad de trabajo, el doble de beneficios.*

Defne se lleva un pistacho a la boca y da un sorbo a su pinta. En España bebía vino, pero ya empieza a disfrutar de las cervezas alemanas. Poco a poco. Como tantas veces al día, se acuerda de Hadi. Se imagina cómo habría reaccionado él ante este negocio. *No lo hubiese aceptado ni muerto*, suspira. Aún le pesa el alma. Le duele un poco menos cada día, pero sigue ahí. Ya ha superado esa fase donde no acababa de creer que hubiera muerto. Ahora lo sabe, ya no se sorprende a sí misma planeando ir a verle. Pero lo recuerda y se entristece de golpe. Sobre todo, por cómo acabó. *Con lo que fuimos, querido, vaya mierda de final.* Llegados a este punto, porque esta sensación es ya una rutina que se repite a diario, Defne siente cierta liberación. *Se acabaron las debilidades. Ahora solo importo yo.*

Y entonces se acuerda de Oriana y la ira vuelve como una bofetada. *Ella lo jodió todo.* Sabe que debe dejar las cosas como están, que es lo más seguro y lo más sensato, pero casi le salen sarpullidos cada vez que piensa que la niñata le ha ganado la partida otra vez. En esos instantes se sorprende a sí misma mascullando amenazas en el coche, ante el espejo, paseando por un parque de Colonia, en mitad de un diálogo mental despiadado, venenoso y sangriento que la deja exhausta. Hasta encenderse un Winston y devorarlo en tres caladas como una hoja seca en un incendio.

Hoy no. Mañana tampoco. Pero algún día, sí, Oriana. Algún día.

AGRADECIMIENTOS

Cuando dos escriben una novela y se atascan, se duplica el enjambre de personas a las que pedir ayuda. Todo empieza por un «¿no conocerás a alguien que sepa...?» y siempre encontramos a un amigo al que echarle el anzuelo. Pero lo mejor no es que piquen, es que dejan lo que estén haciendo y nos sacan del pozo sin dudarlo.

Esta novela es infinitamente mejor gracias a ellos.

A Samuel Martínez, que pasó de ser víctima de nuestras clases a enseñarnos criminología, leyes y procedimientos judiciales.

A nuestros amigos, muchos de ellos lectores piloto, que nos han animado desde el principio, nos han resuelto dudas y nos han acompañado todo el camino con entusiasmo y risas: Javi Bonet, Luisa Gracia, Marina Gil, Yolanda Gonzalo, Laura Ibáñez, María Martín, Vero Vélez y Dani González (con Jana y Bruno, incansables buscadores de títulos), Vero Vidal, Antón García, Cristina Capetillo, Arancha Antón, Teresa Polo, Julia Fernández, Marcos Casal, Bea Cavia, Gloria Bolívar, Óscar de las Heras, María Cobo, Nacho Solana, Irene Álvarez, Julita Trápaga, Mónica de Pedro, Lourdes González, Marta Mantilla, Dyna Saidi.

A Leo Felipe Campos, nuestro editor, que confió en nosotros, que nos acompañó en el proceso de revisión del texto, que luchó contra nuestro leísmo inveterado y cuyas ideas han completado y redondeado esta novela.

A nuestras familias: Aurelio Escribano y Carmen Ibáñez, incansables proveedores de confianza; Lara Gallut, el impulso vital; Martín Escribano, primer pequeño lector de la novela; Emma Escribano, la luz de todo. A Juan José Rojas y María del Mar de la Escalera, poniendo siempre los pies en el suelo y las alas en los hombros; David Rojas, minucioso rastreador de detalles; Juan Carlos Rojas, hermano y lector; Pablo Blanco, experto en motos, bicis, coches y en soplar siempre a favor; Lucas y Manuela Blanco, que han oído y disfrutado cada versión de esta historia. Ellos nos han cubierto lo urgente para que escribiéramos una tarde a la semana, nos han releído cuando ya no veíamos los errores, nos han animado cuando creíamos que esto no saldría del cajón y nos han abrazado entre risas con un «si ya lo sabía yo» cuando sonó el teléfono y, de repente, además de profesores, nos convertimos en escritores.

Nos habéis hecho el viaje infinitamente más bonito.

Toda historia tiene su banda sonora. Esta también. La siguiente lista de reproducción presenta la música que sonaba en nuestras cabezas mientras escribíamos o antes de escribir, o también después, completando escenas, personajes o vivencias. Porque no hay nada que transmita emoción de una forma más eficaz que la música, todas estas canciones son ya para nosotros inseparables de *Hija de la ira* y solo podemos estar agradecidos a sus autores por prestárnoslas. El mundo interior de cada personaje tiene mucho que ver con ellas.

Una canción por capítulo.

Treinta y tres canciones para una novela.

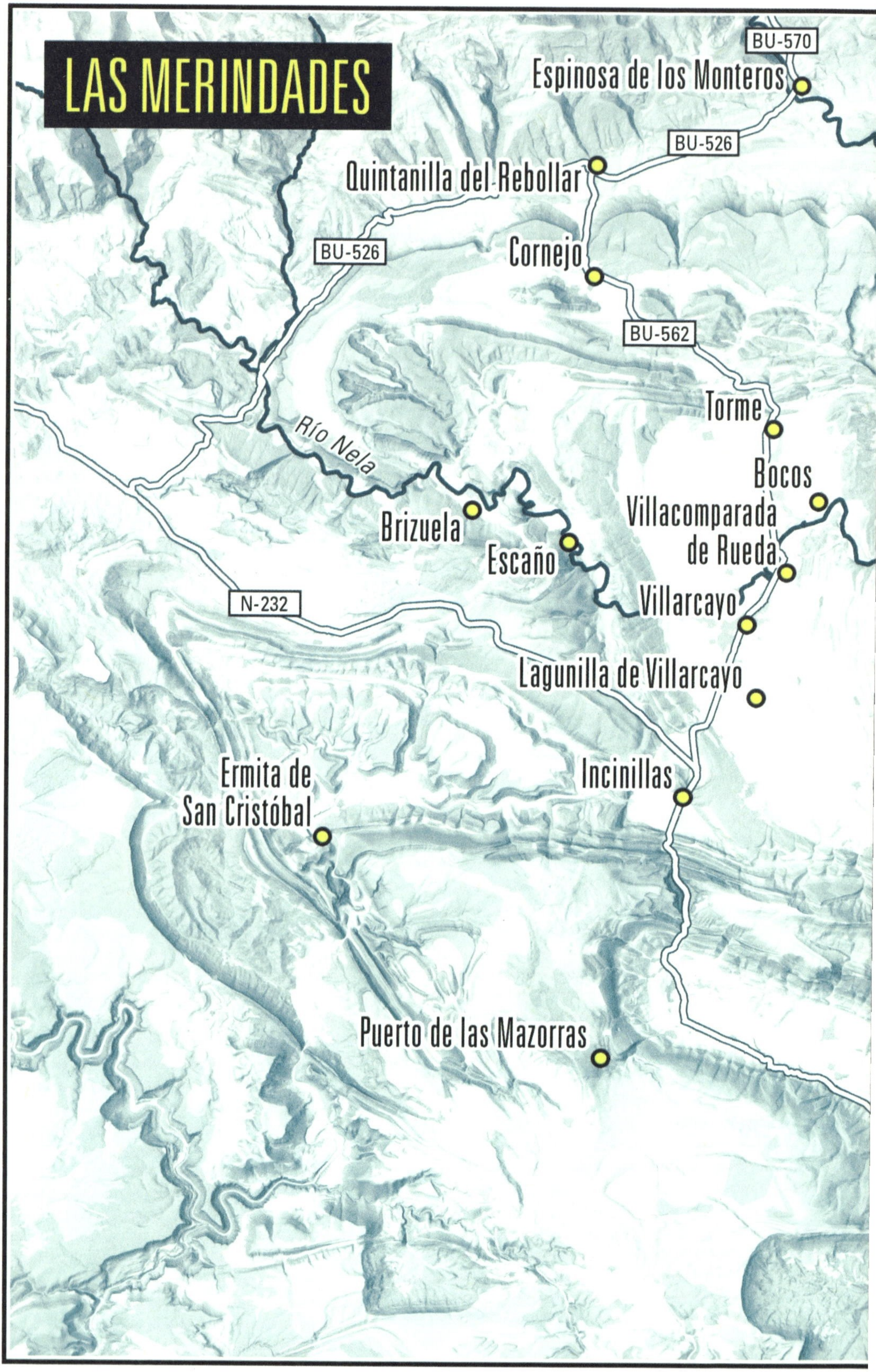
LAS MERINDADES
BU-570
Espinosa de los Monteros
BU-526
Quintanilla del Rebollar
BU-526
Cornejo
BU-562
Torme
Río Nela
Bocos
Villacomparada
de Rueda
Brizuela
Escaño
Villarcayo
N-232
Lagunilla de Villarcayo
Ermita de
San Cristóbal
Incinillas
Puerto de las Mazorras